Francis Scott Fitzgerald (St. Paul, Minnesota, 1896-Hollywood, California, 1940) estudió en la Universidad de Princeton, se alistó en el ejército durante la Primera Guerra Mundial y publicó su primera novela, *A este lado del paraíso*, en 1920. Ese mismo año se casó con Zelda Sayre, y durante la década siguiente la pareja repartió su tiempo entre Nueva York, París y la Riviera. Perteneciente a la llamada «Generación perdida», Fitzgerald fue una voz literaria de enorme magnitud e influencia, y entre sus obras maestras se cuentan sus novelas *El gran Gatsby* y *Suave es la noche*. Murió a los cuarenta y cuatro años de un ataque al corazón en Los Ángeles mientras trabajaba en *El último magnate*.

T0272350

TODOS LOS JÓVENES TRISTES

FRANCIS SCOTT FITZGERALD

TODOS LOS JÓVENES TRISTES

TRADUCCIÓN DE ANTONIO GOLMAR

MALPASO

BARCELONA MÉXICO BUENOS AIRES NUEVA YORK

Título original: *All the Sad Young Men* (1926)

© Traducción: Antonio Golmar Gallego
© Malpaso Holdings, S. L., 2021
C/ Diputació, 327, principal 1.ª
08009 Barcelona
www.malpasoycia.com

ISBN: 978-84-18236-92-1
Depósito legal: B-4.083-2021

Imprime: Romanyà Valls
Diseño de interiores: Sergi Gòdia
Maquetación: Joan Edo
Imagen de cubierta: René Vincent

A MODO DE PREFACIO

Como brillante introducción a los nueve cuentos que forman *Todos los jóvenes tristes*, hemos incluido este artículo del propio Fitzgerald. Este texto se publicó en *The Saturday Evening Post* en abril de 1924. Lo redactó entre noviembre de 1923 y abril de 1924. En esos seis meses Fitzgerald escribió once cuentos y ganó algo más de 17.000 $, destinados a saldar las deudas acumuladas durante el año anterior, especialmente durante la producción de la obra teatral *The Vegetable*. La divertida historia de las tribulaciones económicas de la familia Fitzgerald aparece retratada, con añadidos de ficción, en varios de los cuentos de *Todos los jóvenes tristes*, especialmente en «Las cuarenta cabezadas de Gretchen».

CÓMO VIVIR CON 36.000$ AL AÑO

–Deberías empezar a ahorrar –me aseguró el otro día El Joven con Futuro–. Si te crees que es sensato gastar todos tus ingresos, algún día te verás en el hospicio.

Me aburría, pero sabía que me lo iba a contar de todos modos, así que le pregunté qué tenía que hacer.

–Es muy sencillo –me respondió con impaciencia–; solo tienes que contratar un fideicomiso del que no puedas retirar efectivo.

Ya había oído aquello antes. Es el sistema número 999. Probé el sistema número 1 al comienzo de mi carrera literaria, hace cuatro años. Un mes antes de casarme, fui a un corredor y le pedí consejo sobre cómo invertir algo de dinero.

7

–Son solo mil dólares –admití–, pero tengo la sensación de que debería empezar a ahorrar ahora mismo.

Él lo estudió.

–No te interesan los bonos Liberty –dijo–. Son demasiado fáciles de canjear por efectivo. Necesitas una buena inversión, sólida y conservadora, pero que también te permita canjearla en cinco minutos.

Finalmente seleccionó unos bonos que me garantizaban el 7% y no cotizaban en el mercado. Entregué mis mil dólares, y ahí empezó mi carrera de inversor. El mismo día en que terminó.

La reliquia invendible

Mi esposa y yo nos casamos en Nueva York en la primavera de 1920, cuando el coste de la vida era el más alto que se recuerda en la memoria del hombre. A la luz de los acontecimientos posteriores, parece lógico que nuestra carrera comenzara en aquel preciso momento. Acababa de recibir un cuantioso cheque del cine y hasta me permitía ser condescendiente con los millonarios que se movían por la Quinta Avenida en sus limusinas porque mis ingresos se iban duplicando cada mes. Tal cual. Venía sucediendo desde hacía varios meses –solo había ganado treinta y cinco dólares el mes de agosto anterior y en abril ya ganaba tres mil– y parecía que aquello iba a ser para siempre. A finales del año debía llegar al medio millón. Por supuesto, en semejante situación economizar parecía una pérdida de tiempo. Así que nos fuimos a vivir al hotel más caro de Nueva York, con la intención de esperar allí hasta que se acumulara bastante dinero para viajar al extranjero. Por abreviar, cuando ya llevábamos tres meses casados, descubrí un día, horrorizado, que no tenía un dólar en el mundo, y que la factura semanal de doscientos dólares del hotel vencía al día siguiente. Recuerdo mis sentimientos encontrados al salir del banco después de escuchar la noticia.

–¿Qué pasa? –me preguntó mi esposa con ansiedad cuando me reuní con ella en la acera–. Pareces deprimido.

–No estoy deprimido –respondí despreocupadamente–. Estoy sorprendido. No tenemos dinero.

–No tenemos dinero –repitió con calma, y comenzamos a caminar por la avenida en una especie de trance.

–Bueno, vámonos al cine –sugirió tan campante.

Todo parecía tan natural que no estaba en absoluto abatido. El cajero ni siquiera me había fruncido el ceño.

–¿Cuánto dinero tengo? –le dije al entrar. Lo comprobó en un voluminoso libro.

–Nada –me respondió.

Eso fue todo. No hubo palabras duras ni reacciones chocantes. Yo sabía que no había nada de qué preocuparse. Era un autor de éxito, y cuando los autores de éxito se quedaban sin dinero, todo lo que tenían que hacer era firmar cheques. No era pobre, no podían engañarme. La pobreza significaba estar deprimido, vivir en un cuartucho de las afueras y comer en el bar de la esquina, mientras que yo... vaya, ¡era imposible que yo fuera pobre! ¡Si vivía en el mejor hotel de Nueva York!

Mi primer paso fue tratar de vender mi única posesión, mi bono de 1.000 $. Fue la primera de otras muchas ocasiones en que hice el intento; en todas las crisis financieras lo desentierro y voy con él al banco, porque siempre supongo que si no ha dejado de devengar los intereses correspondientes, por fin habrá asumido un valor tangible. Pero como nunca he podido venderlo, gradualmente ha adquirido el carácter sagrado de una reliquia familiar. Mi esposa siempre se refiere a él como «tu bono». ¡Una vez me lo devolvieron en las oficinas de Subway después de que me lo dejara sin darme cuenta en el asiento de un coche!

Esta crisis concreta se resolvió a la mañana siguiente cuando descubrí que los editores a veces adelantan las regalías, así que acudí inmediatamente al mío. La única lección que aprendí fue que mi dinero casi siempre aparece desde alguna parte en momentos de necesidad y que, en el peor de los casos, siempre puedes pedir prestado, una lección que haría que Benjamin Franklin se revolviera en su tumba.

Durante los tres primeros años de nuestro matrimonio, nuestros ingresos promediaron algo más de 20.000 $ anuales. Nos permitimos todos los lujos como unos críos, incluso un viaje a Europa, y siempre el dinero parecía llegarnos con total fluidez y con cada vez menos esfuerzo, hasta que nos dimos cuenta de que con tan solo algo de margen entre lo que entraba y lo que salía, podíamos comenzar a ahorrar.

Planes

Dejamos el Medio Oeste y nos mudamos al Este, a una ciudad a unos doce kilómetros de Nueva York, donde alquilamos una casa por 300 $ al mes. Contratamos a una niñera por 90 $ al mes; a un hombre y a su esposa (que hacían las funciones de mayordomo, chófer, jardinero, cocinero, asistenta y camarera) por 160 $ al mes, y a una lavandera, que venía dos veces por semana, por 36 $ al mes. Nos dijimos que ese año de 1923 sería nuestro año de redención. Íbamos a ganar 24.000 $ y vivir con 18.000 $, lo que nos dejaría un excedente de 6.600 $ con el que comprar seguridad y protección para nuestra vejez. Por fin íbamos a hacerlo mejor.

Pero como todo el mundo sabe, cuando se quiere hacerlo mejor, primero hay que comprar un libro y estampar el nombre de uno en mayúsculas en la portada. Así que mi esposa compró un libro, y cada factura que llegaba a casa se anotaba cuidadosamente en él, de manera que pudiéramos controlar los gastos de mantenimiento y reducirlos a casi nada, o cuando menos a 1.500 $ mensuales. Pero resulta que habíamos calculado sin tener en cuenta dónde vivíamos: una de esas pequeñas urbes que han proliferado alrededor de Nueva York y que se han construido ex profeso para aquellos que han ganado dinero de repente pero nunca antes lo habían tenido.

Mi esposa y yo somos, por supuesto, miembros de esa nueva clase. Es decir, hace cinco años no teníamos nada de dinero, y lo que ahora desechamos nos hubiera parecido entonces un bien inestimable. A veces he sospechado que somos los únicos nuevos ricos de Estados Unidos, que de hecho somos la pareja tipo a la que van dirigidos todos los artículos destinados a los nuevos ricos.

Ahora bien, cuando se dice «nuevo rico», todos imaginamos a un hombre corpulento y de mediana edad que suele quitarse el cuello en las cenas formales y siempre tiene problemas con su ambiciosa esposa y sus amigos titulados. Como miembro de la clase de los nuevos ricos, les aseguro que esta imagen es completamente difamatoria. Yo mismo, por ejemplo, soy un joven de veintisiete años, afable y ligeramente gastado, y la corpulencia que pueda haber desarrollado es por el momento un asunto estrictamente confidencial entre mi sastre y yo. Una vez cenamos con un noble genuino, pero ambos estábamos demasiado asustados como para quitarnos el cuello o incluso como para pedir carne en conserva y repollo. Sin embargo, vivimos en una ciudad diseñada para mantener el dinero en circulación.

Cuando llegamos aquí hace un año, había, en total, siete comerciantes dedicados al suministro de alimentos: tres tenderos, tres carniceros y un pescadero. Pero cuando se corrió la voz en los círculos del abastecimiento de alimentos de que la ciudad se estaba llenando de nuevos ricos, a la misma velocidad en que se construían las casas cayó una brutal avalancha de carniceros, tenderos, pescaderos y charcuteros. A diario llegaban trenes cargados. Llevaban carteles y mapas en la mano para demarcar su espacio y esparcir aserrín sobre él. Fue como la fiebre del oro del 49 o la gran bonanza de los 70. Las ciudades más antiguas y más grandes quedaron despojadas de sus tiendas. En el transcurso de un año, dieciocho comerciantes de alimentos se habían instalado en nuestra calle principal y se les podía ver a diario esperando ante sus puertas con sonrisas seductoras y falsas. Saturados durante mucho tiempo por los siete proveedores de alimentos que teníamos, todos, naturalmente, nos apresuramos hacia los nuevos tenderos, quienes nos hicieron saber mediante grandes carteles numéricos en sus escaparates que prácticamente tenían la intención de regalarnos el género. Pero cuando quedamos atrapados, los precios comenzaron a subir de manera alarmante, hasta que todos corrimos como ratones asustados de un tendero nuevo a otro buscando solo justicia, y buscándola en vano.

Grandes expectativas

Lo que había sucedido, por supuesto, era que había demasiados proveedores de alimentos para la población. Era del todo imposible para dieciocho de ellos subsistir en la ciudad y al mismo tiempo cobrar precios moderados. Así que todos estaban esperando que los otros se rindieran y se fueran; mientras tanto, la única forma en que los demás podían cumplir con sus préstamos del banco era vendiendo su género dos o tres veces por encima de los precios de la ciudad, a doce kilómetros de distancia. Y así fue como nuestra población se convirtió en la más cara del mundo. Últimamente se pueden leer artículos de revistas en los que la gente se une y monta tiendas comunitarias, pero ninguno de nosotros consideraría dar ese paso. Nos haría la vida imposible con nuestros vecinos, quienes sospecharían que estamos demasiado preocupados por nuestro dinero. Cuando le sugerí un día a una mujer adinerada de la localidad –cuyo esposo, por cierto, tiene fama por haberse enriquecido vendiendo líquidos ilegales– que me planteaba abrir una tienda comunitaria, la «F. Scott Fitzgerald, Fresh Meats», quedó horrorizada. La idea fue desestimada.

Pero a pesar de los gastos comenzamos el año con grandes esperanzas. Íbamos a estrenar mi primera obra de teatro en otoño, y aunque vivir en el Este nos imponía gastos de algo más de 1.500 $ al mes, la obra fácilmente compensaría la diferencia. Conocíamos las sumas colosales que se ganaban con las regalías de las obras de teatro y, solo para estar seguros, preguntamos a varios dramaturgos cuál era el tope que se podía ganar en un año. No fui en absoluto irreflexivo. Calculé una suma entre el máximo y el mínimo, y la anoté como lo que podíamos calcular como ganancias. Creo que mis cifras ascendieron a unos 100.000 $. Fue un año agradable; siempre teníamos en perspectiva el delicioso evento de la obra. Si la obra tenía éxito, podríamos comprar una casa, y ahorrar dinero sería tan fácil que podríamos hacerlo con los ojos vendados y las dos manos atadas a la espalda.

Como en una feliz anticipación, nos llegó una pequeña ganancia inesperada en marzo de una fuente insospechada, una imagen en movimiento hacia el futuro, y casi por primera vez en nuestras vidas tuvimos el suficiente superávit para comprar algunos bonos. Por supuesto que teníamos «mi» bono, y cada seis meses recortaba el cuponcito y lo cobraba, pero estábamos tan acostumbrados que nunca lo contabilizamos como dinero. Era simplemente un recordatorio de que no debíamos inmovilizar nunca el dinero en efectivo donde no pudiéramos recuperarlo en momentos de necesidad. No, lo que teníamos que comprar eran bonos Liberty y compramos cuatro. Fue un negocio muy emocionante. Bajé a una habitación brillante e impresionante en el sótano, y bajo la vigilancia de un guardia deposité mis 4.000 $ en bonos Liberty, junto con «mi» bono, en una cajita de hojalata de la que solo yo tenía la llave.

Menos efectivo

Salí del banco sintiéndome decididamente sólido. Por fin había acumulado un capital. O quizá no lo había acumulado, pero en todo caso estaba allí, y si hubiera muerto al día siguiente, le habría dejado a mi esposa 212 $ al año de por vida, o mientras ella quisiera vivir con esa cantidad. «Esto –me dije con cierta satisfacción– es lo que se dice proveer para la esposa y los hijos. Ahora todo lo que tengo que hacer es depositar los 100.000 $ de mi obra y luego controlar los gastos corrientes».

¿Y si gastáramos unos cientos más de vez en cuando? ¿Qué pasaría si nuestras facturas de comestibles aumentaran misteriosamente de los 85 $ a los 165 $ al mes, dependiendo de cuánto nos arrimáramos a la cocina? ¿No tenía bonos en el banco? Era simplemente mezquino tratar de mantenernos por debajo de los 1.500 $ al mes tal como nos iban las cosas. Íbamos a ahorrar a una escala que haría que las pequeñas economías parecieran contar por centavos.

Los cupones de «mi» bono siempre se envían a una oficina en el bajo Broadway. Nunca tuve la oportunidad de averiguar a dónde se envían los cupones de los bonos Liberty porque no tuve el placer de recortar ninguno.

Lamentablemente, me vi obligado a deshacerme de dos de ellos solo un mes después de guardarlos en la caja de seguridad. Verán, había comenzado una nueva novela y se me ocurrió que, a fin de cuentas, sería mucho mejor negocio seguir con la novela y vivir de los bonos Liberty mientras la escribía. Por desgracia, la novela corría despacio, mientras que los bonos Liberty descendían a un ritmo alarmante. La novela quedaba parada cada vez que sonaba en casa cualquier cosa por encima de un susurro, mientras que a los bonos Liberty no los paraba nadie.

Y el verano también pasó. Fue un verano tan delicioso que se convirtió en un hábito para muchos neoyorquinos cansados del mundo pasar sus fines de semana en la casa de los Fitzgerald en el campo. Casi al final de un agosto de insidioso bochorno, me di cuenta con sorpresa de que solo había concluido tres capítulos de mi novela y en la cajita fuerte de hojalata solo quedaba «mi» bono. Allí estaba, pagando su propio almacenaje y unos cuantos dólares más. Pero no importaba; en poco tiempo la caja estaría repleta de ahorros. Tendría que alquilar otra caja doble contigua.

Pero la obra iba a ensayarse en dos meses. Para superar el impasse, tenía dos caminos posibles: podía sentarme y escribir algunos cuentos o podía continuar trabajando en la novela y pedir prestado el dinero para vivir. Aletargado por la sensación de seguridad de nuestras optimistas anticipaciones, me decidí por el segundo camino y mis editores me prestaron lo suficiente para pagar nuestras facturas hasta la noche de la inauguración.

Así que volví a mi novela y los meses y el dinero se desvanecieron, pero una mañana de octubre me senté en el frío interior de un teatro de Nueva York y escuché al elenco de actores leer el primer acto de mi obra. Fue magnífico; mi estimación había sido demasiado baja. Casi podía oír a la gente peleando por sus asientos y a las voces fantasmales de los magnates del cine mientras se disputaban los derechos de las películas. La novela quedó aparcada. Mis días los pasaba en el teatro y mis noches revisando y mejorando los dos o tres puntillos débiles de lo que iba a ser el éxito del año.

Se acercaba el momento y la vida se convirtió en un sinvivir. Llegaron las facturas de noviembre, se revisaron y se perforaron para el archivador de facturas de la estantería. Había preguntas más importantes en el aire. Llegó la carta del disgustado editor. Me recordaba que solo había escrito dos cuentos en todo el año. Pero ¿qué importaba eso? Porque lo importante era que nuestro segundo actor había fallado la entonación en la línea de salida del primer acto.

La obra se inauguró en Atlantic City en noviembre. Fue un pinchazo colosal. Los espectadores dejaban sus asientos y se iban, el público agitaba sus programas y comentaba a voces o en susurros cansinos e impacientes. Después del segundo acto, quería parar el espectáculo y decir que todo había sido un error, pero los actores siguieron luchando heroicamente.

Hubo una semana infructuosa de parches y revisiones, pero luego nos dimos por vencidos y volvimos a casa. Para mi profundo asombro, el año, el gran año, casi había terminado. Tenía una deuda de 5.000 $ y solo se me ocurría contactar con un asilo de confianza donde pudiéramos alquilar una habitación y un baño por nada a la semana. Pero al menos nadie pudo arrebatarnos una satisfacción. Habíamos gastado 36.000 $ y habíamos comprado durante un año el derecho a pertenecer a la nueva clase, los nuevos ricos. ¿En qué otra cosa mejor se puede invertir el dinero?

A cuenta del inventario

El primer paso, por supuesto, fue sacar «mi» bono, llevarlo al banco y ofrecerlo a la venta. Un anciano muy agradable, sentado a una mesa brillante, se mostró firme en cuanto a su valor como garantía, pero me aseguró que si me quedaba en descubierto me llamaría por teléfono para darme la oportunidad de cumplir. No, nunca iba a almorzar con depositantes. Me dijo que consideraba a los escritores como una tipología de vagabundos, y me aseguró que todo el banco estaba blindado contra los ladrones, desde el sótano hasta el techo.

Demasiado desanimado hasta para volver a poner el bono en la ahora boqueante caja de depósito, lo metí apenado en mi bolsillo y me fui a casa. No había salida posible, tenía que trabajar. Había agotado mis recursos y no había elección. En el tren hice una lista de todas nuestras posesiones, con las que, si llegaba el momento, posiblemente podríamos conseguir dinero. He aquí la lista:

1 Estufa de aceite, averiada.

9 Lámparas eléctricas, variadas.

2 librerías con sus libros correspondientes.

1 Humidificador de cigarrillos, fabricado por un preso.

2 Retratos coloreados a lápiz, enmarcados, de mi esposa y yo.

1 Automóvil de precio medio, modelo 1921.

1 Bono, valor nominal 1.000 $; valor real, desconocido.

—Reduzcamos los gastos de inmediato —me dijo mi esposa cuando llegué a casa—. Hay una nueva tienda de comestibles en la ciudad donde pagas en efectivo y todo cuesta la mitad. Puedo coger el coche todas las mañanas y...

—¡Dinero en efectivo! —me eché a reír—. ¡Dinero en efectivo!

Lo único que nos era imposible hacer ya era pagar en efectivo. Era demasiado tarde para pagar en efectivo. No teníamos dinero en efectivo para pagar. ¡Si tendríamos que arrodillarnos ante el carnicero y el tendero en agradecimiento por vendernos a cuenta! En ese momento me quedó claro un hecho económico fundamental: la rareza del efectivo, la libertad de elección que permite el efectivo.

–Bueno –comentó pensativa–, es una lástima. Pero al menos podemos renunciar al servicio. Conseguiremos que un japonés se encargue de las tareas domésticas generales y yo seré la niñera durante un tiempo hasta que nos pongas a salvo.

–¿Despedirlos? –le solté con incredulidad–. ¡Pero si no podemos despedirlos! Tendríamos que pagarles dos semanas a cada uno. Sacarlos de casa nos costaría 125 $, ¡en efectivo! Además, nos conviene mantener al mayordomo; si tenemos otro gran éxito, podemos enviarlo a Nueva York para guardarnos sitio en la cola de la beneficiencia.

–Bueno, entonces ¿cómo podemos economizar?

–No podemos. Somos demasiado pobres para economizar. Economizar es un lujo. Podríamos haber economizado el verano pasado, pero ahora nuestra única salvación está en la extravagancia.

–¿Qué te parece una casa más pequeña?

–¡Imposible! Mudarse es lo más caro del mundo; y además, no pude trabajar durante el follón de la mudanza. No –continué–, tendré que salir de esta de la única manera que sé: ganando más dinero. Luego, cuando tengamos algo en el banco, podremos decidir qué hacer.

Sobre nuestro garaje hay una gran habitación vacía a la que me retiré con lápiz, papel y la estufa de aceite, y de la que emergí a las cinco en punto de la tarde siguiente con una historia de 7.000 palabras. Eso ya era algo; pagaría el alquiler y las facturas vencidas del mes anterior. Se necesitaron doce horas al día durante cinco semanas para pasar de la pobreza extrema a la clase media, pero en ese tiempo habíamos pagado nuestras deudas y acabado con la preocupación inmediata.

Pero estaba lejos de quedarme satisfecho con todo el asunto. Un joven puede trabajar a una velocidad excesiva sin efectos nocivos, pero, lamentablemente, la juventud no es una condición permanente en la vida.

Quería averiguar adónde se habían ido los 36.000 $. Con eso no eres muy rico, no eres un rico de yates y Palm Beach, pero me parece que debería comprar una casa espaciosa llena de muebles, un viaje a Europa una vez al año y, además, uno o dos bonos. Pero nuestros 36.000 $ no habían comprado nada en absoluto.

Así que desenterré mis libros de contabilidad y mi esposa desenterró el registro completo del hogar del año 1923, y calculamos el promedio mensual. Aquí va:

GASTOS DEL HOGAR	Prorrateados por mes
Impuesto sobre la renta	*198.00$*
Comida	*202.00$*
Alquiler	*300.00$*
Carbón, madera, hielo, gas, luz, teléfono y agua	*114.50$*
Servicio	*295.00$*
Palos de golf	*105.50$*
Ropa - tres personas	*158.00$*
Médico y dentista	*42.50$*
Alcohol y cigarrillos	*32.50$*
Automóvil	*25.00$*
Libros	*14.50$*
Restantes gastos del hogar	*112.50$*
Total	*1.600.00$*

–Bueno, no está mal –dijimos al acabar–. Algunos de los artículos son bastante elevados, especialmente la comida y los sirvientes. Pero casi todo está contabilizado, y solo suma algo más de la mitad de nuestros ingresos.

Luego calculamos los gastos mensuales promedio que podrían incluirse como «placer».

Facturas de hotel: pasar la noche o pagar las comidas en Nueva York	*51.00$*
Viajes: solo dos, pero prorrateados por mes	*43.00$*
Entradas de teatro	*55.00$*
Barbero y peluquero	*25.00$*
Caridad y préstamos	*15.00$*
Taxis	*15.00$*
Juegos de azar: ítem oscuro cubre el bridge, dados y apuestas	*33.00$*
Fiestas en restaurantes	*70.00$*
Esparcimiento	*70.00$*
Varios	*23.00$*
Total	*400.00$*

Algunos de estos ítems eran bastante elevados. Le parecerán más altos a un californiano que a un neoyorquino. 55 $ por entradas de teatro corresponden a entre tres y cinco espectáculos al mes, según el tipo de espectáculo y el tiempo que lleve en cartel. El fútbol también está incluido, así como los asientos en el ring para el combate Dempsey-Firpo. En cuanto al ítem «fiestas en restaurantes», 70 $ tal vez darían para tres parejas en un popular cabaret después del teatro, pero eso sería meternos en camisa de once varas.

Sumamos los ítems marcados como «placer» a los marcados como «gastos del hogar» y obtuvimos un total mensual.

–Bien –dije–. Solo son 2.000 $. Ahora al menos sabremos de dónde reducir, porque sabemos a dónde va.

Ella frunció el ceño; luego, una expresión de pasmo y asombro se instaló en su rostro.

–¿Qué pasa? –le exigí–. ¿No te parece bien? ¿Hay algo mal en alguna parte?

–No son las partes –dijo asombrada–, es el todo. Esto solo suma 2.000 $ al mes.

Yo no daba crédito, pero ella asintió.

–Pero oye –protesté–, mis extractos bancarios indican que hemos gastado 3.000 $ al mes. ¿Quiere esto decir que todos los meses perdemos 1.000 $?

–Esto solo suma 2.000 $ –insistió–, así que seguro que los hemos perdido.

–Dame el lápiz.

Durante una hora trabajé en las cuentas en silencio, pero fue en vano.

–¡Vaya, esto es imposible! –reiteré–. La gente no pierde 12.000 $ en un año. Eso es simplemente que falta algo.

Sonó el timbre de la puerta y me acerqué para contestar, todavía aturdido por aquel asunto. Eran los Bankland, los vecinos de enfrente.

–¡Demonios! –les solté–. ¡Acabamos de perder 12.000 $!

Bankland retrocedió asustado.

–¿Ladrones? –me preguntó.

–Fantasmas –le respondió mi esposa.

La señora Bankland miró con nerviosismo a su alrededor.

–¿De verdad?

Le explicamos la situación, el asunto del misterioso tercio de nuestros ingresos que se había desvanecido en el aire.

–Bueno –dijo la señora Bankland–, nosotros lo hemos resuelto haciendo un presupuesto.

–Tenemos un presupuesto –coincidió Bankland– y nos ceñimos estrictamente a él. Aunque el cielo se desplome, no repasamos ninguna partida de ese presupuesto. Esa es la única forma de vivir con sensatez y ahorrar dinero.

–Pues eso es lo que tenemos que hacer –coincidí.

La señora Bankland asintió con entusiasmo.

–Es un plan maravilloso –continuó–. Apartamos todos los meses en un depósito, y todo lo que ahorro me queda para hacer lo que quiera.

Me di cuenta de que mi esposa estaba visiblemente emocionada.

–Eso es lo que quiero hacer –estalló de repente–. Haz un presupuesto. Todo el mundo con dos dedos de frente debería hacerlo.

–Compadezco a cualquiera que no emplee ese sistema –dijo Bankland solemnemente–. Imagina el ahorro, el dinero extra que mi mujer tendrá para ropa.

–¿Cuánto has ahorrado hasta ahora? –preguntó mi esposa con entusiasmo a la señora Bankland.

–¿Hasta ahora? –repitió la Sra. Bankland–. ¡Ah, no!, todavía no ha habido tiempo. Verás, empezamos con el sistema precisamente ayer.

–¡Ayer! –exclamamos.

–Ayer mismo –asintió Bankland abatido–. Pero ojalá el cielo me lo hubiera enviado hace un año. He estado trabajando en nuestras cuentas toda la semana, y sabes, Fitzgerald, cada mes tengo 2.000 $ de los que no puedo dar cuenta ni para salvar mi alma.

Dirección: Easy Street*[1]

Nuestros problemas financieros han terminado. Hemos abandonado para siempre a los nuevos ricos y adoptado el sistema presupuestario. Es sencillo y sensato, y puedo explicártelo en pocas palabras. Considera tus ingresos como un pastel enorme, todo cortado en porciones, y que cada porción representa un tipo de gasto. Alguien lo ha trabajado todo para saber qué parte de tus ingresos se puede gastar en cada segmento. Incluso hay una porción por fundar universidades, si eso es lo tuyo.

Por ejemplo, la cantidad que se gasta en el teatro debe ser la mitad de la factura de la farmacia. Esto nos permitirá ver una obra cada cinco meses y medio, o dos veces y media al año.

* Referencia a la película de ese mismo título de Charles Chaplin, que se estrenó en 1917.

Nuestra asignación para periódicos debería ser solo una cuarta parte de lo que gastamos en la superación personal, por lo que estamos considerando si adquirir el periódico dominical una vez al mes o suscribirnos a un almanaque.

Según el presupuesto, solo nos podemos permitir tres cuartas partes de un criado, por lo que estamos buscando un cocinero cojo que pueda venir seis días a la semana. Y parece que el autor del libro del presupuesto vive en una ciudad donde todavía puedes ir al cine por cinco centavos y afeitarte por diez. Eso sí, vamos a renunciar al gasto llamado «Misiones extranjeras, etc.» y aplicarlo a la vida criminal. En general, aparte del hecho de que no se contemple una porción para «pérdidas», parece un libro muy completo y, según dicen, al final, si volviéramos a ganar 36.000 $ este año, lo más probable es que ahorráramos al menos 35.000.

–Pero no podemos tocar nada de esos primeros 35.000 –me quejé en casa–. Si tuviéramos algo que contar, no me sentiría tan absurdo.

Mi esposa se lo pensó un buen rato.

–Lo único que puedes hacer –dijo finalmente– es escribir un artículo y titularlo «Cómo vivir con 36.000 $ al año».

–¡Qué sugerencia tan tonta! –le respondí con frialdad.

TODOS LOS JÓVENES TRISTES

EL JOVEN RICO

Publicado en la revista *Red Book* en 1926

1

Empieza a tratar a cualquiera y en menos que canta un gallo habrás formado un estereotipo; empieza con un estereotipo y tendrás... nada. Esto es así porque todos somos bichos raros, más aún si vamos más allá de nuestros rostros y nuestras voces, más de lo que nadie podría imaginar o de lo que nosotros mismos sabemos. Cuando oigo a un hombre proclamar que es «un tipo normal, honrado y leal», mi única certeza es que posee una anormalidad concreta, funesta quizá, que ha decidido disimular. Así pues, cuando afirma que es normal, honrado y leal, no hace más que incidir en su encubrimiento.

No existen patrones ni colectivos. Existe un joven rico y esta es su historia, que no la de sus semejantes. He pasado toda la vida entre ellos, pero este ha sido mi amigo. Además, si escribiera acerca de sus semejantes debería comenzar arremetiendo contra todas las mentiras, tanto las que los pobres han dicho sobre los ricos como las que los ricos han dicho sobre sí mismos. Han levantado un entramado tan disparatado que cuando comenzamos un libro sobre ricos, un algo instintivo nos dispone para la irrealidad. Incluso los cronistas de la actualidad íntegros e inteligentes han convertido el país de los ricos en algo tan irreal como un país de hadas.

Permitidme que os hable de los muy ricos. No se parecen ni a vosotros ni a mí. Poseen y disfrutan tempranamente y eso les influye, pues los torna blandos cuando nosotros somos duros, y cínicos cuando nosotros somos de fiar, algo harto difícil de entender a menos que hayas nacido rico.

Me vais a permitir hablaros acerca de los más ricos. En lo más hondo de sus corazones piensan que son superiores, pues los demás tuvimos que descubrir por nuestra cuenta los cobijos y las contrapartidas de la vida. Incluso cuando se sumen en las profundidades de nuestro mundo o se hunden por debajo de nosotros, siguen considerándose superiores. Son diferentes. Mi único modo de describir al joven Anson Hunter es abordarlo como si fuera alguien foráneo y aferrarme obstinadamente a mi punto de vista. Si por un instante aceptase el tuyo, me perdería y el resultado no sería mejor que una peliculería absurda.

2

Anson era el mayor de seis hijos, quienes algún día se repartirían una fortuna de quince millones de dólares y que alcanzó la edad de la razón –¿es a los siete años?– a principios de siglo, cuando ya las jóvenes atrevidas se deslizaban por la Quinta Avenida en sus «velocípedos» eléctricos. En aquellos días Anson y su hermano tenían una institutriz inglesa que hablaba el idioma de forma muy nítida, limpia y bien articulada, así que los hermanos acabaron hablando igual que ella. Sus palabras y sus frases eran todas nítidas y limpias, en vez de empastadas como las nuestras. No es que hablasen igual que los niños ingleses, sino que adquirieron un acento propio de la gente distinguida de la ciudad de Nueva York.

En verano los seis niños se trasladaban desde la casa de la calle 71 a una gran finca en el norte de Connecticut. No era una localidad de moda, ya que el padre de Anson deseaba que sus hijos comenzasen a percibir esa otra faceta de la vida lo más tarde posible. Era un hombre un tanto superior a su clase, la de la buena sociedad de Nueva York, y a su época, la Edad de Oro del esnobismo y la vulgaridad encopetada, y deseaba que sus hijos cultivaran la concentración y la entereza y que se convirtieran en hombres rectos y prósperos. Su esposa y él procuraron no quitarles ojo hasta que los dos varones mayores se marcharon al internado, tarea difícil en las grandes mansiones –era mucho más sencillo en las hileras de casa pequeñas y medianas donde transcurrió mi juventud–. Yo nunca estuve fuera del alcance de la voz de mi madre o de la conciencia de su presencia, de su aprobación o desaprobación.

Anson comenzó a presentir su superioridad cuando observó la deferencia medio forzada y tan estadounidense que le dispensaban en el pueblo de Connecticut. Los padres de los niños con quienes jugaba siempre le preguntaban por su padre y por su madre y se mostraban una pizca entusiasmados cuando les invitaban a la casa de los Hunter. Anson se tomó esto como el estado natural de las cosas y siempre conservó un cierto desasosiego en medio de cualquier grupo cuyo centro no ocupara él, bien fuera por su dinero, su posición o su autoridad. No se dignaba competir con otros chicos para destacar, pues esperaba que aquello se le otorgara por ser quien era, y cuando no era así se refugiaba en su familia, donde no era preciso nada más, puesto que en el Este el dinero sigue siendo algo feudal, un forjador de clanes. En el fatuo Oeste el dinero divide a las familias en camarillas.

Cuando a los dieciocho años se trasladó a New Haven, Anson era alto y robusto, tenía la tez clara y un color saludable fruto de la vida ordenada que había llevado en el internado. Cabello rubicundo y arremolinado y nariz aguileña eran dos rasgos que le impedían ser guapo, a pesar de lo cual poseía un encanto desenvuelto y un cierto talante brusco que hacía que los hombres de clase alta que se cruzaban con él en la calle reconocieran sin palabras que se trataba de un niño rico que había asistido a una de las mejores escuelas. Precisamente esa superioridad le impidió destacar en la universidad, donde su independencia fue confundida con egocentrismo, y su negativa a acatar las normas de Yale con la debida reverencia se tomaba como menosprecio hacia quienes lo hacían. De modo que mucho antes de graduarse comenzó a desplazar el centro de su vida a Nueva York.

En Nueva York se sentía como en casa, en su propia casa, con el «tipo de servicio que ya no se encuentra en ninguna parte» y con su propia familia, cuyo centro no tardó en ocupar gracias a su buen humor y a su habilidad para hacer que todo marchase como debía. También contaba con las fiestas de debutantes, el mundo certero y viril de los clubes masculinos y las correrías ocasionales con chicas desinhibidas a quienes en New Haven solo conoció de lejos. Sus aspiraciones eran bastante convencionales, y entre ellas figuraba, claro está, el presagio inevitable de que algún día terminaría casado. Sin embargo, difería de las aspiraciones de la mayoría de los jóvenes en que no había nada que las empañara, nada de lo que se conoce como «idealismo» o «ilusión». Anson asumió sin reservas el mundo de las altas finanzas y las altas extravagancias; de los divorcios y la vida disipada; del esnobismo y el privilegio. La mayoría de nuestras vidas desembocan en una renuncia, en cambio, la suya comenzó precisamente así.

Nos conocimos a finales del verano de 1917, cuando él acababa de salir de Yale y, como todos, se había visto arrastrado por la histeria orquestada de la guerra. Ataviado con el uniforme azul verdoso de la aviación naval se presentó en Pensacola, donde las orquestas de los hoteles tocaban *I'm sorry, dear* y los jóvenes oficiales bailábamos con las chicas. Cayó en gracia a todos, y aunque frecuentase a los bebedores y no fuera precisamente un buen piloto, los instructores lo trataban con cierto respeto. Solía mantener largas conversaciones con ellos en un tono lógico y desenvuelto que concluían con su propio rescate, o más a menudo con el de otro oficial, de alguna sentencia inexorable. Era jovial, salaz y ardientemente ávido de placeres, así que todos quedamos sorprendidos cuando se enamoró de una chica conservadora y bastante formal.

Se llamaba Paula Legendre. Era morena, seria y de no sé qué lugar de California. Su familia tenía una residencia de invierno en las afueras de la ciudad, y a pesar de su envaramiento era tremendamente popular. Existe una numerosa clase de hombres cuya egolatría les impide soportar a las mujeres con sentido del humor. Pero Anson no era de esos y yo no entendía la atracción que la «sinceridad» de ella –su única cualidad destacable– ejercía sobre el temperamento agudo y un tanto burlón de él.

Aun así, se enamoraron, y fue Paula quien se llevó el gato al agua. Anson dejó de frecuentar las veladas al anochecer en el bar De Sota, y siempre que los veían juntos andaban enfrascados en alguna conversación larga y grave que parecía prolongarse semanas enteras. Mucho después él me contó que aquellos diálogos no giraban en torno a ningún asunto determinado, sino que ambos se dedicaban a formular declaraciones inmaduras e incluso desatinadas cuya emotividad fue ascendiendo paulatinamente no por las palabras en sí, sino por su tremenda seriedad. Era una especie de hipnosis con interrupciones frecuentes que derivaban en ese humor desmochado que llamamos guasa. Pero en cuanto volvían a encontrarse a solas retomaban el tono anterior, solemne, reposado y modulado, a fin de brindarse uno al otro una sensación de pensamiento y sentimiento unísonos. Así, cualquier interrupción llegó a molestarles y hacían caso omiso de las chanzas e incluso del cinismo templado de las personas de su edad. Solo eran felices cuando reanudaban su diálogo, cuya gravedad los bañaba como el resplandor ambarino de una fogata. Con el andar del tiempo se produjo una interrupción que no les molestó: era la interrupción de la pasión.

Por extraño que parezca, Anson quedaba tan absorto y tan hondamente afectado como ella por aquellas conversaciones, si bien era consciente de que en buena parte lo suyo era simulación, mientras que en ella era pura simpleza. Por otra parte, también en un principio despreció su simplonería emocional, pero su amor hizo que el ánimo de Paula floreciera y se tornara más hondo, hasta el punto de que fue incapaz de despreciarlo. Presentía que su acomodo en la existencia cálida y segura de Paula le haría feliz. El largo preámbulo de los diálogos deshizo cualquier traba. Él le enseñó algunas cosas que había aprendido de mujeres más disolutas y ella respondió con una pasión arrebatada. Una noche, tras un baile, decidieron casarse. Al momento él escribió una larga carta a su madre hablándole de ella. Al día siguiente Paula le dijo que era rica y que su fortuna personal se acercaba al millón de dólares.

3

Fue exactamente igual que si hubieran dicho: «ninguno tiene nada, compartiremos nuestra pobreza». Si bien, que ambos fueran ricos resultaba igualmente encantador, pues les permitía confluir en pos de la aventura. Aun así, cuando Anson logró un permiso en abril y Paula y su madre le acompañaron al norte, ella quedó impresionada por el ascendiente de su familia en Nueva York y por su espléndido tren de vida. Ya por primera vez a solas con Anson en las habitaciones donde había jugado de niño, ella se sintió invadida por una sensación de confort, como ante un futuro seguro y resuelto. Sus fotografías con gorra calada en su primera escuela, a caballo con el amor de un misterioso y olvidado verano y entre un alegre grupo de testigos y damas de honor en una boda le hicieron sentir celos de su vida anterior sin ella. Y tanto adornaban y tan bien conceptuaban estas posesiones su persona, que Paula decidió que se casaran de inmediato y regresar a Pensacola convertida en su esposa.

Sin embargo, un matrimonio inmediato quedó descartado de antemano. Incluso el compromiso debía guardarse en secreto hasta después de la guerra. Cuando ella se dio cuenta de que solo le quedaban dos días de permiso, su descontento se tradujo en la intención de que él se mostrase tan reacio como ella a esperar. Decidió llevar a cabo su intentona aquella misma noche, mientras se dirigían a una cena fuera de la ciudad.

Alojada en el Ritz con ellos estaba una prima de Paula, una chica estricta y amargada que la adoraba, aunque envidiaba su magnífico compromiso matrimonial. Como Paula tardara en vestirse, su prima, que no iba a la fiesta, recibió a Anson en el salón de la suite.

Anson se había reunido con unos amigos a las cinco y había pasado una hora bebiendo mucho. Salió del club de Yale a la hora conveniente y el chófer de su madre lo condujo al Ritz, pero no se encontraba pleno de facultades, y para colmo el calor bochornoso de la calefacción de la sala le provocó un mareo repentino. Aquello le causó tanto regocijo como pesar.

A pesar de sus veinticinco años, la prima de Paula era sumamente ingenua y al principio no se dio cuenta de lo que ocurría. No conocía a Anson y se sorprendió cuando él murmuró algo ininteligible y casi se cayó de la silla, pero hasta que apareció Paula no se percató de que lo que había tomado por el olor de un uniforme recién salido de la tintorería era en realidad whisky. En cambio, Paula lo entendió de inmediato y solo podía pensar en sacarlo de allí antes de que su madre lo viera. La mirada en sus ojos bastó para que su prima quedase al tanto de la situación.

Cuando Paula y Anson bajaron a la limusina encontraron a dos hombres dormidos dentro. Eran los amigos con quienes había estado bebiendo en el club Yale y que también iban a la fiesta. Anson había olvidado por completo que estaban en el coche. De camino a Hempstead se despertaron y empezaron a cantar. Algunas canciones eran zafias, y por mucho que Paula intentase disculpar la falta de tapujos verbales de Anson, apretó los labios abochornada y disgustada.

Mientras, en el hotel, su prima, confusa y alterada, sopesó el incidente y entró en la habitación de la señora Legendre diciendo:

–¿No te parece que tiene guasa?

–¿Quién tiene guasa?

–¿Quién va a ser? El señor Hunter. Me pareció que tenía mucha guasa.

La señora Legendre la miró severa.

–¿Dónde estaba la guasa?

–En que me dijo que era francés. Y yo no sabía que fuera francés.

–Eso es absurdo. Lo habrás entendido mal –sonrió–. Fue una broma.

La prima sacudió obstinada la cabeza.

–No. Me dijo que se había criado en Francia. Y también me dijo que no sabía hablar inglés y que por eso no podía hablar conmigo. ¡Y la verdad es que no podía!

Justo cuando la señora Legendre comenzaba a prestar oídos sordos al asunto, la prima añadió la siguiente reflexión:

–Tal vez no podía hablar por lo borracho que estaba –y salió de la habitación.

Aquel curioso relato era cierto. Al notar que hablaba de forma atropellada e incontrolada, Anson había recurrido a una argucia insólita: decir que no hablaba inglés. Años después le dio por contar aquel episodio, y las sonoras carcajadas que su recuerdo provocaban en él se contagiaban sin excepción a todos los que le escuchaban.

La señora Legendre intentó comunicarse por teléfono con Hempstead cinco veces durante la hora siguiente. Cuando lo consiguió, tuvo que esperar diez minutos hasta oír la voz de Paula al otro lado de la línea.

–La prima Jo me ha dicho que Anson está borracho.

–No puede ser.

–Claro que sí. La prima Jo dice que estaba borracho. Le dijo que era francés, se cayó de la silla y se portó como si estuviera muy ebrio. No quiero que regreses con él.

–¡Mamá! Está perfectamente. No te preocupes, por favor...

–Por supuesto que me preocupo. ¡Esto es espantoso! Quiero que me prometas que no volverás con él.

–Yo lo arreglaré, mamá.

–No quiero que vuelvas con él.

–Entendido, mamá. Adiós.

–Recuerda lo que te he dicho, Paula. Pídele a alguien que te acompañe.

Paula apartó muy decidida el auricular de su oído y colgó. Estaba roja de irritación e impotencia. Anson dormía a pierna suelta en un dormitorio del piso de arriba mientras abajo la cena languidecía hacia su final.

La hora que había durado el trayecto de ida lo espabiló un poco –su llegada solo fue hilarante–, y Paula albergaba la esperanza de que, a pesar de todo, la velada no se echara a perder, pero dos imprudentes cócteles antes de la cena coronaron el desastre. Anson se dirigió de forma tempestuosa y un tanto agresiva a todo el grupo durante quince minutos y luego se desplomó silenciosamente bajo la mesa como si fuera el personaje de un grabado antiguo, pero al contrario que en este, la escena resultó espantosa y nada pintoresca. Ninguna de las jóvenes presentes comentó el incidente –no les pareció que mereciera más que el silencio–. Su tío y dos hombres más lo subieron por las escaleras. Justo después se produjo la conversación de Paula con su madre.

Una hora más tarde Anson se despertó sumido en una niebla de dolor y angustia a través de la cual distinguió la figura de su tío Robert junto a la puerta.

–Decía que si te sientes mejor.

–¿Cómo?

–¿Te sientes mejor, vejestorio?

–Fatal –dijo Anson.

–Voy a darte otro antiácido con aspirina. Te ayudará a dormir, si no lo vomitas.

No sin esfuerzo, Anson apoyó los pies en el suelo y se levantó.

–Estoy perfectamente –dijo con voz apagada.

–Despacio, despacio.

–Creo que si me das una copa de coñac podré bajar las escaleras.

–De eso nada.

–Sí, es lo único que necesito. Ya estoy bien. Me figuro que me estarán poniendo de vuelta y media.

–Saben que estás un poco indispuesto –dijo el tío con desaprobación–. Pero no te preocupes. Schuyler ni siquiera ha podido llegar. Perdió el conocimiento en el vestuario del club de golf.

Indiferente a todas las opiniones salvo la de Paula, Anson estaba decidido a salvar los escombros de la noche, pero cuando apareció después de una ducha fría, casi todos los invitados ya se habían ido. Paula se levantó inmediatamente para volver al hotel.

En el coche reanudaron aquel diálogo serio, como los de antes. Paula sabía que le gustaba beber, pero nunca habría imaginado algo como aquello: tuvo la impresión de que a fin de cuentas no estaban hechos el uno para el otro. Sus ideas sobre la vida eran demasiado diferentes. Pero con todo, cuando concluyó, Anson tomó la palabra absolutamente sobrio. Paula respondió que tenía que pensarlo, que no podía tomar una decisión aquella noche; no estaba enfadada, sino terriblemente dolida. Ni siquiera le permitió entrar en el hotel con ella, aunque al salir del coche se inclinó y le dio un triste beso en la mejilla.

La tarde siguiente Anson mantuvo una larga conversación con la señora Legendre mientras Paula escuchaba en silencio. Acordaron que Paula meditaría aquel suceso durante un periodo razonable y que luego, siempre que madre e hija lo consideraran oportuno, se reunirían con Anson en Pensacola. Por su parte, Anson pidió perdón con sinceridad y dignidad. Aquello fue todo. A pesar de tener todas las cartas a su favor, la señora Legendre fue incapaz de obtener ventaja alguna sobre Anson, quien a su vez no prometió nada, no mostró ninguna humildad y se limitó a hacer algún comentario serio sobre la vida que al final le confirió cierto aire de superioridad moral. Cuando, tres semanas después llegaron al sur, ni él, satisfecho, ni ella, aliviada por su reencuentro, advirtieron que aquella compenetración se había ido para siempre.

4

Anson la dominaba, la atraía y la llenaba de angustia a partes iguales. Confundida por aquella mezcla de fortaleza y displicencia, de sentimentalidad y cinismo –incongruencias que su temple delicado era incapaz de entender–, Paula empezó a pensar que Anson poseía dos personalidades que se alternaban. Cuando se veían a solas o en una fiesta formal, o en compañía de sus conocidos inferiores, se sentía verdaderamente orgullosa de su presencia fuerte y atractiva y de la altura de su espíritu, paternal y comprensivo. Pero en compañía de otros se sentía incómoda cuando aquella lograda inmunidad a las afectaciones mostraba su otro rostro, grosero, burlón y desaprensivo hacia todo salvo el placer. Aquello la espeluznaba tanto que llegó a apartarla de él e incluso la precipitó a un breve y furtivo experimento con un antiguo pretendiente que de nada sirvió. Tras cuatro meses bajo la envolvente vitalidad de Anson, todos los hombres se le antojaban de una insulsez anémica.

La ternura y el deseo alcanzaron su punto álgido en julio, cuando Anson fue destinado al extranjero. Paula se planteó un matrimonio en el último minuto, pero se arrepintió porque él siempre despedía aliento a cóctel so pena de que la despedida le provocase una enfermedad física, pero de tristeza. Tras su marcha le escribió largas cartas en las que lamentaba los días de amor que la espera les había hecho perder. En agosto el avión de Anson se precipitó sobre el Mar del Norte. Después de pasar una noche en el agua fue rescatado por un destructor e ingresado en un hospital con un diagnóstico de neumonía. El armisticio se firmó antes de su esperada repatriación.

Entonces, cuando todas las oportunidades volvieron a presentárseles y sin ningún obstáculo material que superar, las secretas entretelas de sus temperamentos se interpusieron entre ellos: secaron sus besos y sus lágrimas, hicieron que sus voces se oyeran cada vez más apagadas y sofocaron la charla íntima de sus corazones hasta el punto de que su antigua comunicación solo fue posible por carta y a mucha distancia. Una tarde, un cronista de sociedad esperó dos horas delante de la casa de los Hunter para obtener la confirmación de su compromiso. Anson lo desmintió a pesar de que una edición anterior del diario la había publicado a grandes titulares: se les había visto «constantemente juntos en Southampton, Hot Springs y Tuxedo Park». Pero aquel diálogo serio y antiguo había desembocado en una disputa interminable que prácticamente había agotado su relación. Una vez Anson se emborrachó de forma tan ostensible que no acudió a una cita con ella, tras lo cual Paula le exigió varios cambios en su comportamiento. Su desazón no fue rival para su orgullo; se conocía demasiado bien. El compromiso se rompió de forma terminante.

«Queridísimo corazón –decían ahora sus cartas–, mi ser más querido, cuando me despierto en plena noche y me doy cuenta de que, se mire como se mire, esto acabó, siento ganas de morir. No puedo seguir viviendo así. Quizás este verano, cuando nos encontremos, podamos hablar con calma y cambiar de parecer. Aquel día estábamos muy tristes y alterados y no creo que pueda pasar mi vida entera sin ti. Hablas de otras personas, pero quiero que sepas que para mí no hay nadie más, solo tú...»

A veces Paula mencionaba los regocijos que le brindaban sus correrías por el este para producirle inseguridad, pero Anson era demasiado perspicaz para inquietarse. Ver el nombre de un hombre en sus cartas solo le hacía sentirse aún más seguro de los sentimientos de Paula y también una pizca desdeñoso; siempre había estado por encima de esas cosas. Aun así, conservaba la esperanza de que algún día terminasen casados.

Mientras tanto, se sumergió de lleno en el bullicio y el esplendor del Nueva York de la posguerra, empezó a trabajar como corredor de bolsa, ingresó en media docena de clubes, bailaba hasta altas horas de la noche y habitaba tres mundos diferentes: el suyo, el de los jóvenes licenciados de Yale y esa zona del *demimonde* que linda con Broadway. Pero siempre cumplió a rajatabla las ocho horas completas de trabajo en Wall Street, donde la suma de sus influyentes contactos familiares, su agudeza y su desbordante energía física lo auparon de forma casi instantánea. Poseía una de esas inteligencias de valor incalculable capaces de dividirse en compartimentos estancos. Alguna vez se presentó en su despacho después de dormir menos de una hora, pero no era algo frecuente. Así las cosas, en 1920 su sueldo más sus comisiones ya le reportaban unos ingresos que superaban los doce mil dólares.

A medida que la tradición de Yale se desvanecía en el tiempo, en Nueva York Anson iba convirtiéndose en una figura cada vez más conocida y admirada entre sus compañeros de clase, mucho más que en la universidad. Vivía en una casa suntuosa y contaba con los medios necesarios para introducir a los más jóvenes en otras igual de suntuosas. Parecía tener la vida asegurada, mientras que la mayoría de los otros solo había llegado a ocupar un nuevo y precario punto de partida. Empezaron a recurrir a él para sus diversiones y sus evasiones. Anson siempre respondía de buena gana y gozaba ayudando a la gente y solventando sus problemas.

Los hombres desparecieron de las cartas de Paula; en ellas resonaba ahora un punto de ternura que antes no existía. Por medio de diversas fuentes sabía que tenía un «pretendiente serio», Lowell Thayer, un bostoniano rico y de buena posición, y aunque estaba seguro de que aún le quería, le inquietaba pensar que pese a todo podría acabar perdiéndola. Salvo un día desafortunado, Paula llevaba casi cinco meses sin pisar Nueva York, y la proliferación de rumores no hizo sino aumentar sus ganas de verla. En febrero se tomó sus vacaciones y fue a Florida.

Palm Beach se extendía vigorosa y opulenta entre el zafiro rutilante del lago Worth, deslustrado aquí y allá por los yates anclados, y la inmensa franja turquesa del océano Atlántico. Las moles imponentes de los hoteles Breakers y Royal Ponciana se erguían como sendas panzas gemelas sobre la luminosa línea de arena y a su alrededor se arracimaban el club nocturno Dancing Glade, el casino del Beach Club de los hermanos Bradley y una docena de modistas y sombrereros cuyos precios triplicaban los de Nueva York. En la galería exterior emparrada del Breakers doscientas mujeres daban un paso a la derecha, un paso a la izquierda, giraban y se entregaban al entonces célebre ritmo calisténico conocido como *double-shuffle*.[1] En el descanso, dos mil brazaletes tintineaban al entrechocarse sobre doscientos brazos.

Ya de noche, en el Club Everglades, Paula, Lowell Thayer, Anson y un cuarto jugador ocasional jugaban al bridge con car-

---

1. Antecedente del charlestón. *(N. del T.)*

tas usadas. A Anson, el rostro serio aunque amable de Paula se le antojaba lánguido y fatigado. Llevaba entre cuatro y cinco años rondándole y él la conocía desde hacía tres.

–Dos picas.

–¿Un cigarrillo? Ah, perdón. Hablo yo.

–Habla.

–Doblo tres picas.

Una docena de mesas llenaban una sala cuyo ambiente iba cargándose de humo. Los ojos de Anson y Paula se cruzaban y se sostenían obstinados la mirada incluso cuando la de Thayer se interponía.

–¿Cuál es la apuesta? –preguntó Thayer abstraído.

–*Rosa de Washington Square* –cantaban los jóvenes en las esquinas–: *Me estoy marchitando, este aire de sótano me destiñe...*[2]

El humo se espesó como niebla, y al abrirse una puerta la corriente de aire llenó la habitación de remolinos de ectoplasma. Ojitos Brillantes recorrió como una centella las mesas buscando al señor Conan Doyle[3] entre los ingleses que en el vestíbulo del hotel ejercían de ingleses.

–«Se podía cortar con un cuchillo».

–«... cortar con un cuchillo».

–«... con un cuchillo».

Finalizada la partida, Paula se levantó de repente y en voz queda y tensa le dijo algo a Anson. Casi sin dignarse mirar a Lowell Thayer, cruzaron la puerta y bajaron una larga escalinata de peldaños de piedra. Poco después paseaban por la playa de la mano a la luz de la luna.

–Cariño, cariño...

Se abrazaban entre las sombras con una pasión imprudente. Entonces Paula separó su rostro para que los labios de Anson

---

2. *Rose of Washington Square. I'm withering there, in basement air I'm fading...* de la canción «Rose of Washington Square», del espectáculo de revista de Nueva York *Midnight Follies*. (*N. del T.*)
3. Referencia al señor Windibank, personaje del relato protagonizado por Sherlock Holmes *Un caso de identidad*. (*N. del T.*)

pudieran decir lo que quería oír: sentía cómo las palabras iban formándose mientras se besaban de nuevo... Y de nuevo se separó para escuchar, pero cuando Anson volvía a acercarla a él se dio cuenta de que no había dicho nada, solo «cariño, cariño...», con aquel susurro profundo, triste, que siempre la había hecho llorar. Humildes y obedientes, sus sentimientos se rendían ante él y las lágrimas bañaban su cara, pero el corazón seguía exclamando: «Pídemelo, Anson, amor mío, pídemelo».

–Paula... Paula...

Las palabras le oprimían el corazón como si fueran manos, y al sentirla temblar, Anson decidió que le bastaba aquella emoción. No era necesario decir más, comprometer sus destinos a un enigma impreciso. ¿Para qué iba a hacerlo si podía tenerla así mientras se marcaba sus propios plazos? Un año más, o quizá nunca. Pensaba en los dos, aunque más en ella que en sí mismo. Por un instante, cuando Paula dijo de pronto que debía volver al hotel, vaciló y luego pensó: «Ha llegado el momento», y a continuación: «No. Podemos esperar. Es mía».

Olvidaba que las tensiones de aquellos tres años también habían consumido a Paula. Aquella noche sus sentimientos se desvanecieron para siempre.

A la mañana siguiente, Anson volvió a Nueva York preso de cierta insatisfacción inquietante. En el vagón de su tren conoció a una hermosísima debutante y pasaron dos días comiendo juntos. Al principio le contó algo de Paula e inventó una misteriosa incompatibilidad que los separaba sin remedio. La chica tenía un temperamento impulsivo y desenfrenado y las confidencias de Anson la halagaron. Igual que el soldado de Kipling, Anson podría haberse aprovechado de ella como le hubiera apetecido antes de llegar a Nueva York, pero por fortuna estaba sobrio y se dominó. Sin previo aviso, a finales de abril recibió un telegrama desde Bar Harbor en el que Paula le decía que se había prometido con Lowell Thayer y que se casarían inmediatamente en Boston. Aquello que jamás creyó que pudiera suceder había sucedido.

Aquella misma mañana se empapó de whisky, acudió a su despacho y trabajó sin descanso, como si temiera lo que podía suceder si se interrumpía. Al atardecer salió como siempre y sin pronunciar una palabra acerca de lo ocurrido. Se mostró cordial, simpático y concentrado. Sin embargo, hubo algo que no pudo evitar: durante tres días, estuviera donde y con quien estuviera, súbitamente hundía la cabeza entre las manos y rompía a llorar como un niño.

5

En 1922 Anson acompañó al extranjero al socio menor de la firma para inquirir sobre ciertos créditos en Londres. Aquel viaje daba a entender que iba a ser aceptado como socio. Ya tenía veintisiete años y había ganado peso, aunque sin llegar a adquirir un aspecto rechoncho, y sus ademanes eran los propios de alguien mayor que él. Tanto los jóvenes como los veteranos lo apreciaban y confiaban en él, y las madres se sentían tranquilas cuando le encomendaban a sus hijas debido a su habilidad, en los ambientes sociales, para ponerse a la altura de las personas de más edad y más conservadoras. Era como si dijera «ustedes y yo somos personas sólidas, conocemos el mundo».

Tenía un conocimiento instintivo y bastante indulgente de las debilidades de hombres y mujeres e, igual que un sacerdote, aquello hacía que le preocupara mucho el cuidado de las apariencias. Solía pronunciar charlas matutinas todas las semanas en la escuela dominical de una conocida iglesia episcopal, aunque lo único que le separara de la noche previa de desenfreno fueran una ducha fría y un cambio de chaqueta.

Un día, como obedeciendo a un impulso compartido, algunos chicos se levantaron de la primera fila y se cambiaron a la última. Relataba con frecuencia esta anécdota, normalmente recibida con alegres carcajadas por la concurrencia.

Tras la muerte de su padre, se convirtió a todos los efectos en el cabeza de familia, y así pasó a dirigir los destinos de los hermanos más pequeños. Debido a una complicación legal, su autoridad no se extendía al patrimonio paterno, administrado por el tío Robert, el aficionado ecuestre de la familia y hombre de buen corazón, bebedor empedernido y miembro de la camarilla cuyo centro de operaciones era el club de golf de Wheatley Hills.

El tío Robert y su esposa Edna habían sido grandes amigos del joven Anson y el tío se sintió desilusionado cuando la superioridad del sobrino no se tradujo en afición a los caballos. Lo avaló para que ingresara en un club de la ciudad, el de acceso más difícil de todo el país y abierto solo a miembros de las familias que hubieran aportado a la construcción de Nueva York (dicho con otras palabras, que fueran ricas antes de 1880). Cuando, tras ser aceptado, Anson desdeñó aquel club en favor del de Yale, el tío Robert tuvo sus más y sus menos con él. Para colmo de males, Anson renunció a ser socio de la correduría de Bolsa de Robert Hunter, una agencia conservadora y algo descuidada. El resultado fue un enfriamiento de su relación. Como un maestro de escuela que ya hubiera enseñado todo lo que sabía, el tío Robert desapareció de la vida de Anson.

La vida de Anson estaba repleta de amigos (resultaba difícil encontrar uno a quien no hubiese hecho algún favor extraordinario o al que no hubiera abochornado alguna vez por sus arranques de procacidad o por su costumbre de emborracharse donde y como le apeteciera). En lo que hace a este asunto, le molestaban las meteduras de pata ajenas. En cambio, sus propias patanerías siempre le divertían. Le sucedían las cosas más disparatadas y las relataba después entre carcajadas contagiosas.

Aquella primavera yo trabajé en Nueva York y solía almorzar con él en el Club de Yale, compartido entonces con mi universidad mientras terminaban las obras de nuestro club. Había leído la noticia del matrimonio de Paula, y cuando una tarde le pregunté por ella, algo le impulsó a contarme la historia. A partir de entonces me invitó a cenar frecuentemente en su casa y se comportaba como si entre nosotros existiera una relación especial, como si a través de sus confidencias me hubiera trasladado una parte de aquellos recuerdos obsesivos.

Así supe que, a pesar de la confianza de las madres, su actitud hacia las jóvenes no era por lo general protectora. Dependía de la chica en cuestión: si mostraba inclinación a la vida fácil, más le valía andarse con cuidado incluso en compañía de Anson.

–La vida –me explicaría alguna vez– me ha convertido en un cínico.

Esa «vida» era otra forma de decir Paula. A veces, sobre todo cuando bebía, las ideas se le cruzaban un poco y pensaba que Paula lo había abandonado despiadadamente.

Fue aquel «cinismo», o más bien la constatación de que convenía no dejar escapar a las chicas fáciles por naturaleza, lo que lo condujo a su relación con Dolly Karger. No fue la única relación que mantuvo en aquellos tiempos, pero sí que estuvo a punto de afectarle profundamente, además de ejercer una influencia trascendental en su actitud hacia la vida.

Dolly era la hija de un conocido «publicitario» que se había casado con una señora de la alta sociedad. Se había educado en los mejores colegios, había sido presentada en sociedad en el Hotel Plaza y frecuentaba el local nocturno Assembly. Solo unas pocas familias de abolengo como los Hunter podían poner en cuestión su pertenencia a su mundo, pues su fotografía aparecía frecuentemente en los periódicos y recibía una atención envidiable, más que muchas chicas con credenciales incuestionables. Tenía el cabello oscuro, labios carmín y un cutis perfecto y encendido que el primer año tras su puesta de largo ocultó bajo unos polvos de tonalidad gris rosácea, puesto que aquella tez encendida no se estilaba. Lo que estaba en boga era la palidez victoriana. Vestía de negro, lucía trajes sobrios, y cuando estaba de pie se metía las manos en los bolsillos, inclinándose un poco hacia adelante con una cómica expresión de comedimiento. Bailaba primorosamente –bailar era lo que más le gustaba después del coqueteo–. Desde los diez años había estado enamorada, casi siempre de algún chico que no la correspondió. Quienes se enamoraban de ella –que eran muchos– la aburrían después de un breve encuentro, y en cambio sus fracasos ocupaban el rincón más cálido de su corazón. Cuando se encontraba con ellos siempre volvía a intentarlo; a veces con éxito y a veces no.

A esta alma gitana de lo inalcanzable jamás se le pasó por la cabeza que todos quienes se habían negado a quererla compartían un determinado rasgo común: poseían una aguda intuición que les revelaba la debilidad de Dolly, que no era sentimental sino de timón. Anson lo notó el mismo día que la conoció, menos de un mes después de la boda de Paula. Estaba bebiendo mucho y durante una semana simuló estar enamorado de ella. Después la abandonó de golpe y la olvidó, y eso lo encaramó al instante al puente de mando de su corazón.

Como tantas chicas de aquel tiempo, Dolly era indolente y tremendamente indiscreta. La heterodoxia de aquella generación apenas anterior a la actual solo fue uno de los aspectos de un movimiento de posguerra empeñado en desacreditar costumbres obsoletas. Mayor y más estrafalaria que Anson, Dolly halló en él los dos extremos que buscan las mujeres emocionalmente abúlicas: el abandono a la autocomplacencia sazonado con un vigor protector. En su carácter descubrió al sibarita y a la roca firme, rasgos que satisfacían todas las necesidades de su espíritu.

Dolly presentía que la relación sería difícil, pero se equivocaba en cuanto a los motivos: creía que Anson y su familia esperaban una boda más espectacular, pero enseguida se percató de que la tendencia de Anson a beber le confería una ventaja.

Se veían en las grandes fiestas de presentación en sociedad, y a medida que Dolly caía más prendada de él, procuraron encontrarse más a menudo. Como la mayoría de las madres, la señora Karger creía que Anson era absolutamente fiable, así que permitía que Dolly lo acompañara a lejanos clubes de campo y a casas de las afueras sin preguntar demasiado qué hacían y sin dudar de las explicaciones de su hija cuando regresaban a deshora. Quizás al principio tales explicaciones fueran ciertas, pero enseguida los mundanales planes de Dolly para conquistar a Anson cedieron ante la creciente marea de sus sentimientos. Los besos en el asiento trasero de los taxis y en los automóviles se le quedaron cortos. Fue entonces cuando hicieron algo curioso.

Durante un tiempo abandonaron su mundo y se crearon otro justo por debajo del primero en el que las borracheras de Anson y los horarios irregulares de Dolly merecieron menos atención y comentarios. Aquel mundo estaba formado por personajes diversos tales como algunos amigos de los tiempos de Yale y sus esposas, dos o tres jóvenes corredores de bolsa y de bonos y un puñado de jóvenes sin compromiso y recién salidos de la universidad, adinerados y propensos al desenfreno. La mezquindad y la mediocridad de aquel mundo quedaban compensadas por la libertad que a ellos se les concedía, aún mayor de la que solía permitirse. Por lo demás, todo giraba en torno a ellos, y aquello permitía a Dolly el placer de una vaga condescendencia, goce que Anson no podía compartir, puesto que su vida entera era un continuo ejercicio de condescendencia hacia las certezas de su infancia.

No estaba enamorado de ella, y así se lo dijo muchas veces a lo largo del invierno largo y febril que duró su relación. En primavera se sintió hastiado; necesitaba renovar su vida, beber de otras fuentes, y comprendió que o bien rompía inmediatamente con ella o aceptaba la responsabilidad de una seducción sin vuelta atrás. La actitud alentadora de la familia de Dolly precipitó su decisión. Una noche, cuando el señor Karger llamó discretamente a la puerta de la biblioteca para decirle que le había dejado una botella de brandy añejo en el comedor, Anson sintió que la vida lo estaba acorralando. Aquella misma noche escribió una breve carta a Dolly en la que le decía que se iba de vacaciones y que, dadas las circunstancias, lo mejoría sería que no volvieran a verse.

Era el mes de junio. Como su familia había cerrado la casa y se había ido al campo, Anson vivía de forma provisional en el Club de Yale. Me había mantenido al día de la evolución de su relación con Dolly –me lo contaba con humor, ya que despreciaba a las mujeres inestables y no les asignaba puesto alguno en el entramado social en el que creía–, de modo que me alegré cuando aquella noche me contó que había roto para siempre con ella.

Yo había visto a Dolly alguna vez y siempre me había producido lástima la futilidad de su empeño, así como vergüenza saber, sin tener derecho a ello, tantas cosas sobre ella. Era lo que llaman «una muñequita», aunque poseía cierta temeridad que me fascinaba. Su consagración a la diosa del desenfreno habría resultado menos evidente si Dolly hubiera sido menos animosa: seguramente acabaría echándose a perder, así que me alegró saber que yo no sería testigo de tal sacrificio.

Anson tenía pensado dejar la carta de despedida en la casa de Dolly a la mañana siguiente. Era una de las pocas casas que permanecían abiertas en la zona de la Quinta Avenida, y basándose en la información errónea de Dolly pensaba que los Karger habían suspendido un viaje al extranjero para facilitar los planes de su hija. Cuando salía del Club de Yale camino de la avenida Madison, Anson vio llegar al cartero y lo siguió. La primera carta que atrajo su mirada tenía en el sobre la letra de Dolly.

Sabía qué contenía: un monólogo trágico y ensimismado repleto de los reproches que ya conocía, de recuerdos evocados al estilo de «me pregunto si...», de todas las intimidades que desde tiempos inmemoriales ya le había confiado a Paula Legendre en lo que parecía un pasado remoto. Apartó algunos sobres con facturas y abrió la carta de Dolly. Para su sorpresa, era una nota breve y más bien protocolaria que decía que no podría acompañarlo a pasar el fin de semana en el campo porque Perry Hull, de Chicago, había aparecido inesperadamente. La carta añadía que Anson se lo había ganado: «Si supiera que me quieres como yo a ti, me iría contigo donde y cuando quisieras, pero Perry es muy agradable y tiene muchísimas ganas de que me case con él...».

Anson sonrió con desprecio: conocía bien este tipo de argucias epistolares. Sabía además que Dolly había urdido su plan meticulosamente. Seguramente habría llamado a su fiel Perry y calculado la hora de su llegada. Sabía que aquella nota estaba hábilmente pergeñada para provocarle celos, aunque sin llegar a ahuyentarlo. Como en la mayoría de las renuncias, la carta no expresaba fuerza ni vitalidad, sino una desesperanza timorata.

Le invadió la ira. Se sentó en el vestíbulo y volvió a leer la carta. Luego llamó a Dolly por teléfono, y en su habitual tono contundente y cristalino le dijo que había recibido su nota y que la recogería a las cinco tal como habían planeado. Apenas se entretuvo en oír la fingida incertidumbre de su «quizá pueda pasar una hora contigo». Colgó y se fue al despacho. Por la calle rompió su carta de despedida y fue arrojando los pedazos al suelo.

No estaba celoso –Dolly no era nada para él–, pero aquella patética artimaña sacó a flote toda su autocomplacencia y su terquedad. No podía pasar por alto aquella presunción de alguien mentalmente inferior. Si Dolly quería saber a quién pertenecía, a buen seguro que se enteraría.

A las cinco y cuarto se presentó ante la puerta de la casa. Dolly se había arreglado para salir y Anson oyó en silencio aquel «solo puedo pasar una hora contigo» que ella había empezado a decirle por teléfono.

–Ponte el sombrero, Dolly –dijo–. Vamos a dar un paseo.

Subieron la avenida Madison y luego entraron en la Quinta Avenida mientras el intenso calor iba untando la camisa empapada de sudor de Anson a su torso corpulento. Habló poco, la riñó y prescindió de cualquier lisonja, a pesar de lo cual no habían recorrido seis manzanas cuando ella ya había vuelto al redil, pedía perdón por la nota y como expiación se ofrecía a no ver a Perry o a hacer cualquier otra cosa. Pensaba que había aparecido porque empezaba a quererla.

–Tengo calor –dijo Anson cuando llegaron a la calle 71–. Llevo un traje de invierno. ¿Te importaría esperarme un momento en la planta baja si voy a casa a cambiarme? Solo tardaré un minuto.

Dolly era feliz: la intimidad que entrañaba que le dijese que tenía color, o por lo demás cualquier mención a lo físico de Anson, la entusiasmaba. Y sintió un cierto deleite cuando llegaron a la verja y Anson sacó la llave.

La planta baja estaba a oscuras. Cuando él subió en el ascensor, Dolly descorrió una cortina y miró las casas de enfrente a través de los visillos opacos. Oyó cómo se detenía el ascensor, y pensando en gastarle una broma, pulsó el botón para que volviera a bajar. Entonces, obedeciendo a algo más que un impulso, entró en el ascensor y subió al piso que pensaba que era el de Anson.

–Anson –lo llamó entre risas.

–Un momento –contestó él desde el dormitorio. Y un instante después–: Ya puedes entrar.

Se había cambiado y estaba abotonándose el chaleco.

–Esta es mi habitación –dijo despreocupadamente–. ¿Te gusta?

Dolly reconoció la foto de Paula en la pared y clavó sus ojos en ella fascinada, como Paula cinco años antes al ver las fotos de las noviecillas infantiles de Anson. Sabía algo de ella y a veces se torturaba con fragmentos de la historia.

Sin pensarlo, se acercó a Anson tendiéndole los brazos. Se abrazaron. Por el ventanal se cernía un crepúsculo suave y artificial, aunque el sol aún lucía sobre el tejado de enfrente. En media hora la habitación quedaría completamente a oscuras. La ocasión imprevista los abrumaba, les cortaba la respiración, y se abrazaron con más fuerza. Era inminente, inevitable. Sin deshacer su abrazo, levantaron sus cabezas y sus miradas se posaron a la vez sobre la foto de Paula, quien los observaba desde la pared.

Entonces Anson dejó caer los brazos y fue a sentarse a su escritorio, donde trató de abrir el cajón con un manojo de llaves.

–¿Quieres beber algo? –preguntó con voz ronca.

–No, Anson.

Se llenó medio vaso de whisky, se lo bebió y abrió la puerta que daba al pasillo.

–Vamos –dijo. Dolly dudó.

–Anson… He decidido que esta noche me voy al campo contigo. Lo entiendes, ¿verdad?

–Claro que sí –respondió él con brusquedad.

Más unidos sentimentalmente que nunca, fueron a Long Island en el coche de Dolly. Sabían qué iba a suceder, y libres del rostro de Paula, que ya no podía recordarles las carencias de su relación, nada les importó cuando se vieron solos en la tranquila y calurosa noche de Long Island.

La casa de Port Washington donde pensaban pasar el fin de semana era de una prima de Anson casada con un explotador de cobre de Montana. En la caseta del guarda nacía un camino de entrada que serpenteaba interminable bajo álamos recién trasplantados hasta una casa enorme y rosa de estilo español. Anson había ido allí a menudo.

Después de cenar fueron a bailar al Club Linx. Poco después de medianoche Anson se aseguró de que sus primos no volverían antes de las dos. Entonces dijo que Dolly estaba cansada, que iba a llevarla a la casa y que a continuación volvería al club. Casi temblando de excitación se fueron a Port Washington. Cuando llegaron a la caseta, Anson paró y habló con el vigilante nocturno.

−¿A qué hora comienzas tu próxima ronda, Cari?

−Ahora mismo.

−¿Te quedarás hasta que vuelvan todos?

−Sí, señor.

−Muy bien. Escucha, si algún coche, sea el que sea, se dirige a la casa, llama por teléfono inmediatamente −puso un billete de cinco dólares en la mano de Carl−. ¿Está claro?

−Sí, señor Anson −natural del Viejo Continente, no hizo ningún guiño ni sonrió. Aun así, Dolly mantuvo la vista ligeramente apartada.

Anson tenía una llave. Dentro de la casa, preparó una copa para cada uno −Dolly no tocó la suya−, comprobó dónde estaba el teléfono y se aseguró de que podía oírlo desde sus habitaciones en el primer piso.

Cinco minutos más tarde llamó a la puerta de la habitación de Dolly.

−¿Anson?

Entró y cerró la puerta tras él. Dolly estaba acostada, esperando nerviosa con los codos clavados en la almohada. Se sentó a su lado y la abrazó.

–Anson, cariño.

No respondió.

–Anson... Anson... Te quiero. Dime que me quieres. Dímelo ahora. ¿Por qué no me lo dices de una vez? Aunque no sea verdad.

No la escuchaba. Alzó la vista por encima de su cabeza y le pareció ver el retrato de Paula colgado en la pared. Se levantó y se acercó a él. El marco resplandecía débilmente por efecto de la intensísima luz de la luna encuadrando la sombra borrosa de un rostro que desconocía. Casi sollozando, se volvió, y con repugnancia miró fijamente al personaje insignificante de la cama.

–Esto es absurdo –farfulló–. No sé en que estaría pensando. No te quiero y más te vale esperar a otro que te quiera. No te quiero, ni mucho ni poco. ¿Es que no lo entiendes?

Se le quebró la voz y salió apresuradamente. Mientras su mano temblorosa se servía una copa en el salón, la puerta de la casa se abrió y súbitamente entró su prima.

–Anson, me he enterado de que Dolly se sentía mal –dijo solícita–. Me he enterado de que se había mareado...

–No es nada –la interrumpió elevando la voz para que también se oyera en la habitación de Dolly–. Estaba un poco cansada. Se ha ido a la cama.

Desde entonces, durante mucho tiempo Anson creyó que un Dios protector intervenía en los asuntos humanos. Pero Dolly Karger, incapaz de dormirse y con la mirada fija en el techo, ya no volvería a creer en nada.

6

Cuando Dolly se casó el otoño siguiente, Anson estaba en Londres en viaje de negocios. Igual que la boda de Paula, fue algo imprevisto, aunque aquello le afectó de otra manera. Al principio le pareció cómico, y al pensarlo le entraban ganas de reír. Después se deprimió: la noticia le hacía sentirse viejo.

Aunque Paula y Dolly pertenecieran a generaciones distintas, parecía como si los sucesos fueran adquiriendo un cariz repetitivo. Tuvo la precoz sensación de un hombre de cuarenta años que se entera de la boda de la hija de un antiguo amorío. Envió un telegrama de felicitación, pero a diferencia del que enviara a Paula, este fue sincero. Jamás deseó de verdad que Paula fuera feliz.

Cuando regresó a Nueva York se convirtió en socio de la firma y su tiempo libre fue reduciéndose a medida que sus responsabilidades aumentaron. La negativa de una aseguradora a suscribir con él un seguro de vida le afectó tanto que pasó un año sin beber, y aunque presumía de sentirse mucho mejor físicamente, yo creo que añoraba las desenfadadas crónicas de aquellas correrías cellinianas que en los primeros años de la veintena habían ocupado una parte tan importante de su vida. Pero nunca abandonó el Club de Yale. Allí era una figura, una personalidad que refrenaba la tendencia de sus antiguos compañeros de clase, siete años ya desde que se graduaron, a frecuentar ambientes más sobrios.

Nunca tenía la agenda demasiado repleta ni la mente demasiado fatigada para prestarle ayuda a quien se la pidiera. Lo que al principio hacía por orgullo y por convicción de su propia superioridad se había convertido en costumbre y pasión. Siempre había algo que solventar: uno de sus hermanos menores con problemas en New Haven; un amigo que se había peleado con la mujer y quería arreglarlo; conseguirle trabajo a fulano y aconsejarle una inversión a zutano. Pero la especialidad de Anson era resolver los problemas de los matrimonios jóvenes, que le fascinaban y cuyos apartamentos le parecían prácticamente recintos sacros. Conocía la historia de sus noviazgos, les aconsejaba dónde y cómo vivir y recordaba los nombres de sus hijos. Hacia las jóvenes esposas mantenía una actitud decorosa. Jamás se aprovechaba de la confianza que sus maridos depositaban en él, algo verdaderamente extraño si nos atenemos a sus aventuras de sobra conocidas.

Llegó a sentir como propios los goces de los matrimonios felices y también a dejarse embargar por una melancolía casi igual de agradable cuando alguno se descarriaba. No había temporada en que no se convirtiera en testigo del fracaso de una unión que quizás él mismo hubiera apadrinado. Cuando Paula se divorció y casi inmediatamente volvió a casarse con otro bostoniano, pasó una tarde entera hablándome de ella. Nunca amaría a nadie como a ella, pero insistía en que hacía mucho tiempo que aquello no le importaba.

–Jamás me casaré –llegó a decir–. He visto muchas bodas y sé que un matrimonio feliz es algo contadísimo. Además, ya se me ha pasado la edad.

Aun así, creía en el matrimonio. Como todos los nacidos de un matrimonio afortunado y feliz, creía apasionadamente en el matrimonio, y nada que viera podía minar su fe, que disipaba su cinismo igual que si fuera humo. Sin embargo, estaba seguro de que se le había pasado la edad. A los veintiocho años empezó a admitir con serenidad la posibilidad de un matrimonio sin amor; eligió decidido a una joven de Nueva York de su misma clase social, una chica agradable, inteligente, compatible con él, irreprochable, y se propuso enamorarse. Las cosas que antes había dicho, a Paula con sinceridad y a las demás con elegancia, ya no sabía decirlas sin sonreír, y además carecía de la energía necesaria para que resultaran convincentes.

–A los cuarenta años –dijo a sus amigos– alcanzaré la madurez y me enamoraré de alguna corista, como todos.

Pero perseveró en su intento. Su madre quería verlo casado y Anson podía permitirse de sobra una boda: era agente de Bolsa y ganaba 25.000 dólares al año. La idea le resultaba agradable, pues ya no conseguía disfrutar de la libertad cuando sus amigos –pasaba casi todo su tiempo con el grupo que se habían creado Dolly y él– se encerraban por la noche tras las paredes de sus hogares. Llegó incluso a preguntarse si debería haberse casado con Dolly. Ni siquiera Paula lo había querido más que ella, y por otra parte comenzaba a reparar en lo escasas que eran las emociones sinceras en la vida de un soltero.

Justo cuando comenzaba a dejarse embargar por aquel estado de ánimo llegó a sus oídos una historia inquietante. Su tía Edna, de poco más de cuarenta años, mantenía una indiscreta aventura con un joven disoluto y bebedor llamado Cary Sloane. Todo el mundo lo sabía salvo Robert, el tío de Anson, quien dando por descontada la fidelidad de su mujer llevaba quince años pasando largas horas de cháchara en los clubes.

La irritación de Anson aumentaba cada vez que la historia llegaba a sus oídos. Así fue como recuperó parte del antiguo afecto que había sentido por su tío, un sentimiento que rebasaba lo personal. En realidad era un retorno a aquella solidaridad familiar en la que había fundado su orgullo. Intuitivamente llegó a la conclusión de que lo esencial era que su tío no sufriera. Era la primera vez que se involucraba en un caso en el que nadie había solicitado su intervención, pero conociendo el carácter de Edna creía que podía solventarlo mejor que su tío o que un juez.

Su tío estaba en Hot Springs. Anson investigó y corroboró las fuentes del escándalo para que no existiera posibilidad de error y a continuación llamó a Edna y la invitó a almorzar en el Plaza al día siguiente. Algo en su tono debió de asustarla y se mostró reacia a verlo, pero él insistió y fue posponiendo la cita hasta que a ella se le acabaron las excusas.

Edna apareció puntual a su cita en el Plaza. Era una rubia encantadora y algo marchita de ojos grises enfundada en un abrigo de marta rusa. Cinco enormes anillos cuajados de diamantes y esmeraldas relucían en sus finísimas manos. A Anson se le pasó por la cabeza que había sido la inteligencia de su padre, y no la de su tío, la que había amasado el dinero que había pagado las pieles y las piedras preciosas, ese rico fulgor que mantenía a flote la perdida belleza de Edna.

Aunque Edna percibió la hostilidad de Anson, no esperaba la franqueza con que abordó la cuestión.

–Edna, no doy crédito a lo que estás haciendo –le dijo con voz firme–. Al principio ni siquiera lo creí.

–¿Creer qué? –le preguntó con aspereza.

–Es inútil que finjas conmigo, Edna. Te estoy hablando de Cary Sloane. Al margen de otras consideraciones, no pensaba que pudieras tratar a tío Robert...

–Escucha un momento, Anson –empezó a decir irritada, pero la voz perentoria de Anson se impuso a la suya.

–... ni a tus hijos de esa manera. Llevas casada dieciocho años y ya tienes edad para saber lo que haces.

–¡No tienes derecho a hablarme así! Eres un...

–Sí que tengo derecho. Tío Robert ha sido siempre mi mejor amigo.

Estaba tremendamente afectado. Sentía verdadera pena por su tío y sus tres primos. Edna se levantó sin haber probado el cóctel de marisco.

–Esto es lo más ridículo...

–Como quieras. Si no deseas escucharme se lo contaré todo al tío Robert. Tarde o temprano se iba a enterar. Y luego iré a ver al bueno de Moses Sloane.

Edna se derrumbó sobre su silla.

–No hables tan alto –le rogó. Las lágrimas le empañaban los ojos–. No sabes lo alta que suena tu voz. Deberías haber elegido un lugar más discreto para lanzar todas esas acusaciones disparatadas.

Anson no respondió.

–Sé que nunca me has apreciado –continuó–. Aprovechas cualquier chisme ridículo para intentar romper la única amistad interesante que he tenido. ¿Qué te he hecho yo para que me aborrezcas así?

Anson siguió esperando en silencio. Edna apeló a su caballerosidad, a su compasión e incluso a su elegante sofisticación. Pero Anson supo zafarse de todo aquello como a codazo limpio, de modo que al final llegaron las confesiones y fue entonces cuando pudo luchar a brazo partido contra ella. Su silencio, su insensibilidad, su recurso constante a su mejor arma, que no era más que sus propios y genuinos sentimientos, consiguieron sacarla de quicio a medida que transcurría la hora que duró el almuerzo. A las dos Edna sacó un espejito y un pañuelo, borró la huella de sus lágrimas y se empolvó los leves pliegues donde se habían depositado. Accedió a recibir a Anson en su casa a las cinco. A su llegada, ella estaba tendida en un diván cubierto con la cretona de los veranos. Las lágrimas que Anson había provocado durante la comida parecían continuar en sus ojos. Entonces advirtió la presencia sombría y angustiada de Cary Sloane junto a la chimenea apagada.

–¿En qué cabeza cabe? –estalló Sloane inmediatamente–. Tengo entendido que invitaste a Edna a almorzar y la amenazaste fundándote en vulgares habladurías.

Anson se sentó.

–No tengo motivos para pensar que sean habladurías.

–¿Es cierto que vas a ir con el cuento a Robert Hunter y a mi padre?

Anson asintió.

–O acabáis con esto vosotros, o lo haré yo –dijo.

–¿Y a ti qué carajo te importa, Hunter?

–No pierdas el control, Cary –dijo Edna, nerviosa–. Solo tenemos que demostrarle lo absurdo que...

–En primer lugar, está en juego mi apellido –interrumpió Anson–. Eso es lo único que me interesa de tu conducta, Cary.

–Edna no pertenece a tu familia.

–¡Por supuesto que sí! –su indignación aumentó–. ¡Esta casa y los anillos que lleva se los debe todos a la inteligencia de mi padre! Cuando se casó con tío Robert no tenía un céntimo.

Todos miraron los anillos como si gozaran de una importancia decisiva en aquella situación. Edna hizo ademán de quitárselos.

–Me figuro que no serán los únicos anillos que existen en el mundo –dijo Sloane.

–Esto es absurdo –gritó Edna–. Anson, haz el favor de escucharme. He descubierto cómo se originó ese chisme ridículo. Fue una criada a quien despedí y que después contrataron los Chilicheff. Todos estos rusos se dedican a tirar de la lengua a las criadas y luego no entienden lo que les han dicho –dio un puñetazo en la mesa con rabia–. Y eso que Robert les prestó la limusina un mes entero cuando nos fuimos al sur el invierno pasado. –¿Te das cuenta? –se apresuró a intervenir Sloane–. Esa criada es la que enredó la madeja. Sabía que Edna y yo éramos amigos y fue con el cuento a los Chilicheff. En Rusia dan por hecho que si un hombre y una mujer...

Convirtió el asunto en una larga disquisición sobre las relaciones sociales en el Cáucaso.

–Si es así, más vale que el tío Robert se entere –dijo Anson con sequedad–; así, cuando le lleguen los rumores, sabrá que no son ciertos.

Adoptó el mismo método que había utilizado con Edna durante el almuerzo y permitió que siguieran dándole explicaciones. Sabía que eran culpables y que muy pronto cruzarían el límite de las explicaciones para pasar a las justificaciones y condenarse así de forma mucho más inapelable de lo que él hubiera hecho. A las siete tomaron la desesperada decisión de decirle la verdad: la indiferencia de Robert Hunter, la vida vacía de Edna, el flirteo intrascendente que había encendido la pasión. Pero, como tantas historias verdaderas, la suya acarreaba la desgracia de sonar manida, y su débil argumentación se estrelló contra la armadura de la voluntad de Anson. La amenaza de acudir al padre de Sloane acabó de sumirlos en la impotencia, puesto que el señor Sloane, intermediario algodonero jubilado en Alabama, era un conocido fundamentalista que controlaba a su hijo asignándole una estricta cantidad mensual fija y asegurándole que, a la siguiente extravagancia, su asignación cesaría para siempre.

La discusión continuó durante la cena en un pequeño restaurante francés. En un momento dado Sloane recurrió a las amenazas físicas, pero al cabo de unos minutos la pareja suplicaba a Anson que les concediera un poco de tiempo. Anson se mostró inflexible. Se había dado cuenta de que Edna empezaba a derrumbarse y no convenía concederle la oportunidad de recuperar el ánimo ante la posibilidad de un renacimiento de su pasión.

A las dos de la mañana, en un pequeño club nocturno de la calle 53 Edna perdió los nervios y pidió que la llevaran a casa. Sloane no había dejado de beber en toda la noche y estaba a punto de deshacerse en lágrimas. Se apoyaba sobre la mesa y lloriqueaba con la cara entre las manos. Anson aprovechó para imponerles sus condiciones. Sloane pasaría seis meses fuera de la ciudad, que abandonaría en un plazo de cuarenta y ocho horas. A su regreso, la relación continuaría interrumpida, pero sí así lo deseaba Edna, al cabo de un año podría decirle a Robert Hunter que quería divorciarse y volver a las andadas con Cary.

Animado por sus gestos, Anson se interrumpió antes pronunciar la última palabra.

–Hay otra cosa que podríais hacer –dijo lentamente–: si Edna está dispuesta a abandonar a sus hijos, no puedo impediros que os fuguéis.

–¡Quiero volver a casa! –volvió a gritar Edna–. ¿No te parece que ya es bastante por hoy?

Era una noche oscura, aunque desde el fondo de la calle llegaba el resplandor borroso de la Sexta Avenida. Bajo aquella luz, los que ya no eran amantes se miraron por última vez y en sus gestos trágicos descubrieron que no reunían ni la juventud ni la fuerza suficientes para impedir la separación perpetua. Sloane se perdió calle abajo y Anson golpeó el brazo de un taxista que echaba una cabezada.

Eran casi las cuatro. El agua de las bocas de riego fluía plácidamente por las aceras fantasmales de la Quinta Avenida y las sombras de dos mujeres de la noche aparecieron y desaparecieron sobre la fachada oscura de la iglesia de Saint Thomas. Anson divisó los desolados matorrales de Central Park donde había jugado tantas veces de niño y fue ascendiendo las calles numeradas, cifras que poseían el mismo empaque que los nombres que identificaban a otras. Era su ciudad, pensaba, donde su apellido había prosperado con orgullo a lo largo de cinco generaciones. Ningún cambio podría alterar la solidez de su posición, pues el cambio era el sustrato esencial que los fundían a él y a quienes llevaban su apellido con el espíritu de Nueva York. La capacidad de iniciativa y el poder de la voluntad –en manos más débiles, sus amenazas habrían acabado en nada– habían limpiado el polvo que se acumulaba sobre el nombre de su tío, el de su familia e incluso el de la figura temblorosa sentada a su lado en el taxi. El cadáver de Cary Sloane fue hallado a la mañana siguiente al pie de uno de los pilares del puente de Queensboro. A oscuras y preso del nerviosismo, Cary había pensado que el agua fluía bajo sus pies, pero apenas un segundo después aquello dejó de importar, a menos que Cary hubiera planeado dedicarle un último pensamiento a Edna y gritar su nombre mientras pugnaba a duras penas contra el agua.

7

Anson nunca sintió remordimientos por su intervención en aquel asunto. No era responsable de su desenlace. Pero igual que los justos pagan por los pecadores, su amistad más antigua, y en cierta medida también la más preciada, llegó a su fin. Jamás llegaron a sus oídos las falsedades que a buen seguro contaría Edna, pero en todo caso no volvió a ser recibido en la casa de su tío.

Poco antes de Navidad la señora Hunter se retiró al más selecto cielo episcopaliano y Anson se convirtió oficialmente en el cabeza de familia. Una tía soltera que desde hacía muchos años vivía con ellos se hacía cargo de los asuntos domésticos e intentaba con lamentable ineficacia proteger y vigilar a las chicas más jóvenes. Todos los Hunter carecían de la confianza en sí mismos de Hunter y todos eran más convencionales, tanto en virtudes como en defectos. La muerte de la señora Hunter había aplazado la presentación en sociedad de una hija y la boda de otra. Además, les había arrebatado a todos algo absolutamente fundamental, pues su desaparición marcó el fin de la discreta y costosa superioridad de los Hunter.

En primer lugar, el patrimonio familiar, considerablemente mermado por los impuestos de sucesión y destinado a ser dividido entre seis hijos, no ascendía a una fortuna considerable. Anson se dio cuenta de que sus hermanas pequeñas solían hablar con bastante respeto de familias que ni siquiera existían veinte años antes. Su sentido de primacía ya no encontraba eco en sus hermanas, quienes a lo sumo y de cuando en cuando exhibían un esnobismo de lo más convencional. En segundo lugar, aquél sería el último verano que pasarían en la casa de Connecticut. Las quejas contra la casa había aumentado demasiado: «¿Quién quiere perder los mejores meses del año encerrado en ese pueblo sin vida?». Anson cedió de mala gana. La casa sería puesta a la venta en otoño y el verano siguiente alquilarían una más pequeña en el condado de Westchester. Aquello entrañaba descender un peldaño en la costosa sencillez que su padre había concebido, y aunque compartiera aquella rebeldía, no podía evitar sentirse contrariado. En vida de su madre no pasaba más de un fin de semana sin acercarse a la casa, incluso en los veranos más locos.

Sin embargo, él también formaba parte de aquel cambio, puesto que cumplida la veintena su instinto vital le había apartado de aquella clase ociosa y malograda que ahora celebraba sus exequias. Sin embargo, no era del todo consciente de ello y aún creía que existía una norma, un modelo de sociedad. Pero esa norma ya se había extinguido. De hecho, resultaba dudoso que en Nueva York hubiera habido alguna vez una norma propiamente dicha. Los pocos que aún pagaban y pugnaban por ingresar en un estrato social restringido se encontraban, al conseguirlo, con que aquello apenas funcionaba como sociedad, o lo que resultaba aún más alarmante, la bohemia de la que habían huido terminaba compartiendo mesa con ellos en un lugar preferente.

A los veintinueve años la principal preocupación de Anson era su creciente soledad. Tenía claro que nunca se casaría. Había perdido la cuenta de las bodas a las que había asistido en calidad de padrino o testigo. En su casa había un cajón rebosante de corbatas usadas en tal o cual cortejo nupcial, corbatas en honor de amores que no habían durado un año, parejas que habían desaparecido completamente de su vida. Alfileres de corbatas, portaminas de oro, gemelos, regalos de una generación entera de novios habían pasado por su joyero y se habían perdido. Cada ceremonia nupcial a la que asistía le hacía sentirse menos capaz de imaginarse en el lugar del novio. La felicidad que había deseado de corazón a todos aquellos matrimonios ocultaba la desesperanza ante el suyo.

Frisando la treintena, comenzó a dolerse de las bajas que el matrimonio, especialmente en los últimos tiempos, causaba entre sus amistades. Los grupos de amigos mostraban una desconcertante tendencia a disolverse y desaparecer. Sus antiguos compañeros de universidad –a quienes había dedicado la mayor parte de su tiempo y afecto– eran los más esquivos. La mayoría se había retirado a lo más recóndito de la vida doméstica, dos habían muerto, uno vivía en el extranjero y otro estaba en Hollywood y escribía guiones de películas que Anson nunca se perdía.

No obstante, casi todos se trasladaban a diario de las afueras al centro y llevaban una complicada vida familiar centrada en algún lejano club de campo. Este distanciamiento era lo que más le dolía.

Todos le habían necesitado en los albores de su vida matrimonial y a todos había aconsejado sobre su frágil situación económica y exorcizado sus dudas sobre la conveniencia de traer un niño al mundo en dos habitaciones con cuarto de baño. Pero sobre todo había sido el representante del gran mundo exterior. Pero un día los problemas económicos eran agua pasada y el niño esperado con temor se había convertido en una familia absorbente. Siempre se alegraban de ver a su viejo amigo Anson, pero lo recibían luciendo sus mejores galas para impresionarlo con su nuevo estatus social. Ya no le confiaban sus problemas. Habían dejado de necesitarle.

Pocas semanas antes de cumplir treinta años se casó el último de sus más viejos e íntimos amigos. Anson desempeñó su habitual papel de padrino, les regaló el habitual juego de té de plata y fue a despedir a los novios, que partieron en el habitual crucero. Era una calurosa tarde de viernes de mayo, y mientras se alejaba del puerto recordó que a pesar de ser víspera de sábado no tenía nada que hacer hasta la mañana del lunes.

«¿Dónde puedo ir?», se preguntó. Al Club de Yale, naturalmente: bridge hasta la hora de la cena, cuatro o cinco cócteles a palo seco en la habitación de algún conocido y una noche agradable y confusa. Lamentaba que no pudiera acompañarlo el recién casado, con quien siempre habían sabido apurar al máximo noches como aquélla. Sabían cómo conquistar a las mujeres y cómo desembarazarse de ellas, así como la cantidad exacta de atención que su inteligente hedonismo debía prestarle a una chica. Una jarana era un asunto perfectamente organizado. Llevabas a ciertas chicas a ciertos locales y gastabas exactamente lo que merecían que gastaras para que lo pasaran bien; bebías un poco más, no mucho más, de lo debido, y por la mañana, siempre a la misma hora, te levantabas y decías que te ibas a casa. Evitabas a los estudiantes, a los sablistas, los compromisos, las peleas, el sentimentalismo y las indiscreciones. Así debían ser las cosas. Lo demás era pura disipación.

A la mañana siguiente nunca te sentías demasiado arrepentido, puesto que no habías tomado decisiones irreversibles, pero si te habías pasado un poco de la raya y el corazón se resentía, sin decírselo a nadie pasabas unos días en abstinencia y esperabas hasta que la acumulación de aburrimiento nervioso te lanzara a la siguiente noche de jarana.

El vestíbulo del Club de Yale estaba vacío. En el bar tres estudiantes muy jóvenes lo miraron un segundo sin mostrar ninguna curiosidad.

—Hola, Oscar —le dijo al camarero—. ¿Ha venido el señor Cahill esta tarde?

—El señor Cahill se ha ido a New Haven.

–¿Y eso?

–Ha ido al fútbol. Muchos han ido también. Anson echó otra ojeada al vestíbulo, se quedó pensativo un momento y se dirigió a la Quinta Avenida. Desde el ventanal de uno de los clubes a los que pertenecía –y al que apenas había entrado en cinco años– lo miró un hombre de cabellos grises y ojos llorosos. Anson apartó la mirada. Aquella figura sumida en una resignación vacía, en una arrogante soledad, se le antojaba deprimente. Se detuvo, volvió sobre sus pasos y enfiló la calle 47 rumbo al apartamento de Teak Warden. Teak y su mujer habían sido sus amigos más íntimos –Dolly Karger y Anson solían ir a su casa cuando salían juntos–. Pero Teak se había aficionado a la bebida y su mujer había comentado públicamente que Anson era una mala compañía para su marido. El comentario había llegado amplificado a oídos de Anson, pero cuando por fin se aclararon las cosas, el hechizo de la intimidad ya se había roto perpetua e irremediablemente.

–¿Está el señor Warden? –preguntó.

–Se han ido al campo.

La noticia le produjo un dolor inesperado. Se habían ido al campo y él no lo sabía. Dos años antes habría sabido la fecha y la hora, y poco antes de su partida les habría hecho una visita para beber la última copa y planificar su próximo encuentro. En cambio, ahora se habían ido sin mediar palabra.

Anson consultó su reloj y se planteó pasar el fin de semana con su familia, pero el único tren era de cercanías, tres horas de traqueteo y calor agobiante. Tendría que pasar el sábado en el campo, y en cuanto al domingo, no estaba de humor para jugar al bridge en el porche con un grupo de educados estudiantes de último curso ni para bailar después de la cena en un local de pueblo, ese remedo de diversión que tanto había apreciado su padre. «Ni hablar –se dijo–. No.»

Era un hombre serio, imponente y joven, y aunque un poco entrado en carnes, por lo demás la vida disipada no le había dejado ninguna marca. Podrían haberlo tomado por el pilar de algo

-a veces de cualquier cosa salvo la buena sociedad, otras veces solo de eso-, de la Ley o de la Iglesia. Durante unos instantes permaneció inmóvil en la acera ante un edificio de apartamentos de la calle 47. Quizá fuera la primera vez en su vida que no tenía absolutamente nada que hacer.

Echó a andar apresurado por la Quinta Avenida como si acabara de recordar una cita importante. La necesidad de disimular es uno de los pocos rasgos que compartimos con los perros, y me imagino a Anson aquel día como si fuera un perro de raza bien adiestrado que ha visto cómo le cerraban una puerta trasera conocida sin motivo. Iría a ver a Nick, barman de moda en otro tiempo, solicitadísimo en todas las fiestas privadas y empleado ahora en las bodegas laberínticas del Hotel Plaza, donde mantenía frío el champán sin alcohol.

-Nick -dijo-, ¿qué ha sido de todo?

-Murió -dijo Nick.

-Prepárame un whisky con limón -Anson le pasó una botella de medio litro por encima de la barra-. Nick, las mujeres han cambiado; tenía una novia en Brooklyn y la semana pasada se casó sin avisarme.

-¿En serio? ¡Ja, ja, ja! -respondió Nick con diplomacia-. Menuda jugarreta.

-Desde luego -dijo Anson-. Y para colmo la noche anterior habíamos salido juntos.

-¡Ja, ja, ja! -respondió Nick-. ¡Ja, ja, ja!

-¿Recuerdas aquella boda en Hot Springs, cuando obligué a cantar el *Dios salve al rey* a los camareros y a la orquesta?

-¿Dónde fue aquello, señor Hunter? -Nick se concentraba, dubitativo-. Si no me equivoco, fue en...

-En la boda siguiente les entraron ganas de repetir, pero hoy no recordaba cuánto les había pagado la primera vez -prosiguió Anson.

-Creo que fue en la boda del señor Trenholm.

-No conozco a ése -dijo Anson decidido. Le ofendía que un extraño se entrometiera en sus recuerdos. Nick lo notó.

–No, no –admitió–. No sé cómo he podido equivocarme. Era uno del grupo de ustedes... Brakins... Baker...

–Bicker Baker –dijo Anson con entusiasmo–. Cuando todo terminó me sacaron de allí cubierto de flores en un coche fúnebre.

–Ja, ja, ja –respondió Nick–. Ja, ja, ja.

La actuación de Nick en el papel de antiguo criado de la familia fue perdiendo hasta que al final Anson lo dejó y subió al vestíbulo. Oteó el panorama y su mirada se cruzó con la del recepcionista, un desconocido, y luego se posó en una flor de la boda que se había celebrado por la mañana y que hacía equilibrios sobre el borde de una escupidera de bronce para no caer dentro. Salió del hotel y siguió la dirección del sol rojo sangre por Columbus Circle. Repentinamente volvió sobre sus pasos, entró de nuevo en el Plaza y se encerró en una cabina telefónica.

Más tarde me contó que aquella tarde me había llamado tres veces y que también intentó localizar a todos los que podían estar en Nueva York, hombres y mujeres a quienes no veía desde hacía años. Llegó a llamar a una modelo de los tiempos de la universidad cuyo número continuaba, si bien borroso, en su agenda, pero la central telefónica le dijo que hacía años que esa línea no existía. La búsqueda se trasladó entonces al campo, donde mantuvo breves conversaciones decepcionantes con criadas y mayordomos presuntuosos. Fulano no estaba en casa, estaba montando a caballo, nadando, jugando al golf, había zarpado hacia Europa la semana pasada. ¿De parte de quién?

Tener que pasar la noche solo se le antojaba intolerable. El tiempo libre que uno planea dedicar a estar a solas consigo mismo pierde todo su atractivo cuando esa soledad se vuelve forzosa. Siempre se puede recurrir a cierta clase de mujeres, pero las que conocía parecían haberse evaporado, y ni siquiera se planteó pagar para pasar una noche en Nueva York en compañía de una extraña. Le habría parecido vergonzoso y clandestino, una distracción propia de un viajante de comercio de paso por una ciudad desconocida.

Anson abonó las llamadas –la telefonista intentó en vano bromear sobre el importe desmesurado– y por segunda vez aquella tarde se dispuso a salir del Hotel Plaza para ir a Dios sabía dónde. Junto a la puerta giratoria se perfiló al trasluz la silueta de una mujer visiblemente embarazada. Un ligero echarpe ocre aleteaba sobre sus hombros por el efecto del giro de las puertas a las que miraba con impaciencia, como si estuviera harta de esperar. En cuanto la vio una virulenta y nerviosa sensación de familiaridad se apoderó de él, pero no fue hasta que estuvo a un metro de distancia que se dio cuenta de que era Paula.

–¡Pero si es nada menos que Anson Hunter!

El corazón le dio un vuelco.

–Paula...

–Esto es maravilloso. ¡No doy crédito, Anson!

Paula le tomó ambas manos y la libertad de aquel gesto le reveló que Paula lo recordaba sin angustia. En cambio, su reacción no fue la misma: sintió cómo su mente era invadida por el mismo estado de ánimo que Paula le había suscitado en el pasado, aquella misma delicadeza con la que siempre había acogido el optimismo de Paula, como si temiera empañarlo.

–Estamos pasando el verano en Rye. Pete tuvo que venir al este por trabajo... De sobra sabrás que ahora soy la señora de Peter Hagerty. Así que hemos alquilado una casa y hemos traído a los niños. Tienes que venir a vernos.

–¿Seguro? ¿Cuándo te parece bien? –preguntó sin rodeos.

–Cuando quieras. Por fin llega Peter.

La puerta volvió a girar y de ella emergió un hombre alto y agradable de unos treinta años, bronceado y con un bigote bien perfilado. Su impecable condición física contrastaba con el creciente abultamiento de Anson, evidente bajo un traje ligeramente entallado.

–No deberías estar de pie –le dijo Hagerty a su mujer–. ¿Por qué no nos sentamos ahí? Señalaba las sillas del vestíbulo, pero Paula no parecía muy decidida.

–Tengo que volver pronto a casa –dijo–. Anson, ¿por qué no te vienes y cenas con nosotros esta noche? Todavía está todo un poco desordenado, pero si no te importa...

Hagerty reiteró la invitación con cordialidad.

–Sí, ven y quédate a dormir en casa.

El coche los aguardaba delante del hotel. Paula se hundió en los cojines de seda con gesto cansado.

–Me gustaría contarte tantas cosas –dijo–. Me va a ser imposible.

–Quiero que me hables de ti.

–Veamos –sonrió a Hagerty–, eso también me llevaría mucho tiempo. Tengo tres hijos de mi primer matrimonio. Tienen cinco, cuatro y tres años –volvió a sonreír–. Ya ves que no he perdido el tiempo.

–¿Varones?

–Un varón y dos niñas. Pero luego ocurrieron un sinfín de cosas y hace un año me divorcié en París y me casé con Pete. Y nada más, salvo que soy inmensamente feliz.

Llegaron a Rye y se detuvieron ante una gran casa cerca del Club Marítimo de la que surgieron de repente tres niños delgados y de cabello oscuro que se zafaron de su niñera inglesa y se acercaron a ellos entre gritos indescifrables. Abstraída y con dificultad, Paula los fue tomando en brazos, caricia que los niños aceptaban con cierta rigidez, puesto que naturalmente les habían dicho que tuvieran cuidado de no darle un golpe a mamá. Ni siquiera junto a sus rostros primorosos el cutis de Paula testimoniaba el paso del tiempo. A pesar del cansancio, parecía más joven que la última vez que Anson la había visto siete años atrás en Palm Beach.

Durante la cena pareció preocupada por algo. Después, mientras rendían homenaje a la radio, se echó en el sofá con los ojos cerrados y Anson llegó a preguntarse si su presencia no estaría resultando molesta. Pero a las nueve, cuando Hagerty se levantó y dijo amablemente que iba a dejarlos solos un rato, Paula empezó a hablar despacio de sí misma y del pasado.

—La primera niña —dijo—, a la que llamamos Darling, la mayor... Cuando supe que me había quedado embarazada me entraron ganas de morirme porque Lowell era prácticamente un desconocido para mí. Era como si no fuera mía. Te escribí una carta, pero la rompí. ¡Ay, qué mal te portaste conmigo, Anson! Era el mismo diálogo, que ahora se reanudaba con sus mismos altibajos y claroscuros. Anson sintió revivir los recuerdos.

—Estuviste a punto de casarte, ¿verdad? —le preguntó Paula—. ¿Con una tal Dolly?

—Nunca he estado a punto de casarme. Lo he intentado, pero nunca he querido a nadie salvo a ti.

—Ah —dijo. Y un segundo después—: El niño que estoy esperando es el primero que deseo de verdad. Resulta que por fin estoy enamorada.

Sacudido por la perfidia que entrañaban aquellas palabras, Anson no contestó. Paula debió de darse cuenta de que aquel «por fin» le había hecho daño, porque añadió:

—Estaba loca por ti, Anson. Podrías haber conseguido lo que hubieras querido. Pero no habríamos sido felices. No soy lo bastante inteligente para ti. No me gustan las cosas complicadas como a ti —hizo una pausa—. Nunca sentarás la cabeza.

La frase fue como un puñetazo por la espalda. De todas las acusaciones posibles, era la menos merecida de todas.

—Sentaría la cabeza si las mujeres no fueran como son —dijo—. Acaso si no las conociera tan bien, si ellas no te echaran a perder a ojos de las demás o si tuvieran un poco de orgullo. ¡Si pudiera dormirme un instante y despertarme en un hogar que fuera realmente mío! Porque es para lo que estoy hecho, Paula, y eso es precisamente lo que las mujeres ven y lo que les gusta de mí. La única traba es que ya no soporto los preámbulos.

Hagerty volvió poco antes de las once. Después de un whisky, Paula se levantó y anunció que se iba a la cama. Se acercó a su marido.

—¿Dónde has estado, mi amor? —preguntó.

—He estado tomando una copa con Ed Saunders.

–Estaba preocupada. Creía que me habías abandonado –apoyó la cabeza en el pecho de Hagerty–. Es un encanto, ¿verdad, Anson? –preguntó.

–¡Desde luego! –dijo Anson echándose a reír. Paula alzó la mirada hacia su marido.

–Bueno, estoy lista –dijo. Se volvió hacia Anson–: ¿Quieres ver el número gimnástico de la familia?

–Sí –dijo con curiosidad.

–Muy bien. ¡Adelante!

Hagerty la tomó en brazos sin esfuerzo.

–Esto es lo que llamamos número gimnástico de la familia –dijo Paula–. Me sube en brazos por las escaleras. ¿No es un detalle encantador?

–Sí –dijo Anson.

Hagerty inclinó la cabeza y su cara rozó la de Paula.

–Y le amo –dijo Paula–. Creo que ya te lo había dicho, ¿no es así?

–Sí.

–Es el ser más adorable que haya pisado esta tierra, ¿verdad, cariño? En fin, buenas noches. Nos retiramos. Tiene fuerza, ¿verdad?

–Sí –dijo Anson.

–Encima de la cama tienes un pijama de Pete. Que duermas bien. Nos veremos en el desayuno.

–Claro –dijo Anson.

8

Los socios más veteranos de la firma se empeñaron en que Anson pasara el verano en el extranjero. Decían que llevaba casi siete años sin vacaciones. Estaba cansado y necesitaba cambiar de aires. Anson se resistió.

–Si me voy –dijo–, no volveré.

–Es absurdo, compañero. Dentro de tres meses estarás de regreso y habrás olvidado todos los problemas. Estarás mejor que nunca.

–No –negó con la cabeza, testarudo–. Si lo dejo ahora no volveré al trabajo. Dejarlo ahora equivaldría a una rendición, sería mi fin.

–Estamos dispuestos a correr ese riesgo. Auséntate seis meses si quieres. No tememos que nos abandones. Si no trabajaras te sentirías un desgraciado.

Le reservaron el pasaje. Querían a Anson –todos querían a Anson– y el cambio que había sufrido cayó como un mal agüero sobre la oficina. El entusiasmo que siempre había caracterizado su trabajo, el respeto hacia iguales e inferiores, su vitalidad y su energía se había trocado en los últimos cuatro meses en un intenso nerviosismo que había transmutado todas aquellas cualidades en el puntilloso pesimismo propio de un hombre de cuarenta años. En todos los asuntos en los que intervenía se convertía en un bache y un peso muerto.

–Si me voy, no vuelvo –decía.

Tres días antes de zarpar se enteró de que Paula Legendre Hagerty había muerto durante el parto. En aquella época pasé mucho tiempo con él porque íbamos a viajar juntos, aunque, por primera vez desde que nos habíamos conocido, no me dijo una palabra sobre sus sentimientos. Tampoco noté yo el menor atisbo de emoción. Su mayor preocupación era que ya había cumplido los treinta. Siempre llevaba la conversación a un punto que le permitiera recordármelo, para sumirse a continuación en el silencio, como si estuviera convencido de que aquella constatación pudiera desencadenar una serie de pensamientos incontenibles. Igual que a sus socios, me sorprendía el cambio que había experimentado y me alegré cuando nuestro barco, el *París*, se adentró en el húmedo espacio que separa dos mundos y dejó atrás el reino de Anson.

–¿Tomamos una copa? –sugirió.

Entramos en el bar en ese estado de ánimo desafiante que caracteriza el día de la partida y pedimos cuatro martinis. Tras el primer cóctel, cambió de repente: se echó hacia delante y me palmeó la rodilla, el primer gesto alegre que le había visto desde hacía meses.

-¿Has visto a la chica de la boina roja? -inquirió-. ¿Esa muy maquillada que trajo a dos perros policías para que la despidieran?

-Es guapa -admití.

-He averiguado quién es en la oficina del sobrecargo: viaja sola. En unos minutos bajo a hablar con el maître. Esta noche cenaremos con ella.

Al rato se fue, y una hora después ya estaba recorriendo la cubierta con ella hablándole con su voz potente y cristalina. La boina roja destacaba como una mancha de color vivo sobre el verde metálico del mar. De vez en cuando levantaba la vista con una relampagueante sacudida de la cabeza y sonreía divertida, interesada, curiosa. En la cena bebimos champán y reinó el júbilo. Después Anson jugó al billar con un entusiasmo contagioso y varias personas que me habían visto con él me preguntaron quién era. Cuando me fui a la cama la joven y él seguían charlando y riendo juntos en un sofá del bar.

Durante el viaje lo vi menos de lo que esperaba. Incluso intentó buscarme pareja, pero no había nadie disponible, así que solo lo vi durante las comidas, aunque a veces iba al bar a beber un cóctel y me hablaba de la chica de la boina roja y de sus aventuras con ella como solamente él sabía hacer para que resultaran amenas y novelescas. Me alegraba de que volviera a ser el de antes o, al menos aquel a quien yo había conocido y con quien me sentía a gusto. No creo que jamás fuera feliz a menos que tuviera cerca a alguna mujer enamorada de él que reaccionara igual que las limaduras de hierro con un imán, ayudándolo así a reconciliarse consigo mismo prometiéndole algo. No sé qué promesas serían, quizá que siempre habría mujeres en el mundo que perderían sus mejores horas, las más vivas y radiantes nutriendo y amparando aquella superioridad que abrigaba en su corazón.

SUEÑOS INVERNALES

Publicado en la revista *Metropolitan* en 1922

1

Algunos caddies eran pobres de solemnidad y vivían en casas de una sola habitación con una vaca neurasténica en la hierba del frente. Empero, el padre de Dexter Green era el dueño de la segunda mejor tienda de abastos de Black Bear –la mejor era El Cubo, que surtía a los ricos de Sherry Island–, y él solo hacía de caddie para sufragarse sus gastos de bolsillo.

En otoño, cuando los días se volvían grises y destemplados y el largo invierno de Minnesota se abatía como la blanca tapadera de una caja, los esquís de Dexter se deslizaban sobre la nieve que ocultaba las calles del campo de golf. En días así la campiña le producía una profunda melancolía: le dolía que los alcores se vieran condenados al abandono, invadidos durante la larga estación por gorriones andrajosos. Igualmente triste era que los *greens*, donde en verano habían ondeado los alegres colores de las banderas, fueran ahora inhóspitos areneros recubiertos por medio metro de hielo endurecido. Dexter cruzaba las lomas en medio de un viento que soplaba gélido como la desdicha; y si brillaba el sol, hollaba el terreno con los ojos entrecerrados para rehuir su resplandor rudo y desmesurado.

En abril el invierno cesaba de repente. La nieve se fundía y fluía hacia el lago Black Bear sin apenas esperar a que los primeros jugadores de golf desafiaran a los elementos con pelotas rojas y negras. El frío se había ido sin alharacas, sin un lapso de húmeda aclamación.

Dexter barruntaba algo funesto en aquella primavera nórdica, de la misma manera que en otoño entreveía algo maravilloso. El otoño le obligaba a frotarse las manos, a tiritar, a repetirse a sí mismo majaderías y a dirigir bruscos y enérgicos gestos de mando a auditorios y ejércitos imaginarios. Octubre lo colmaba de esperanzas que noviembre elevaba a una suerte de éxtasis triunfal, una tesitura nutrida por los granos de la molienda de las efímeras y radiantes remembranzas del verano en Sherry Island. Convertido en campeón de golf, derrotaba al señor T. A. Hedrick en un magnífico partido disputado cien veces en los campos de su imaginación, cuyas vicisitudes Dexter variaba incansablemente: unas veces vencía con una facilidad casi irrisoria y otras protagonizaba una remontada extraordinaria. Otra vez, tal como hacía el señor Mortimer Jones, se apeaba de su automóvil Pierce-Arrow y hacía su entrada con ademán glacial en los salones del Club de Golf de Sherry Island. O quizá, rodeado por una multitud de admiradores, brindaba una exhibición de vistosos saltos de trampolín en la piscina del club. Entre quienes lo observaban boquiabiertos de pasmo se contaba el mismo señor Mortimer Jones.

Un buen día sucedió que el señor Jones —el mismo que viste y calza, no su espectro— fue al encuentro de Dexter y con ojos lagrimosos le dijo que era el puñetero mejor caddie del club y que a buen seguro no abandonaría si conseguía que le reconocieran su valía. Todos los demás caddies del club de golf siempre le perdían una pelota en cada hoyo.

—No, señor —respondió Dexter tajante—. No quiero seguir siendo caddie —y tras una pausa—: Soy demasiado mayor.

—Pero si solo tienes catorce años. ¿Por qué diablos has decidido dejarlo justamente esta mañana? Me prometiste que la semana que viene me acompañarías al torneo del Estado.

—He decidido que soy demasiado mayor.

Dexter devolvió su insignia de categoría de honor, recibió del caddie *master* el dinero que le debían y regresó a pie a su casa en Black Bear.

–¡El mejor puñetero caddie que he visto en mi vida! –gritaba aquella tarde el señor Mortimer Jones mientras se tomaba una copa–. ¡Jamás perdía una pelota! ¡Voluntarioso! ¡Inteligente! ¡Tranquilo! ¡Honrado! ¡Agradecido!

La causante de aquello era una chiquilla de once años deliciosamente fea, como suelen serlo todas las chiquillas destinadas a ser, pocos años después, indeciblemente encantadoras y a provocar un sinnúmero de calamidades a una inmensidad de hombres. Aquella chispa ya se atisbaba, por ejemplo en la forma perversa en que las comisuras de sus labios se abarquillaban cuando sonreía, y –¡Dios nos ampare!– en el brillo casi apasionado de sus ojos. La lozanía se manifiesta precozmente en este tipo de mujeres, y en su caso resplandecía ostensiblemente a través de su cuerpo delgado tal como una aureola.

Había llegado ansiosa al campo a las nueve de la mañana con una ama uniformada de blanco que acarreaba cinco pequeños bastones de golf en una bolsa de lona blanca. Dexter la vio por primera vez junto al vestuario de los caddies; intentaba disimular su desasosiego manteniendo con la niñera una conversación a todas luces poco espontánea, aderezada con muecas tan turbadoras cono intrascendentes.

–En fin, hace un día verdaderamente espléndido, Hilda –le oyó decir Dexter. Las comisuras de sus labios se abarquillaron, sonrió y ojeó furtivamente a su alrededor. Durante un instante, su mirada se detuvo en Dexter. A continuación se dirigió a la niñera.

–Vaya, me temo que esta mañana no ha salido mucha gente.

Y volvió a sonreír radiante, descaradamente artificiosa, convincente.

–No sé qué vamos a hacer –dijo la niñera con la mirada perdida.

–No te preocupes. Yo lo arreglaré.

Dexter permaneció inmóvil y con los labios ligeramente entreabiertos. Sabía que si daba un solo paso adelante su mirada entraría en el campo de visión de la de ella. Y si retrocedía, dejaría de ver su cara al completo. Por un momento no cayó en la cuenta de su edad, pero al poco recordó haberla visto varias veces el año anterior, aunque vestida con pololos.

Dexter se rió de sopetón. Fue una risa breve y súbita. A continuación dio media vuelta y comenzó a alejarse apurado.

–¡Chico!

Dexter se detuvo.

–¡Chico!

No había duda: era a él. Y no solo eso, sino que también le dedicaba aquella absurda sonrisa, aquella sonrisa ridícula que muchos hombres recordarían incluso en su madurez.

–Chico, ¿sabes dónde está el profesor de golf?

–Está dando clase.

–¿Sabes dónde está el caddie *master*?

–No ha venido esta mañana.

–Vaya. –La noticia pareció desconcertarla. Su cuerpo basculaba sobre uno y otro pie.

–Quisiéramos un caddie –dijo la niñera–. La señora de Mortimer Jones nos envió a jugar al golf, pero no sabemos hacerlo sin un caddie.

La interrumpió una mirada acerada de la señorita Jones, seguida de inmediato por una sonrisa.

–El único caddie que hay aquí soy yo –dijo Dexter a la niñera–, y no puedo moverme de aquí hasta que vuelva el *master*.

–Vaya.

La señorita Jones y su acompañante se alejaron. Cuando estuvieron a una distancia prudencial de Dexter, se enzarzaron en una acalorada conversación que concluyó cuando la señorita Jones empuñó uno de los palos de golf y golpeó el suelo con violencia. De postre, volvió a empuñarlo y poco le faltó para descargarlo sobre el pecho de la niñera cuando esta agarró el palo y se lo arrebató.

–¡Maldito vejestorio inaguantable! –profirió desaforada la señorita Jones.

Sobrevino una nueva discusión. Consciente de la comicidad de la escena, Dexter estuvo varias veces a punto de echarse a reír, pero reprimió las carcajadas antes de que pudieran oírlas. No podía sustraerse a la monstruosa convicción de que la chiquilla tenía motivos para agredir a la niñera.

La aparición fortuita del caddie *master* resolvió la situación: la niñera lo llamó inmediatamente.

–La señorita Jones necesita un caddie y ese muchacho dice que no puede acompañarnos.

–El señor McKenna me dijo que esperase aquí hasta que usted llegara –intervino Dexter.

–Pues ya ha llegado –la señorita Jones sonrió festivamente al caddie *master*, dejó caer la bolsa y se dirigió con femenina altivez hacia el primer *tee* de salida.

–¿Y bien? –el caddie *master* se volvió hacia Dexter–. ¿Qué haces ahí como un pasmarote? Recoge los palos de la señorita.

–Creo que hoy no voy a salir.

–¿Cómo?

–Creo que voy a dejar el trabajo.

La enormidad de aquella decisión lo asustó. Era uno de los caddies preferidos por los jugadores, y en ningún otro lugar de los alrededores del lago conseguiría los treinta dólares mensuales que ganaba allí durante el verano. Sin embargo, había sufrido una sacudida anímica tremenda y su perturbación reclamaba un desahogo violento e inmediato.

Sin embargo, bajo aquella superficie había algo más. Como tantas veces a lo largo de su vida, Dexter había sucumbido a los dictados de sus sueños invernales.

2

Como es natural, andando el tiempo el carácter y la intensidad de aquellos sueños invernales fueron variando, pero no así su contenido. Fueron aquellos sueños los que, años después, impulsaron a Dexter a renunciar a un grado en administración de empresas impartido por la universidad del estado que su padre, cuya situación económica había mejorado, le habría sufragado, por la dudosa ventaja de estudiar en una universidad del Este, con más fama y solera, donde en cambio pasó apuros económicos. Pero no caigamos en la falsa impresión de que, puesto que al principio sus primeros sueños giraban en torno a cavilaciones sobre los ricos, el muchacho era un vulgar esnobista. Su deseo no era relacionarse con cosas y personas rutilantes, sino alcanzar él mismo esa rutilancia. A menudo iba en pos de la excelencia sin saber por qué, y a veces se topaba con las misteriosas negativas y prohibiciones que prodiga la vida. De una de aquellas negativas, y no de la carrera de Dexter, trata esta historia.

Ganó dinero, y de una forma un tanto pasmosa. Cuando terminó la universidad se trasladó a la ciudad de donde procedían las personas acaudaladas que frecuentaban el lago Black Bear. Con tan solo veintitrés años de edad y menos de dos en aquella ciudad, a algunos ya les gustaba decir: «Este chico vale mucho». A su alrededor, los hijos de los ricos se dedicaban al menudeo de valores de escasa rentabilidad, invertían sus patrimonios con la misma escasa rentabilidad o se enfrascaban en los tropecientos volúmenes del *Curso de Comercio George Washington*. En cambio, gracias al aval de su título universitario y a su labia, Dexter obtuvo un préstamo de mil dólares y compró una participación en una lavandería.

Se trataba de una lavandería pequeña, pero Dexter se propuso especializarla, y para ello aprendió cómo lavaban los ingleses las medias de golf sin que encogieran. Al cabo de un año ya ofrecía sus servicios a los que gastan pantalones bombachos. Los hombres exigían que llevaran sus medias de punto y sus jerséis de lana a la lavandería de Dexter igual que exigían un caddie capaz de encontrar las pelotas. No tardó en ocuparse también de la lencería de sus mujeres y en regentar cinco locales en distintos puntos de la ciudad. Antes de cumplir veintisiete años poseía la mayor cadena de lavanderías de la región. Fue entonces cuando lo vendió todo y se fue a Nueva York. Pero la parte de su historia que nos interesa se remonta a los días en que Dexter saboreaba su primer gran triunfo.

Cumplidos los veintitrés años, el señor Hart –uno de aquellos señores de pelo cano a quienes gustaba decir: «Este chico vale mucho»– lo invitó a pasar un fin de semana en el Club de Golf de Sherry Island. Así pues, una mañana estampó su firma en el registro y pasó la tarde jugando al golf por parejas con los señores Hart, Sandwood y T A. Hedrick. No le pareció necesario revelarles que una vez había acarreado los palos del señor Hart por aquellos mismos alcores, cuyos búnkeres y hondonadas reconocería con los ojos cerrados, aunque sí se sorprendió mirando de reojo a los cuatro caddies que los seguían por si captaba algún gesto o mirada que le recordaran a sí mismo y achicaran la brecha que separaba su presente de su pasado.

Fue un día extraño y salpicado de impresiones inesperadas, huidizas, familiares. De repente tenía la sensación de ser un intruso y un instante después se sentía infinitamente superior al señor T. A. Hedrick, un plomo que para colmo no sabía jugar al golf.

Fue entonces cuando el señor Hart perdió una pelota cerca del green número diecisiete y sucedió algo extraordinario. Mientras buscaban entre la aspereza de la hierba alta, oyeron con nitidez un agudo grito de «¡bola!» desde detrás de ellos. Al girarse los cuatro tras interrumpir de golpe su búsqueda, una pelota nueva y reluciente que salía disparada desde la colina impactó en el abdomen del señor T. A. Hedrick.

–¡Dios santo! –gritó el señor T. A. Hedrick–. ¡Deberían expulsar a esas esas locas del campo! Es indignante.

Una cabeza y una voz asomaron sobre la cima.

–¿Les importa que les crucemos?

–¡Me ha dado en el estómago! –protestó el señor Hedrick desaforado.

–No me diga –la joven se acercó al grupo–. Lo siento. He gritado «bola».

Ojeó con indiferencia a cada uno de los hombres y luego escudriñó la calle buscando la pelota.

–¿Ha rebotado hasta la hierba alta?

Resultaba imposible saber si la pregunta era ingenua o maliciosa. Sin embargo, la misma joven los sacó de dudas al instante cuando, al aparecer su compañera en la cima de la colina, gritó alegremente:

—Estoy aquí! Habría ido directamente al green si no le hubiera dado a algo.

Dexter la miró detenidamente mientras se disponía realizar un golpe corto. Llevaba un vestido de algodón azul con ribetes bancos en el cuello y en las mangas tulipán que acentuaban su bronceado. Ya no existía aquel trazo de exageración, de delgadez, que a los once años volvía absurdos sus ojos apasionados y sus labios abarquillados. Era sensacionalmente bella. El rubor de sus mejillas resultaba perfecto, igual que el de un cuadro: no era encendido, sino de una calidez natural fluctuante, y tan esfumado que se diría que en cualquier momento podría palidecer hasta desvanecerse. Aquel rubor y la movilidad de la boca transmitían una incesante sensación de mudanza continua, de vida intensa, de vitalidad apasionada, matizada solo en parte por la triste opulencia de los ojos.

Impaciente y desinteresada, blandió el hierro cinco y lanzó la pelota al búnker, más allá del green. Y con una sonrisa rápida y fingida fue en su busca tras un descuidado «gracias».

—¡Esa Judy Jones! —comentó el señor Hedrick en la siguiente salida mientras esperaban a que la joven se alejara—. Lo que necesita son seis meses de azotes en el trasero y que la casen con un capitán de caballería de los de antes.

—Dios mío, ¡es guapísima! —dijo el señor Sandwood, quien apenas había pasado la treintena.

—¡Guapísima! —exclamó el señor Hedrick con desprecio—. ¡Es como si siempre estuviera pidiendo besos con esos ojitos de vaca con los que encandila a cualquier ternero de la ciudad!

No parecía que el señor Hedrick se refiriera al instinto maternal.

—Si se lo propusiese, jugaría muy bien al golf —dijo el señor Sandwood.

—No tiene estilo —sentenció solemnemente el señor Hedrick.

—Tiene buen tipo —continuó el señor Sandwood.

—Agradezcamos a Dios que no golpee con más fuerza —terció el señor Hart guiñándole un ojo a Dexter.

Aquella tarde el sol se puso entre un desordenado torbellino de oro, púrpuras y escarlatas al que le sucedió la seca y susurrante noche de los veranos del Oeste. Dexter observaba desde la terraza del club de golf cómo la brisa rizaba las aguas, melaza de plata que cosechara la luna llena. Entonces, ésta se llevó un dedo a los labios y el lago se transformó en una piscina cristalina, pálida y tranquila. Dexter se puso el bañador y nadó hasta la balsa más lejana. Allí se tendió, goteando sobre la lona mojada del trampolín.

Un pez saltaba, una estrella brillaba, y las luces destellaban alrededor del lago. Lejos, en una oscura península, un piano tocaba las canciones del último verano y de los anteriores, temas de la comedia musical *Chin-Chin* y de las operetas *El conde de Luxemburgo* y *El soldado de chocolate*. Como el sonido del piano resonando sobre una superficie de agua siempre le había parecido algo hermoso, Dexter se quedó escuchando en completa quietud.

El tema que el piano tocaba ahora había resultado alegre y novedoso cinco años antes, cuando Dexter estaba en el segundo año de la universidad. La habían tocado una vez en uno de los bailes que organizaban en el gimnasio, cuando él no podía permitirse aquel lujo y se había quedado escuchando en la calle. Aquella melodía le provocó una especie de éxtasis, sumido en el cual contempló lo que le sucedía: un estado de percepción intensísima, la sensación de hallarse por una vez en magnífica armonía con la vida y de que todo cuanto lo rodeaba irradiaba una claridad y un esplendor de los que jamás volvería a gozar.

De repente, de la oscuridad de la isla emergió una forma menuda, alargada, pálida, escupida por el retumbar del motor de una lancha motora que dejaba tras ella serpentinas blancas de agua hendida. Casi al instante, la lancha llego hasta él y sofocó con el zumbido monótono de su espuma los cálidos acordes del piano. Dexter se incorporó sobre sus brazos y vislumbró una figura al timón, dos ojos oscuros que lo miraban por encima de la superficie, cada vez más extensa, de agua. La lancha se alejó trazando con sus giros un inmenso e inútil círculo de espuma en el centro del lago. De modo igualmente caprichoso, el círculo fue aplanándose y aproximándose a la balsa.

–¿Quién anda ahí? –gritó una joven al apagar el motor. Ahora estaba tan cerca que Dexter pudo adivinar un bañador rosa.

La proa de la lancha chocó contra la balsa, que se balanceó peligrosamente arrojando a Dexter hacia la muchacha. Se reconocieron, aunque con dispares grados de interés.

–¿No eres uno de los que jugaban al golf esta tarde? –le preguntó.

–Así es.

–Dime, ¿sabes pilotar una lancha motora? Ojalá supieras, porque así yo podría enganchar un esquí acuático y subirme encima. Soy Judy Jones.

Le dedicó una absurda sonrisa de suficiencia, o más bien un amago de tal. Pero fuera como fuese la mueca, a él no le resultó grotesca, sino encantadora.

–Vivo en una casa en la isla donde un hombre está esperándome. En cuanto su coche llegó a la puerta monté en la lancha y me fui porque anda diciendo que soy su mujer ideal.

Un pez saltaba, una estrella brillaba, y las luces destellaban bordeando el lago. Dexter se sentó junto a Judy Jones, quien le explicó cómo se pilotaba la lancha. Poco después Judy estaba en el agua nadando hacia la tabla de esquí acuático con un sinuoso estilo crol. Sus ojos no se cansaban de contemplarla: era como contemplar una rama mecida por el viento o el vuelo de una gaviota. Sus brazos, bronceados en un tono carne de calabaza, se movían serpenteantes entre las ondas de platino mate. Primero aparecía el codo y a continuación el antebrazo, que con la cadencia de un salto de agua se extendía para luego sumergirse y avanzar rasgando el agua.

Se internaron en el lago; al volverse, Dexter vio que se había arrodillado sobre la parte posterior del esquí, oblicuo sobre el agua.

–Acelera –gritó–, acelera todo lo que puedas.

Obediente, Dexter accionó la palanca y la espuma ascendió hasta la altura de la proa. Cuando volvió a mirarla, ya estaba de pie sobre el raudo esquí con los brazos extendidos y la mirada hacia a la luna.

–¡Qué frío más espantoso! –gritó–. ¿Cómo te llamas? –. Él se lo dijo.

–¿Quieres venir a cenar mañana?

El corazón de Dexter giró igual que el volante de la lancha, y por segunda vez un capricho de Judy alteró el rumbo de su vida.

3

La tarde siguiente, mientras esperaba a que Judy bajara, Dexter llenó con su imaginación el amplio y mullido porche cubierto y la galería acristalada por la que se accedía al primero con todos los hombres que habían amado a Judy Jones. Sabía qué clase de hombres eran: los mismos que, cuando ingresó en la universidad, habían llegado procedentes de los grandes colegios privados luciendo trajes elegantes y el intenso bronceado de los veranos saludables. Se había percatado de que, en cierto sentido, él era mejor que aquellos hombres. Era más adelantado, más fuerte, y su mismo reconocimiento de que deseaba que sus hijos fueran como ellos no hacía sino confirmar que él era la sólida savia bruta de la que ellos afloraban eternamente.

Cuando tuvo la oportunidad de vestir buenos trajes, ya sabía quiénes eran los mejores sastres de Estados Unidos, precisamente los que habían confeccionado el traje que llevaba aquella tarde. Había adquirido esa peculiar circunspección típica de su universidad y que tanto la distinguía de las demás. Consciente del valor que le aportaba aquel atildamiento, lo había adoptado como algo propio. Sabía que los modales y el vestir descuidados exigen mayor confianza en uno mismo que lo contrario. Sus hijos podrían permitirse ser descuidados. Su madre, apellidada Krimslich, fue una campesina de Bohemia quien hasta sus últimos días solo consiguió chapurrear el inglés. Así pues, su hijo debía atenerse a los patrones establecidos.

Judy Jones bajó poco después de las siete. Llevaba un sencillo vestido de tarde de seda azul y Dexter se sintió decepcionado porque no se hubiera puesto algo más estiloso. Aquella sensación se acentuó cuando, después de un breve saludo, Judy se acercó a la puerta del corredor de la cocina, y abriéndola, dijo: «Puedes servir la cena, Martha». Dexter esperaba que un mayordomo la anunciaría después de tomar un cóctel, pero aquellos pensamientos se disiparon en cuanto se sentaron en un sofá y se miraron.

—Papá y mamá no están en casa —dijo ella pensativamente.

Dexter recordaba la última vez que había visto al padre de Judy y le alegró que los padres se hubieran ausentado aquella noche, pues de no ser así se habrían preguntado quién era. Había nacido en Keeble, una aldea de Minnesota ochenta kilómetros al norte, y siempre decía que se había criado allí, y no en Black Bear. Los pueblos del interior resultaban aceptables como lugares de procedencia siempre y cuando no fueran demasiado conocidos y utilizados como apeaderos de algún lago de moda.

Hablaron de la universidad donde Dexter había estudiado, y que Judy había visitado con frecuencia durante los dos últimos años, así como de la cuidad vecina, que abastecía a Sherry Island de clientes y donde al día siguiente aguardaban a Dexter sus pujantes lavanderías.

A lo largo de la cena Judy fue cayendo en una especie de abatimiento destemplado que le hizo sentirse incómodo. Le molestaban las impertinencias que Judy profería con su voz gutural. Y aunque sonriera —a él, a un higadillo de pollo, a nada—, le desasosegaba que aquella sonrisa no brotara del júbilo, o al menos de algún instante distendido. Cuando las comisuras escarlata de sus labios se abarquillaban, aquella sonrisa se tornaba una invitación a un beso.

Después de la cena, lo condujo a la galería en penumbra y deliberadamente cambió de talante.

—¿Te importa que llore un poco? —dijo.

—Temo estar aburriéndote —respondió Dexter.

—No. Me caes bien. Es que he pasado una tarde horrible. Estaba encariñada con un hombre y esta misma tarde, de buenas a primeras, me ha dicho que es más pobre que una rata de sacristía. Antes ni siquiera me lo había insinuado. ¿No te parece horriblemente vulgar?

–Quizá le daba miedo decírtelo.

–Eso me figuro –contestó–. No entró con buen pie. Porque si yo hubiera sabido que era pobre... He perdido la cabeza por montones de hombres pobres y siempre he tenido la intención de casarme con ellos. Pero con él nunca se me ocurrió hacer algo así, y mi interés no era lo bastante grande para sobrevivir a la impresión. Es como si una chica le dijera tranquilamente a su chico que es viuda. Aunque él no tuviera nada contra las viudas, en fin... Lo que bien empieza... –de pronto se interrumpió–. Por cierto, ¿quién eres tú?

Dexter titubeó un instante.

–No soy nadie. Mi carrera depende en gran medida de cómo se den las cosas.

–¿Eres pobre?

–No –dijo con franqueza–. Seguramente esté ganando más dinero que cualquiera de mi edad en todo el noroeste. Sé que suena muy ruin, pero como me has aconsejado que entre con buen pie...

Tras un breve silencio, Judy sonrió, las comisuras de sus labios se abarquillaron y un balanceo casi imperceptible la acercó a Dexter mientras lo miraba a los ojos. Dexter sintió un nudo en la garganta, y conteniendo la respiración esperó probar aquel experimento: un compuesto imprevisible, elaborado misteriosamente con los elementos de los labios de Judy. Entonces lo entendió. Judy le transmitía su excitación pródiga y profundamente a través de unos besos que no eran promesa, sino cumplimiento, y que no suscitaron en él un afán de renovación, sino hartura que a su vez exige más hartura... besos que, como la limosna, producen ganas de más precisamente porque se dan como si nada.

Al poco ya estaba convencido de que llevaba deseando a Judy Jones desde que era un chiquillo orgulloso y ambicioso.

4

Así empezó y así continuó su relación: con diversos grados de intensidad pero manteniendo el mismo tono hasta su desenlace. Dexter rindió una parte de sí mismo a la persona más absorbente y carente de principios que jamás había conocido. Armada con el poder de su encanto, Judy conseguía cualquier cosa que deseara. No se valía de estratagemas ni artimañas para alcanzar ciertas posiciones o producir efectos premeditados –en sus asuntos amorosos el aspecto mental contaba bien poco–. Tan solo lograba que los hombres fueran plenamente conscientes de su encanto físico. Dexter no deseaba que cambiara, pues sus defectos estaban entretejidos de una energía apasionada que los trascendía y los justificaba.

Cuando, con la cabeza apoyada sobre el hombro de Dexter, aquella primera noche murmuró: «No sé qué me pasa. Anoche creía que estaba enamorada de un hombre y esta noche creo que estoy enamorada de ti», aquellas palabras le sonaron encantadoras y románticas. Durante una semana pudo llevar las riendas de aquella exquisita emotividad, pero al cabo se vio forzado a contemplar aquel mismo afecto bajo una luz bien distinta. Judy lo llevó en su descapotable a una comida campestre, y cuando acabó se esfumó con otro en el mismo descapotable. Muy malhumorado, Dexter apenas fue capaz de tratar con un mínimo de educación a los demás invitados. Y supo que Judy mentía cuando le aseguró que no había besado al otro, si bien le alegró que se tomara la molestia de engañarlo.

Como descubrió antes del fin del verano, aquel hombre era uno de los muchos y variados que revoloteaban alrededor de Judy. Todos habían sido alguna vez el favorito, y la mitad aún hallaba consuelo en algún reavivamiento sentimental ocasional. Si alguno mostraba indicios de retirada tras un largo periodo de indiferencia, Judy le dedicaba una hora escasa de ternura que lo animaba a continuar aborregado un año más. Realizaba estos escarceos contra los indefensos y derrotados sin malicia, y ciertamente sin apenas tener conciencia de la perversidad de sus actos.

Cuando un hombre nuevo aparecía en la ciudad, los demás quedaban al margen y de forma automática todas las citas quedaban canceladas.

Era inútil pretender hacer algo al respecto, puesto que era Judy quien hacía y deshacía. No era una chica que pudiera ser «cautivada» en el sentido cinegético del término. Estaba hecha a prueba de astucias y hechizos, de modo que si alguno se lanzaba al asalto con demasiado ímpetu, Judy llevaba el asunto al terreno físico, y bajo el embrujo de su esplendor físico tanto los fuertes como los sagaces acababan sometiéndose al juego que ella imponía. Solo se complacía satisfaciendo sus deseos y ejercitando sus encantos. Quizá la misma abundancia de amores juveniles y jóvenes enamorados fuera lo que, actuando en defensa propia, la condujo a regodearse solamente de sí misma.

Tras la euforia inicial, Dexter cayó en la desazón y la insatisfacción. El éxtasis irremediable de perderse en Judy se asemejaba más a un opiáceo que a un tónico. Por fortuna para su trabajo, durante el invierno aquellos momentos de éxtasis escasearon. Cuando se conocieron, durante sus primeros días pareció existir una profunda atracción recíproca: por ejemplo, aquel primer agosto hubo tres días de largos anocheceres a oscuras en su terraza, de besos tristes y tenues a la caída de la tarde en rincones sombríos o en el jardín, tras las celosías emparradas del cenador, así como mañanas en las que, al encontrarse en la claridad del nuevo día, ella aparecía fresca como un sueño. Aquello poseía todo el éxtasis de un compromiso, acaso acentuado por la consciencia de que no había ningún compromiso. Fue en aquellos tres días que Dexter le pidió por primera vez que se casara con él. «Quizás algún día», y a continuación «bésame», «me gustaría casarme contigo», «te quiero»... fueron sus palabras. En definitiva, no dijo nada.

Aquellos tres días concluyeron con la llegada de un neoyorquino, invitado a pasar la mitad de septiembre en casa de Judy. Para martirio de Dexter, corrió el rumor de que eran novios. Era el hijo del presidente de una gran empresa. Sin embargo, a finales de septiembre ya se rumoreaba que Judy bostezaba. Pasó la noche entera de un baile en una lancha motora con un galán local mientras el neoyorquino la buscaba frenéticamente por el club. Judy le dijo al galán local que su invitado la aburría; dos días después el invitado se fue. Los vieron juntos en la estación, y se dijo que el neoyorquino tenía un aspecto verdaderamente lastimoso.

Así acabó el verano. Dexter tenía veinticuatro años y cada vez se sentía más capaz de cumplir todos sus deseos. Se había hecho socio de dos clubes de la ciudad y vivía en uno de ellos. Aunque no formara parte de la alineación oficial de jóvenes solteros, procuraba asistir a los bailes en los que era probable que apareciera Judy Jones. Habría podido brillar en sociedad cuanto hubiera querido, puesto que ya era un soltero cotizado y apreciado por los padres de las mejores familias de la ciudad (su confesada devoción por Judy Jones había contribuido a afianzar su posición). Sin embargo, carecía de aspiraciones sociales y despreciaba a los danzarines empedernidos, siempre pendientes de la fiesta del jueves o del sábado, comensales de relleno en cenas con los matrimonios más jóvenes. Barajaba la idea de trasladarse a Nueva York y quería llevarse a Judy Jones con él. Ninguna desilusión causada por el mundo en el que ella se había criado podía desbaratar la ilusión que ejercía su atractivo. Es preciso recordarlo, porque solo así puede entenderse lo que hizo por ella.

Dieciocho meses después de haber conocido a Judy Jones se comprometió con otra chica. Se llamaba Irene Scheerer y su padre era de los que siempre habían creído en Dexter. Irene tenía el cabello claro y era dulce y honesta, y también un poco gruesa. Tenía dos pretendientes a quienes desdeñó con la máxima delicadeza cuando Dexter le pidió formalmente matrimonio.

Verano, otoño, invierno, primavera y vuelta al verano y al otoño: este fue el periodo de su vida activa que a la sazón entregó a los incorregibles labios de Judy Jones, quien por su parte lo había tratado con interés, aliento, malicia, indiferencia y desprecio. Y como si quisiera vengarse de haberle tenido cariño, le había infligido los innumerables desaires y afrentas que suelen darse en casos así. Primero lo atraía, después se aburría soberanamente de él y luego volvía a atraerlo. A menudo él respondía malencarado y con amargura. Judy le había proporcionado una felicidad arrebatada seguida de una agonía anímica intolerable; le había causado molestias indecibles y no pocas complicaciones. Lo había insultado y pisoteado y por ella había llegado al extremo de descuidar su trabajo. Y todo por mera diversión. Le había hecho de todo salvo criticarle, pensaba él, quizá porque aquello solo habría servido para empañar la suprema indiferencia que demostraba hacia él y que sentía sinceramente.

Tras el segundo otoño, Dexter comenzó a pensar que jamás conquistaría a Judy Jones. Tuvo que meterse la idea a martillazos en la cabeza, pero finalmente se convenció. Una noche, antes de dormirse, se dedicó a cavilar. Recordó los problemas y el dolor que le había causado y enumeró sus evidentes defectos como esposa. Luego se dijo que la quería, y poco después se durmió. Pasó una semana trabajando con ahínco y a deshoras, todo para evitar imaginarse su voz grave al teléfono o sus ojos frente a él mientras almorzaban juntos. De noche iba a su despacho y planeaba su futuro.

Aquel fin de semana acudió a una fiesta y bailó una vez con ella. Puede que fuera la primera vez desde que se conocían que no le pidió que salieran del local con él ni le dijo que estaba preciosa. Pero le dolió que Judy no lo echase en falta; no hubo más. Y tampoco sintió celos al ver a su nuevo acompañante. Hacía tiempo que se había hecho inmune a los celos.

Se quedó en el baile hasta tarde. Pasó una hora con Irene Scheerer hablando de libros y música, temas de los que sabía muy poco, pero puesto que ahora comenzaba a ser dueño de su tiempo, tuvo la ocurrencia un tanto pedante de que él, el joven y fabulosamente próspero Dexter Green, debía conocerlos mejor.

Aquello sucedió en octubre, cuando tenía veinticinco años de edad. En enero Dexter e Irene se comprometieron. Lo anunciarían en junio y se casarían tres meses después.

El invierno de Minnesota se prolongaba interminablemente y casi era mayo cuando al fin los vientos amainaron y la nieve se fundió en el lago Black Bear. Por primera vez en más de un año el ánimo de Dexter disfrutaba de cierto sosiego. Judy Jones había estado en Florida y después en Hot Springs. En algunos de esos lugares se había prometido y en otro había roto el compromiso. Al principio, tras renunciar definitivamente a ella, le entristecía que la gente creyera que seguían enamorados y que le preguntara por ella. Pero cuando en las cenas empezaron a sentarlo junto a Irene, pasaron de preguntarle por Judy a referirle sus andanzas. Dexter había dejado de ser una autoridad en la materia.

Por fin llegó mayo. Por la noche, cuando la oscuridad era húmeda como la lluvia, Dexter paseaba por las calles maravillándose de que una pasión tan grande lo hubiera abandonado tan pronto y con tan poco esfuerzo. El mes de mayo anterior había estado marcado por la turbulencia desgarradora, inolvidable aunque ya olvidada, de Judy. Fue uno de esos escasos lapsos en que ella imaginó que podía quererlo. Dexter había cambiado aquel pellizco de felicidad pretérita por una brizna de paz. Sabía que Irene solo sería una cortina cerrada tras él, una mano que se mueve entre relucientes tazas de té, una voz que llama a los niños. La pasión y la belleza se habían ido para no volver, así como la magia de las noches y el prodigio de las horas y las estaciones cambiantes... los labios suaves, abarquillados, posándose en los suyos y transportándolo al paraíso de las miradas... Todo aquello había arraigado en él. Era demasiado fuerte y estaba demasiado vivo para dejar que muriera sin más.

A mediados de mayo, cuando el tiempo se estabilizó durante unos días en el angosto puente que conduce al corazón del verano, una noche Dexter se presentó en la casa de Irene. Su compromiso se anunciaría una semana después, algo que por lo demás no iba a sorprender a nadie. Esa noche pasarían una hora sentados juntos en el salón del Club Universitario mirando a las parejas que bailaban. Estar con Irene le aportaba una sensación de solidez. Su popularidad no podía estar más asentada, una mujer «formidable» de la cabeza a los pies.

Subió las escaleras de la casa de piedra y entró.

–¡Irene! –llamó.

La señora Sheerer salió de la sala para recibirlo.

–Dexter –le dijo–, Irene ha subido a su dormitorio con un dolor de cabeza espantoso. Quería salir contigo, pero la he mandado a la cama.

–Espero que no sea nada grave...

–En absoluto. Mañana por la mañana jugará al golf contigo. Puedes pasarte sin ella una noche, ¿verdad, Dexter?

Su sonrisa era agradable. Se caían bien. Hablaron un momento en la sala y a continuación Dexter se despidió.

Al regresar al Club Universitario, donde estaba alojado, se entretuvo en el umbral del salón observando la llegada de los asistentes al baile. Se apoyó en el quicio de la puerta, saludó con la cabeza a un par de conocidos, bostezó...

–Hola, querido.

Aquella voz próxima y conocida lo sobresaltó. Judy Jones había dejado a su acompañante y había atravesado el salón para acercarse a él. Era una delgada muñeca de porcelana vestida de oro: dorada la cinta del pelo y dorados los zapatos que asomaban bajo el vestido de noche. El frágil fulgor de su rostro pareció florecer cuando le sonrió. Una brisa cálida y luminosa barrió el salón de baile. Las manos de Dexter se cerraron de sopetón en el bolsillo de la chaqueta de su esmoquin. Una repentina emoción se apoderó de él.

–¿Cuando has regresado? –preguntó con indiferencia.

–Ven y te lo cuento.

La siguió. Tras su ausencia, Dexter podría haber llorado ante el prodigio de su regreso. Judy había recorrido calles encantadas y había hecho cosas que eran como una música provocadora. Todos los sucesos misteriosos y todas las esperanzas renovadoras y estimulantes se habían ido con ella, y con ella regresaban ahora.

En el portal se volvió hacia él.

–¿Tienes el coche aquí? Si no, yo he traído el mío.

–Tengo el deportivo.

Montó entre el frufrú de la tela dorada. Dexter le cerró la puerta. A cuántos coches como este se habría subido... igual que ahora... la espalda contra el cuero... los codos en el reposabrazos...

esperando. Hacía mucho tiempo que ya estaría mancillada, pero no había nada que pudiera mancillarla salvo ella misma. Y aun así, en su caso aquello era un mero derroche de personalidad. No sin esfuerzo se obligó a arrancar el coche y salir del aparcamiento. Debía recordar que aquello carecía de la mínima importancia. Judy ya había hecho lo mismo otras veces, pero Dexter había hecho borrón y cuenta nueva, igual que en cualquier libro de contabilidad.

Condujo lentamente hacia el centro, y haciéndose el distraído recorrió las calles desiertas de los barrios comerciales. Había gente aquí y allá que salía de un cine mientras jóvenes tísicos o fuertes como púgiles holgazaneaban delante de los salones de billar. De los bares, claustros de vidrio esmerilado y luz sucia amarillenta, escapaban el tintineo de los vasos y las palmadas sobre el mostrador.

Judy lo miraba con atención en un silencio embarazoso, pero Dexter no logró encontrar una sola palabra que profanase aquel instante. En cuanto encontró la ocasión, dio la vuelta y comenzó a zigzaguear en dirección al Club Universitario.

—¿Me has echado de menos? —preguntó Judy de repente.

—Todos te hemos echado de menos.

Dexter se preguntó si conocería a Irene Scheerer. Había vuelto hacía apenas un día y su ausencia había coincidido prácticamente con su noviazgo.

—¡Vaya respuesta! —Judy reía tristemente, aunque sin melancolía. Su mirada lo escrutaba. Dexter se concentró en el tablero del automóvil.

—Estás más guapo que antes —dijo pensativamente—. Dexter, tienes unos ojos inolvidables.

Dexter podría haberse echado a reír, pero no lo hizo. Cosas así se decían a los chicos de diecinueve años. Fue como una puñalada.

—Estoy terriblemente cansada de todo, querido —a todos los llamaba así; regalaba aquel apelativo cariñoso con una camaradería despreocupada que la hacía muy personal—. Quiero que te cases conmigo.

Tanta franqueza lo confundió. Debería haberle dicho que iba a casarse con otra, pero fue incapaz, la misma incapacidad que le impidió decirle que nunca la había querido.

—Creo que no nos llevaríamos mal —prosiguió Judy en el mismo tono—, a no ser que me hayas olvidado y te hayas enamorado de otra.

Su seguridad resultaba extraordinaria. En resumidas cuentas, estaba diciéndole que no le daba ningún crédito a la noticia, y que de ser verdad, Dexter había cometido una imprudencia infantil, probablemente por jactancia. Ella le perdonaría porque solo había sido un desliz que no merecía mayor consideración.

—Esta claro que no podrías querer a nadie más que a mí —continuó—. Me gusta tu forma de quererme. Ay, Dexter, ¿acaso has olvidado al año pasado?

—Por supuesto que no.

—¡Yo tampoco!

¿Era un emoción sincera o estaría dejándose llevar por el ardor del papel que interpretaba?

—Me gustaría que todo volviera a ser como antes —dijo; Dexter se vio obligado a contestar.

—No creo que sea posible.

—Me lo figuro... Me han dicho que te dedicas a corretear detrás de Irene Scheerer.

Pronunció el nombre de Irene sin hacer el más mínimo hincapié, pero aun así Dexter sintió una vergüenza repentina.

—¡Llévame a casa! —gritó de pronto—. No quiero volver a ese baile idiota con esos niñatos.

Y entonces, mientras enfilaban la calle que llevaba al barrio residencial, Judy empezó a llorar en silencio para sí misma. Nunca la había visto llorar.

La calle oscura se iluminó, las casas de los ricos surgieron a su alrededor y Dexter detuvo el deportivo ante la enorme mole blanca de la casa de los Mortimer Jones, que se alzaba soñolienta y suntuosa empapada en la húmeda claridad de la luna llena. Aquella solidez le sorprendió. Los muros consistentes, el acero de las vigas, su magnitud, su fortaleza y su pompa no hacían sino resaltar el contraste con la joven belleza que tenía a su lado y cuya futilidad resultaba tan ocioso recalcar como pretender mostrar la corriente de aire que genera el ala de una mariposa.

Dexter permaneció completamente inmóvil en su asiento preso de una tremenda agitación nerviosa, pues temía que al menor movimiento ella acabase irremediablemente entre sus brazos. Dos lágrimas habían resbalado por el rostro de Judy y le temblaban sobre el labio superior.

–Soy más hermosa que nadie –dijo entrecortadamente–. ¿Por qué no puedo ser feliz? –sus ojos húmedos quebrantaban la firmeza de Dexter; una honda tristeza iba enarcándole los labios–. Si me aceptas, me gustaría casarme contigo, Dexter. Me figuro que no me consideras digna, pero por ti sería la mejor.

Un millón de frases de rabia, orgullo, pasión, odio y ternura pugnaron por salir de los labios de Dexter. Pero se vio traspasado por una oleada de emoción que barrió aquel sedimento de sabiduría, convenciones, dudas y sentido del honor. Quien hablaba era su chica, suya y de nadie más, su orgullo y su beldad.

–¿No quieres entrar?

A Dexter le pareció percibir un sollozo. Ella esperaba.

–De acuerdo –dijo con voz temblorosa–, entraré.

5

Resultaba extraño que Dexter jamás se arrepintiera de aquella noche, ni cuando todo acabó ni mucho tiempo después. Desde la perspectiva que brindan diez años de distancia, que el arrebato que Judy sintió por él apenas durara un mes le parecía una nimiedad. Tampoco importaba que al rendirse a ella hubiera acabado infligiéndose una agonía aún mayor y hubiera ofendido gravemente a Irene Scheerer y a sus padres, quienes le habían brindado su amistad. La aflicción de Irene careció de la mínima viveza que merece un lugar en la memoria.

Si algo distinguía a Dexter era su carácter pertinaz. Que la actitud de la ciudad ante sus actos le trajera sin cuidado no se debía, por tanto, a que fuera a irse de allí, sino a que cualquier opinión ajena sobre aquello le parecía insustancial. La opinión pública le era completamente indiferente. Ni siquiera cuando se dio cuenta de que todo era en vano, de que carecía del poder para cambiar la esencia de Judy Jones o siquiera para retenerla, le guardó rencor. La quería, y la hubiera querido hasta el día en que fuese demasiado viejo para querer, pero no podía poseerla. Así pues, saboreó ese hondo dolor reservado solo a los fuertes igual que durante un instante había saboreado la más honda felicidad.

Ni siquiera la absoluta superchería de los motivos por los que Judy acabó con el noviazgo, que «no quería quitárselo a Irene» –justamente lo que deseaba–, le pareció repugnante. Su ánimo se hallaba fuera del alcance de cualquier indignación o divertida curiosidad.

En febrero marchó al este con la intención de vender las lavanderías y establecerse en Nueva York, pero la entrada de Estados Unidos en la guerra en marzo trastocó todos sus planes. Regresó al oeste, confió la dirección del negocio a su socio, y a finales de abril ingresó en el campo de instrucción de copilotos. Fue uno de los miles de jóvenes que recibieron la guerra con cierto alivio, pues los liberó de las telarañas que enredaban sus sentimientos.

6

Conviene recordar que este relato no es su biografía, aunque en él se deslicen anécdotas que no tienen nada que ver con sus sueños juveniles. Poco queda que contar de Dexter y sus sueños. Si acaso, un episodio sucedido siete años después.

Tuvo lugar en Nueva York, donde a Dexter le había ido bien, tanto que ninguna barrera le resultaba ya demasiado elevada. Había cumplido treinta y dos años, y salvo un viaje en avión recién acabada la guerra, hacía siete años que no iba al Oeste. Ocurrió que un tal Devlin, natural de Detroit, lo visitó en su despacho por un asunto de negocios. Fue allí y entonces se produjo el episodio que, por así decirlo, puso fin a este capítulo de su vida.

–Así que eres del Medio Oeste –dijo Devlin sin mayor curiosidad–. Tiene gracia: creía que hombres como tú solo podían nacer y crecer en Wall Street. ¿Sabes? La mujer de uno de mis mejores amigos de Detroit es de tu misma ciudad. Fui testigo en su boda.

Dexter esperó sin temor lo que venía a continuación.

–Judy Simms –dijo Devlin sin especial interés–; su nombre de soltera era Judy Jones.

–Sí, la conocí.

Una sorda impaciencia fue apoderándose de Dexter. Por supuesto que le había llegado la noticia de su boda, pero nunca supo más, o no quiso saberlo.

–Una chica tremendamente simpática –meditó Devlin en voz alta, irreflexivamente–. Me da un poco de pena.

–¿Por qué? –algo en Dexter se había despertado, alerta y receptivo.

–Pues a mi parecer Lud Simms anda un poco descarriado. No digo que la trate mal, pero bebe y sale mucho.

–¿Y ella no sale?

–No. Se queda en casa con los niños.

–Ah.

–Quizá sea demasiado mayor para él –dijo Devlin.

–¡Demasiado mayor! –exclamó Dexter–. Pero si solo tiene veintisiete años.

Le invadió un deseo irrefrenable de salir corriendo para tomar el tren a Detroit. Se levantó de sopetón.

–Me figuro que estás ocupado –se disculpó Devlin–. No me había dado cuenta...

–No, no estoy ocupado –dijo Dexter, intentando mantener firme la voz–. No tengo absolutamente nada que hacer. Nada. ¿Has dicho que tenía... veintisiete años? No. Lo he dicho yo.

–Sí, has sido tú –convino Devlin secamente.

–Continúa.

–¿Con qué?

–Sigue hablándome de Judy Jones.

Devlin lo miró con impotencia.

–Bueno, es que… No hay mucho más que contar. Le da un trato infernal. En realidad, no sé si acabarán divorciados o algo parecido. Por muy ruin que Lud sea con ella, Judy siempre le perdona. La verdad es que mi impresión es que le quiere. Era una chica mona cuando llegó a Detroit.

¡Mona! Aquel apelativo le pareció ridículo.

–¿Acaso ya no es… mona?

–Bueno, no está mal.

–Escucha –dijo Dexter sentándose de pronto–, no te entiendo. Has dicho que era mona y ahora dices que no está mal. No entiendo qué quieres decir. Judy Jones no era mona, sino que era una auténtica belleza. Yo la conocí, y bien. Era…

Devlin se echó a reír amablemente.

–No quiero acabar discutiendo contigo –dijo–. Creo que Judy es una chica agradable y la aprecio. No puedo entender cómo un hombre como Lud Simms pudo enamorarse perdidamente de ella, pero así fue –y añadió–: cae bien a casi todas las mujeres.

Dexter miró fijamente a Devlin, pensando insensatamente que aquella forma de hablar debía de obedecer a algún motivo, a una insensibilidad innata o algún rencor secreto.

–Montones de mujeres se marchitan tal que así –Devlin chasqueó los dedos–. Tú mismo lo habrás comprobado. Tal vez haya olvidado lo guapa que estaba en la boda, porque de tanto verla ya no me acuerdo de eso. Pero sí que tiene los ojos bonitos.

Una especie de embotamiento se apoderó de Dexter. Por primera vez en su vida le entraron ganas de emborracharse de verdad. Reparó en que se reía a carcajadas de algo que Devlin había dicho, pero no sabía qué era ni por qué tenía tanta gracia. Cuando, minutos después, Devlin se fue, se tumbó en el diván y contempló a través de la ventana el horizonte de los edificios de Nueva York, donde el sol se hundía entre encantadoras y pálidas tonalidades rosa y oro.

Durante mucho tiempo había creído que no tener nada más que perder lo había hecho por fin invulnerable. Sin embargo, ahora sabía que acababa de perder algo más, algo que se le aparecía tan tangible como si se hubiera casado con Judy Jones y la hubiera visto marchitarse día a día.

El sueño había terminado. Algo le había sido arrebatado. En una suerte de pánico se hundió los ojos con las palmas de las manos e intentó rescatar la imagen de las aguas que lamían Sherry Island, de la terraza a la luz de la luna, de los trajes de algodón en los campos de golf, del árido sol y del color dorado de la delicada nuca de Judy. De los labios de Judy humedecidos por sus besos, de sus ojos afligidos por la melancolía y de su frescor matinal de finas sábanas nuevas. ¡Nada de aquello formaba ya parte del mundo! Había existido, pero ya no.

Por primera vez en muchos años se le saltaron las lágrimas, aunque ahora las vertía por él. Ya no le importaban los labios, ni los ojos, ni las manos que acarician. No le importaban por mucho que los desease, pues jamás podría regresar al mundo que había abandonado. Las puertas se habían cerrado, el sol se había puesto, y la única belleza que quedaba era la gris del acero imperecedero. Incluso el dolor que podía haber sentido había quedado atrás, en el país de las ilusiones, de la juventud, de la plenitud de la vida, allí donde habían florecido sus sueños invernales.

–Hace mucho, mucho tiempo –dijo–, hubo algo en mí, pero ha desaparecido. Ha desaparecido, ya no existe. No puedo llorar. Y tampoco lamentarlo, porque no volverá jamás.

FIESTA DE BEBÉS

Publicado en la revista *Heart's International* en 1925

Cuando John Andros se sintió viejo, halló consuelo en la idea de que la vida continuaba a través de su hija, de manera que las trompetas del olvido sonaban menos ruidosas que el tamborileo de los pies de su niña o el sonido de su voz cuando le balbucía su galimatías por teléfono. Esto último ocurría todas las tardes a las tres, cuando se producía la llamada de su esposa desde el campo, algo que siempre esperaba ilusionado como uno de los momentos estelares de su jornada.

No era físicamente viejo, pero su vida había consistido en una serie de marchas cuesta arriba por colinas escabrosas, de modo que a los treinta y ocho años, y tras vencer las batallas contra la mala salud y la pobreza, abrigada menos ilusiones de las habituales. Incluso sus sentimientos hacia su pequeña estaban matizados. Había interrumpido su intenso idilio amoroso con su esposa y era el motivo de que vivieran en una ciudad de las afueras, donde pagaban el aire del campo con interminables problemas de servicio y el fatigoso carrusel del tren de cercanías.

Su principal interés en Ede se centraba en su rotunda juventud. Le gustaba colocársela sobre su regazo y examinar minuciosamente su pelito suave y fragrante y sus ojos de iris celestes. Tras rendirle este homenaje, John agradecía que la niñera se la llevara. Al cabo de diez minutos, aquella vitalidad comenzaba a irritarle. Era propenso a perder los nervios cuando algo se rompía, y un domingo por la tarde, cuando la niña se dedicó a interrumpir una partida de bridge escondiendo una y otra vez el as de picas, montó una escandalera que hizo llorar a su esposa.

Aquel desatino lo avergonzó. Era inevitable que ocurrieran cosas así, e igualmente imposible que la pequeña Ede pasara todo el tiempo en su cuarto de la planta de arriba cuando, como decía su madre, cada día iba convirtiéndose en una «personita de verdad».

Tenía dos años y medio y aquella tarde iba a asistir a una fiesta de bebés. Edith madre le había informado por teléfono y la pequeña Ed había confirmado la noticia gritando «vo ir uma fista» al incauto oído izquierdo de John.

–Acércate a casa de los Markey cuando llegues del trabajo, ¿quieres, cariño? –prosiguió su madre–. Será entretenido. Ede va a ir hecha un figurín con su nuevo vestido rosa.

La conversación concluyó bruscamente con un pitido que indicaba que el teléfono había caído al suelo de un violento manotazo. John rió y decidió tomar un tren anterior al habitual. La idea de una fiesta de bebés en la casa de otros le resultaba divertida.

«¡Menudo follón! –pensó divertido–. Una docena de madres, todas con ojos solo para su propio hijo. Todos los bebés rompiendo cosas y manoseando la tarta y todas las mamás convencidas al regresar a sus casas de la fina superioridad de su propio hijo sobre todos los demás.»

Ese día estaba de buen humor –todo en su vida marchaba mejor que antes–. Cuando se apeó del tren en su estación rechazó con un gesto a un taxista inoportuno y enfiló el largo camino ascendente hacia su casa, iluminado por el fresco crepúsculo de diciembre. Eran solo las seis en punto, pero la luna ya había salido y proyectaba su orgulloso resplandor sobre la fina nieve de azúcar que cubría el césped de los jardines.

A medida que avanzada llenando sus pulmones de aire frío su dicha se acrecentaba y la idea de la fiesta de bebés iba atrayéndolo más y más. Comenzó a preguntarse cómo resultaría Ede comparada con los otros niños de su edad y si el vestido rosa sería excesivo y apropiado a su edad. Apretó el paso hasta que vislumbró su casa, en la que las luces de un árbol de Navidad languideciente todavía lucían en la ventana. Continuó caminando. La fiesta se celebrada en la casa de los Markey, junto a la suya.

Mientras subía el último escalón de ladrillo y tocaba el timbre percibió unas voces dentro y le alegró que no fuera demasiado tarde. Alzó la cabeza y escuchó. Aquellas voces no eran infantiles. Su volumen era alto y su tono francamente airado. Al menos eran tres, y una de ellas, que en aquel momento tendía a transformarse en un sollozo histérico, la reconoció al instante como la de su esposa.

«Ha ocurrido algo malo», pensó al instante.

Empujó la puerta. Como no estaba cerrada con llave, se abrió.

La fiesta de bebés había comenzado a las cuatro y media, pero Edith Andros concibió el astuto plan de que el vestido nuevo destacara de forma mucho más sensacional entre las restantes ropas ya arrugadas, así que planeó su llegada junto a la pequeña Ede a las cinco. Cuando aparecieron la celebración estaba en pleno apogeo. Nueve bebés varones y cuatro niñas, todos repeinados, lavados y vestidos con el cuidadoso primor de un corazón orgulloso y celoso, bailaban al son de la música del fonógrafo. Nunca había más de dos o tres bailando al mismo tiempo, pero el efecto era el mismo, puesto que ninguno paraba de moverse alrededor de sus madres reclamando su aliento.

Cuando Edith y su hija entraron, la música quedó ahogada unos instantes por un prolongado coro consistente sobre todo en unos «¡qué ricura!» dirigidos a la pequeña Edith, inmóvil mientras miraba tímidamente a su alrededor y sobaba los bordes de su vestido rosa. No recibió besos –vivimos tiempos asépticos–, sino que fue pasando de unos brazos a otros de la fila de mamás, mientras todas ellas decían «¡qué ricura!» y sostenían su manita rosada antes de entregársela a la siguiente. Tras unos cuantos ánimos y empujoncitos se unió al baile y se convirtió en un miembro activo de la fiesta.

Edith permanecía de pie cerca de la puerta hablando con la señora Markey sin quitarle ojo a la figurita del vestido rosa. La señora Markey no le caía bien; la consideraba insolente y ordinaria, pero John y Joe Markey habían congeniado y todas las mañanas viajaban juntos en el tren de cercanías, así que ambas mujeres mantenían un elaborado fingimiento de cálida concordia. Siempre estaban reprochándose «que no vienes a verme» y siempre andaban planeando esas reuniones que comienzan con el consabido «tienes que venir a cenar con nosotros e iremos al teatro» y que nunca se hacía realidad.

—La pequeña Ede está simplemente adorable —dijo la señora Markey sonriendo y humedeciéndose los labios de una forma que a Edith se le antojó sumamente repulsiva—. ¡Está muy mayor, no doy crédito!

Edith sospechaba que aquel «pequeña Ede» aludía al hecho de que Billy Markey pesara dos kilos más a pesar de tener varios meses menos. Aceptó una taza de té, tomó asiento con dos mujeres más en un diván y se sumergió en el verdadero asunto de la tarde, que cómo no, consistía en dar cumplida cuenta de las hazañas y trastadas de su hija.

Transcurrió una hora. El baile fue languideciendo y a los bebés se les antojó una actividad más exigente. Entraban corriendo en el comedor, rodeaban la gran mesa y la emprendían contra la puerta batiente de la cocina, de la que eran rescatados por una fuerza expedicionaria de madres, que volvían a reunirlos hasta que escapaban a la carrera y regresaban al comedor para intentar de nuevo abrir puerta. Comenzó a oírse la palabra «sofocado» y las blancas frentecitas fueron enjugadas por pañuelitos blancos. Se inició una intentona general de que los bebés se sentaran, pero ellos se zafaban de los regazos de sus madres al grito perentorio de «¡abajo, abajo!» y reanudaban el fascinante ajetreo del comedor.

Esta fase de la fiesta llegó a su fin con la llegada del convite, compuesto por una gran tarta con dos velas y platitos de helado de vainilla. Billy Markey, un risueño bebé corpulento y pelirrojo con las piernas ligeramente arqueadas, sopló las velas y hundió tentativamente un pulgar en el glaseado blanco. Los niños recibieron sus convites y se los comieran ávidos pero sin jaleo –

llevaban toda la tarde portándose asombrosamente bien–. Eran bebés modernos que comían y dormían a horas fijas, así que tenían un temperamento fácil y rostros sanos y rosados. Una fiesta así habría sido imposible treinta años atrás.

Terminado el convite, se inició un éxodo paulatino. Edith ojeaba inquieta su reloj. Eran casi las seis y John aún no había llegado. Quería que viera a Ede con los otros niños para que constatara lo educada, inteligente y distinguida que era y que la única mancha de helado en su vestido era la de una gota que había caído desde su barbilla cuando recibió una sacudida por detrás.

–Eres adorable –susurró a su hija arrimándola contra sus rodillas–. ¿A que eres adorable? ¿A que sí?

Ede rió.

–Guau guau –dijo de pronto.

–¿Guau, guau? –Edith miró a su alrededor. Aquí no hay ningún guau guau.

–Guau guau –repitió Ede–. Quiero un guau guau.

Edith siguió el dedito que señalaba algo.

–Eso no es un guau guau, mi cielo, es un osito de peluche.

–¿Osito?

–Sí, eso es un osito de peluche y es de Billy Markey. No querrás el osito de peluche de Billy Markey, ¿verdad?

Ede lo quería.

Se separó de su madre y se acercó a Billy Markey, quien aferraba al osito entre sus brazos. Ede le miró con ojos insondables y Billy se rió.

Edith madre volvió a consultar su reloj, esta vez con impaciencia.

La reunión había menguando hasta el punto de que, aparte de Ede y Bill, solo quedaban dos bebés, y uno de los ellos porque se había escondido bajo la mesa del comedor. El muy egoísta de John no aparecía. Demostraba sentir muy poco orgullo por su hija. Otros padres habían aparecido a eso de las seis para interesarse por su esposas y se habían quedado un rato mirando.

Se produjo un llanto repentino. Ede se había hecho con el osito de peluche de Billy arrancándoselo de los brazos. Al intentar recuperarlo, Billy recibió un empujón casi involuntario que lo tiró al suelo.

–¡Caray, Ede! –exclamó su madre reprimiendo sus ganas de reír.

Joe Markey, un apuesto y fornido hombre de treinta y cinco años, levantó a su hijo.

–Eres todo un caballero –dijo jovialmente–. ¡Has dejado que una chica te tumbe! Eres todo un caballero.

–¿Se ha hecho un chichón? –terció ansiosa la señora Markey mientras despedía con una inclinación de cabeza a la penúltima madre en la puerta.

–¡Nooo! –exclamó Markey. Se ha hecho un chichón en otro sitio, ¿verdad Billy? Ha sido en otro sitio.

Billy había olvidado por completo el golpe y ya estaba intentando recuperar su propiedad. Asió una pata del osito que sobresalía de los brazos envolventes de Ede y tiró de ella en vano.

–No –dijo Ede enfática.

De improviso, y animada por el éxito de su maniobra medio accidental anterior, Ede soltó el osito de peluche, puso sus manos sobre los hombros de Billy y lo empujó hasta que el niño perdió el equilibrio.

Esta vez su aterrizaje fue menos inofensivo. Su cabeza golpeó el suelo desnudo justo donde ya no había alfombra produciendo un ruidito seco, y acto seguido tomó aire y profirió un grito agónico.

Instantáneamente la sala se sumió en la confusión. Entre exclamaciones, Markey se lanzó a toda prisa hasta su hijo, pero su esposa se le adelantó y alzó en sus brazos al bebé herido.

–Oh, Billy –clamó–, ¡qué golpe tan espantoso! Esa niña se merece unos azotes.

Edith, que había acudido presta hasta su hija, oyó el comentario y se le fruncieron los labios.

–¡Caray, Ede –susurró indiferente–, no seas mala!

Ede irguió su cabecita y sin más ni más se echó a reír. Fue una carcajada atronadora, una risa triunfal de victoria, desafío y desprecio. Por desgracia, también era contagiosa. Antes de que su madre se percatara de lo delicado de la situación, ella también se echó a reír con una carcajada nítida y atronadora similar a la de su bebé. Pero enseguida enmudeció de forma igual de súbita.

El rostro de la señora Markey estaba rojo de ira y su marido, que había estado palpando la nuca de su hijo con un dedo, la miraba ceñudo.

–Se ha hecho un chichón –dicho con un deje de reproche en su voz–. Voy a por avellano de bruja.

La señora Markey estaba furiosa.

–¡Yo no le veo la gracia a que un niño se haga daño! –dijo con voz temblorosa.

Mientras tanto, la pequeña Ede había estado observando a su madre con curiosidad. Se dio cuenta de que su risa provocaba la de su madre y se preguntó si la misma causa produciría siempre el mismo efecto, así que eligió aquel preciso momento para echar la cabeza hacia atrás y volver a reír.

Para su madre, aquella nueva muestra de júbilo fue la guinda del pastel de la histeria. Soltó una risita entrecortada e irresponsable mientras se tapaba la boca con un pañuelo. No fueron solo los nervios, sino algo más. De forma inopinada se vio acompañando la risa de su hija. Estaban tronchándose juntas.

Aquello era prácticamente un desafío. Ellas dos contra el mundo.

Mientras Markey subía a toda prisa al cuarto de baño en busca del bálsamo, su esposa deambulaba abajo acunando al niño vocinglero en sus brazos.

–¡Por favor, vete de aquí! –prorrumpió de pronto–. El niño se ha hecho mucho daño, y si no tienes la decencia de mantenerte en silencio, más vale que te vayas.

–Como quieras –dijo Edith en un tono cada vez más irascible–. Nunca he visto a nadie hacer una montaña tan grande de un grano...

–¡Fuera! –grito atacada la señora Markey–. ¡Ahí está la puerta! ¡Fuera de aquí! ¡No quiero volver a verte en nuestra casa! ¡Ni a ti ni a tu bicho!

Edith había tomado a su hija de la mano y ya se encaminaba de prisa hacia la puerta, pero aquel comentario hizo que se detuviera en seco y se volviese. Su rostro estaba contraído de indignación.

–¡No te consiento que la llames eso!

La señora Markey no respondió, sino que siguió deambulando y musitando algo a Billy a sí misma en un tono imperceptible. Edith se puso a llorar.

–¡Por supuesto que me voy! –sollozó–. Nunca he oído nada tan grosero y ordinario en toda mi vida. Me alegra que tu bebé haya acabado en el suelo. No es más que un gordo bobalicón.

Joe Markey llegaba al pie de las escaleras justo a tiempo de oír el comentario.

–¡Caramba, señora Andros! –dijo cortante–. ¿No ve que el niño se ha hecho daño? Debería controlarse.

–¿Con-controlarme? –exclamó Edith con voz entrecortada–. Debería decirle a ella que se controle. No había oído tamaña ordinariez en toda mi vida.

–¡Está insultándome! –la señora Markey estaba furibunda–. ¿Has oído lo que ha dicho, Joe? Tienes que echarla de aquí. Si no sale por su propio pie, agárrala por los hombros y échala.

–¡No se atreva a tocarme! –exclamó Edith–. ¡Me iré en cuanto encuentre mi cha-chaquetón!

Cegada por las lágrimas, se encaminó hacia el vestíbulo justo en el momento que la puerta de abrió y John Andros entró lleno de ansiedad.

–¡John! –grito Edith abalanzándose sobre él.

–¿Qué ocurre? ¿Qué diantres te ocurre?

–Están... ¡echándome! –gimió dejándose caer sobre él–. ¡Iba a agarrarme por los hombros para echarme! ¡Quiero mi chaquetón!

–Eso no es verdad –objetó Markey apresuradamente–. Nadie va a echarte. –Y volviéndose hacia John–: nadie va a echarla –repitió–. Está...

–¿Como que echarla? –le espetó John cortante–. ¿De qué estáis hablando todos?

–¡Vámonos de una vez! –gritó Edith–. Quiero irme. ¡Son un par de ordinarios, John!

–¡Atiende un momento! –el rostro de Markey se ensombreció–. Deja de repetir la palabra de marras. Estás comportándote como una loca.

–¡Han llamado bicho a Ede!

Por segunda vez aquella tarde, Ede expresó sus emociones en el momento más inoportuno. Confundida y asustada por el griterío, se puso a llorar y sus lágrimas dieron la impresión de que el insulto le había llegado a lo más hondo.

–¿A qué viene esto? –profirió John–. ¿Os dedicáis a insultar a vuestros invitados en vuestra propia casa?

–¡La única que ha insultado aquí es tu mujer! –respondió Markey cortante–. De hecho, quien ha provocado todos los problemas ha sido tu bebé.

John resopló despreciativo.

–¿Estás insultando a mi bebé? Te creerás muy hombre, ¿verdad?

–¡No le digas nada, John! –insistió Edith–. ¡Encuentra mi chaquetón!

–Debes de estar muy tocado del ala –continuó John iracundo– para que te dé por desahogarte con un bebé indefenso.

–No había oído nada tan asquerosamente miserable en toda mi vida –gritó Markey–. Si esa mujercita tuya cerrase la boca un minuto...

–¡Cuidado con lo que dices! Ni se te ocurra hablarles así a una mujer y a una niña...

Se produjo una interrupción fortuita. Edith había estado revolviendo un sillón mientras buscaba su chaquetón y la señora Markey había estado observándola con ojos encendidos y airados. De pronto dejó a Billy en el sofá, donde al momento el niño se irguió dejando de llorar, y se dirigió al vestíbulo, donde rápidamente encontró el abrigo de Edith y se lo entregó sin

SCOTT FITZGERALD

mediar palabra. A continuación regresó al sofá. Su madre alzó a
Billy, y mientras lo mecía en sus brazos, volvió a mirar a Edith
con ojos encendidos y airados. Aquella interrupción duro menos de un minuto.

–¡Tu esposa se presenta aquí y se pone a gritarnos que somos unos ordinarios! –estalló Markey violentamente–. Pues si
somos un par de puñeteros ordinarios, más os vale no acerca-
ros por aquí! ¡Es más, salid de aquí de una vez!

De nuevo, John replicó con una risita despreciativa.

–No solo eres un ordinario –respondió–, sino un abusón chu-
lo y despreciable al comportarte así delante de mujeres y niños
indefensos.

Tentó el picaporte y abrió la puerta.

–Vámonos, Edith.

Edith tomó a su hija en brazos y salió. John la siguió mientras
miraba a Markey con desprecio.

–¡Un momento! –Markey avanzó hacia él. Temblaba ligeramente y las dos grandes venas que recorrían sus sienes se habían
hinchado–. No creerás que vas a irte así como así sin dar la cara.

Sin mediar palabra, John salió y dejó la puerta abierta.

Edith se encaminó llorosa hacia su casa. Tras seguirla con la
mirada hasta que alcanzó la vereda de entrada, John se volvió
hacia el umbral iluminado por el que Markey salía bajando lentamente los escalones resbaladizos. Se quitó el abrigo y el sombrero, los arrojó a la nieve que bordeaba el camino y patinando
un poco sobre la vereda helada dio un paso adelante.

Al primer choque ambos resbalaron y cayeron pesadamente sobre la acera, se incorporaron a duras penas, se embistieron
y volvieron a caer. Encontraron un terreno más firme en la delgada capa de nieve que cubría un lateral del camino y se abalan-
zaron uno contra el otro propinándose golpes a diestro y sinies-
tro mientras pisoteaban la nieve, convertida ahora en un barro
blanquecino bajo sus pies.

La calle estaba desierta, y salvo sus resoplidos cortos y fatiga-
dos y los sonidos amortiguados de sus resbalones y caídas en el

barro medio líquido, pelearon en silencio. Eran capaces de distinguirse gracias a la luna llena y al resplandor ambarino que salía por la puerta abierta. Varias veces cayeron juntos, y durante un rato la contienda transcurrió salvajemente sobre el césped. Pasaron entre diez y quince minutos peleando sin motivo a la luz de la luna. Durante una pausa acordada sin palabras, ambos se quitaron las chaquetas y los chalecos. Ahora sus camisas colgaban de sus espaldas en jirones húmedos y embarrados. Ambos estaban magullados, ensangrentados y tan agotados que solo podían tenerse en pie cuando se apoyaban uno en el otro. Cualquier impacto o el mero esfuerzo de propinar un golpe volvía a precipitarlos al suelo.

Pero no fue la fatiga lo que puso final a la pelea, puesto que el propio absurdo de la misma justificaba su continuación. Pararon porque mientras se atacaban en el suelo oyeron los pasos de un hombre en la acera. Estaban al abrigo de la oscuridad, pero cuando oyeron aquellos pasos dejaron de pelar, de moverse y de respirar y se acurrucaron juntos como dos niños que juegan a los indios hasta que los pasos cesaron. Fatigosamente se pusieron de pie y se miraron como dos borrachos.

–Antes muerto que seguir con esto –gritó Markey en un tono gutural.

–Yo tampoco pienso continuar –dijo John Andros–. Ya estoy harto.

Volvieron a mirarse, ceñudos esta vez, como si sospecharan que el otro fuera a exigirle que reanudase la pelea. Markey escupió un salivazo sanguinolento por una brecha en un labio; a continuación maldijo calladamente, recuperó su chaqueta y su chaleco y les sacudió la nieve sorprendido, como si aquella humedad fuera su única preocupación en este mundo.

–¿Quieres entrar a lavarte? –preguntó de repente.

–No, gracias –dijo John–. Tengo que irme a casa, mi esposa estará preocupada.

También recogió su chaqueta y su chaleco y a continuación su abrigo y su sombrero. Empapado y goteando sudor, le pareció absurdo que media hora antes hubiera llevado puesta toda esa ropa.

–En fin, buenas noches –dijo vacilante.

De pronto ambos se acercaron y se estrecharon la mano. No fue un apretón de manos ceremonial: el brazo de John Andros rodeó el hombro de Markey y le dio unos golpecitos en la espalda.

–Por mí, aquí no ha pasado nada –dijo balbuciendo.

–Tampoco por mí. ¿De acuerdo?

–De acuerdo, no ha pasado nada.

–En fin –dijo John al cabo de un minuto–, buenas noches.

Con una leve cojera y con la ropa sobre un brazo, John Andros se dio la vuelta. La luna llena seguía brillando cuando salió del sendero oscuro y pisoteado y entró en el jardín de su casa. Oyó llegar el tren de las siete a la estación ochocientos metros más abajo.

–Debéis de estar locos –farfulló Edith–. Pensé que lo arreglaríais y que todo acabaría en un apretón de manos. Por eso me fui.

–¿Querías que lo arregláramos?

–Claro que no, no quiero volver a verlos. Pero pensé que eso era lo que ibais a hacer.

Le curaba las heridas del cuello y de la espalda con mercromina mientras él yacía plácidamente en un baño caliente.

–Voy a llamar al médico –insistió–. Quizá tengas alguna herida interna.

Él negó con la cabeza.

–Ni hablar –respondió–. No quiero que esto se sepa en todo el pueblo.

–Aún no entiendo cómo ha podido pasar.

–Yo tampoco –sonrió tristemente él–. Creo que esas fiestas de bebés son muy peliagudas.

–Por lo menos –sugirió Edith esperanzada– me alegra mucho que tengamos un chuletón en la casa para la cena de mañana.

–¿Por qué?

–Para tu ojo, ¿para qué iba a ser? ¿Sabes que estuve a esto de pedir costilla de ternera? ¿No te parece un golpe de suerte?

Media hora después, completamente vestido, salvo en el cuello, incapaz de soportar cualquier roce, John intentó mover sus extremidades delante del espejo.

–Creo que voy a ponerme en forma –dijo pensativo–. Estoy haciéndome viejo.

–¿Lo dices para ganarle la próxima vez?

–Le gané –anunció–. Al menos tanto como él a mí. Y no habrá una próxima vez. No vuelvas a llamar ordinaria a la gente. Si se produce algún enfrentamiento, toma el chaquetón y vete a casa. ¿Entendido?

–Sí, cariño –dijo sumisa–. Fui una insensata y ahora lo entiendo.

En el pasillo paró en seco delante de la puerta de la bebé.

–¿Está dormida?

–Eso parece, pero puedes entrar y echarle una ojeada solo para darle las buenas noches.

Entraron a de puntillas y se inclinaron juntos sobre la cama. La pequeña Ede, mejillas radiantes de salud y manos rosas férreamente entrelazadas, dormía a pierna suelta en el dormitorio fresco y oscuro. John extendió un brazo sobre la barandilla de la cama y pasó su mano delicadamente por su cabello sedoso.

–Está dormida –murmuró perplejo.

–Es lo normal después de una tarde tan tremenda.

–Señá Andros –el sonoro susurro de la criada de color llegó flotando desde el pasillo–, el señor y la señá Markey están abajo y quieren verla. El señor Markey está hecho un Cristo, señá. Tiene la cara como un filete crúo. Y la señá Markey está hecha un basilisco.

–¡Hay que tener la cara muy dura! –clamó Edith–. Diles que no estamos en casa. No pienso bajar por nada del mundo.

–Por supuesto que bajarás –la voz de John sonó severa y terminante.

–¿Qué?

–Vas a bajar ahora mismo, y lo que es más, haga lo que haga esa mujer, pedirás disculpas por lo que dijiste esta tarde y después no tendrás que volver a verlos.

–¿Por qué? John, no puedo.

–No hay otro remedio. Y recuerda que seguramente a ella le fastidia estar aquí el doble que a ti bajar a verla.

– ¿No vas a acompañarme? ¿Tengo que ir sola?

–Ahora bajo, dame un minuto.

John Andros esperó a que ella cerrase la puerta al salir. A continuación, remetió los brazos por los bordes de la cama y alzó a su hija con manta y todo. Se sentó en la mecedora sosteniéndola férreamente entre sus brazos. La niña se movió un poco y él contuvo la respiración, pero estaba profundamente dormida y un instante después descansaba en silencio en la cara interna de su codo. Muy despacio, inclinó la cabeza hasta que su mejilla se apretó contra su lindo pelitp.

–Mi querida niña –susurró–. Mi querida niña, mi querida niña.

John Andros supo entonces por qué aquella noche había peleado con tanta ferocidad. Fue por algo que estaba con él y que siempre tendría. Pasó un rato más allí, meciéndose en la oscuridad.

ABSOLUCIÓN

Publicado en la revista *The American Mercury* en 1924

1

Hubo una vez un sacerdote de ojos gélidos y llorosos quien, en el silencio de la noche, vertía lágrimas frías. Lloraba porque las tardes eran largas y cálidas y eso le impedía alcanzar una unión mística total con Nuestro Señor. A veces, alrededor de las cuatro, bajo su ventana se formaba un murmullo de voces de chicas suecas en el sendero. En sus risas estridentes descubría una espantosa disonancia que lo impulsaba a rezar en voz alta para que la tarde cayese cuanto antes. Al llegar el ocaso, las risas y las voces iban apagándose, aunque alguna vez había pasado por delante de la tienda de ultramarinos de Romberg al anochecer cuando las luces ambarinas alumbraban su interior, los grifos de níquel de la fuente de sifón relucían y la fragancia del jabón barato de tocador en el ambiente se le antojaba de un dulzor irresistible. Pasaba por allí cuando volvía de confesar los sábados por la tarde y procuraba caminar por la otra acera para que el aroma del jabón se dispersase y flotase como incienso hacia la luna de verano antes de alcanzar su olfato.

Sin embargo, no había forma de eludir la febril jarana de las cuatro de la tarde. Desde la ventana, el trigo de Dakota alfombraba el valle del río Rojo hasta donde alcanzaba su vista. La visión de los trigales le resultaba espantosa. Los motivos de aquella alfombra, siempre expuesta al sol implacable y sobre la que, angustiado, inclinaba su vista, lo sumían en grotescos laberintos en cavilaciones turbadoras.

Una tarde, cuando había llegado al punto en que la mente discurre extenuada como un reloj viejo, su ama de llaves entró en su estudio con un hermoso y recio chiquillo de once años llamado Rudolph Miller. El pequeño se sentó en un parche de sol. Desde su escritorio de nogal, el sacerdote fingió estar muy ocupado para disimular así el alivio que le causaba la entrada de alguien en aquella estancia hechizada.

Cuando se volvió, se sorprendió clavando sus ojos en aquellos dos ojos enormes, algo separados e iluminados por chispas de luz cobalto. Al principio su mirada lo asustó, pero enseguida se dio cuenta de que su visitante estaba preso de un temor desmedido.

–Te tiemblan los labios –dijo el padre Schwartz con un deje macilento.

El niño se tapó la boca temblorosa con la mano.

–¿Te ha pasado algo? –preguntó el padre Schwartz con brusquedad–. Quítate la mano de la boca y cuéntame qué ocurre.

El padre Schwartz lo reconoció: era el hijo de uno de sus feligreses, el señor Miller, el transportista. De mala gana el chico se quitó la mano de la boca y comenzó a hablar en un murmullo angustiado.

–Padre Schwartz, he cometido un pecado espantoso.

–¿Un pecado contra la pureza?

–No, padre..., peor.

El cuerpo del padre Schwartz dio un respingo.

–¿Has matado a alguien?

–No, pero tengo miedo de que... –la voz se elevó hasta convertirse en un gimoteo agudo.

–¿Quieres confesarte?

Desconsolado, el niño negó con la cabeza. El padre Schwartz se aclaró la garganta para que una voz suave acompañase sus palabras amables y apacibles. En aquellos momentos debía olvidar su propio dolor e intentar actuar como Dios. Repitió mentalmente una jaculatoria esperando que, a su vez, Dios lo ayudara a comportarse como debía.

–Cuéntame qué has hecho –dijo con su voz nueva y suave.

El niño lo miró a través de las lágrimas, reconfortado por la impresión de fortaleza moral que el consternado sacerdote había logrado transmitirle. Confiándose a aquel hombre todo lo que pudo, Rudolph Miller empezó a contar su historia.

–El sábado, hace tres días, mi padre me dijo que tenía que confesarme porque llevaba un mes sin hacerlo, y mi familia se confiesa todas las semanas, y yo no me había confesado. Pero yo no fui a confesarme, me dio igual. Lo dejé para después de la merienda porque estaba jugando con mis amigos. Mi padre me preguntó si había ido y le dije que no, y me agarró por el pescuezo y me dijo que fuera inmediatamente. Yo le dije que sí y fui a la iglesia. Cuando me iba, mi padre gritó:

–No vuelvas hasta que te hayas confesado.

2

El sábado, tres días antes

Los lúgubres pliegues de las cortinas afelpadas del confesionarios se desdoblaron dejando a la vista únicamente la suela del zapato viejo de un hombre igualmente viejo. Tras la cortina, un alma inmortal quedaba a solas con Dios y con el reverendo Adolphus Schwartz, el párroco de la iglesia. Comenzó a oírse un bisbiseo laborioso, sibilante y discreto, interrumpido de vez en cuando por la voz perceptible del sacerdote al formular alguna pregunta.

Rudolph Miller se postró de rodillas ante el reclinatorio de un banco situado junto al confesionario y allí esperó nervioso mientras se esforzaba en detectar como sin querer lo que se decía en el confesionario. Lo alarmó que la voz del sacerdote fuera perceptible. Llegaba su turno y las tres o cuatro personas que esperaban podrían oír sin ningún escrúpulo cómo reconocía haber infringido los mandamientos sexto y noveno.

Rudolph nunca había cometido adulterio ni había deseado a la mujer de su prójimo. Lo que le costaba sobremanera era confesar otros pecados relacionados con los primeros. En cambio, se deleitaba en declarar faltas menos vergonzosas, un fondo gris que atenuaba la negra impronta que los pecados sexuales dejaban sobre su alma.

Había estado tapándose los oídos con las manos con la esperanza de que los demás se percatasen de su negativa a oír, y por cortesía hicieran lo mismo con él, cuando un brusco movimiento del penitente en el confesionario lo empujó a esconder precipitadamente la cara en el pliegue del codo. El miedo se solidificó y se acomodó por la fuerza entre su corazón y sus pulmones. Debía intentar con toda su voluntad arrepentirse de sus pecados, no por miedo, sino porque había ofendido a Dios. Debía convencerlo de su arrepentimiento, y para ello antes debía convencerse a sí mismo. Tras una tensa pugna emocional, llegó a sentir una trémula compasión de sí mismo y decidió que ya estaba preparado. Si impedía que cualquier otro pensamiento penetrara en su mente y conseguía conservar intacta aquella emoción hasta su ingreso en aquel gran ataúd vertical del fondo, habría sobrevivido a una nueva crisis de su vida religiosa.

Sin embargo, durante algunos momentos una idea diabólica se apoderó de una parte de él. Antes de que llegara su turno podría irse a casa y decirle a su madre que había llegado demasiado tarde y que el sacerdote ya se había ido. Por desgracia, algo así conllevaba el riesgo de que descubrieran su mentira. La alternativa era decir que se había confesado, en cuyo caso tendría que evitar la comunión del día siguiente, puesto que, recibida por un alma impura, la hostia consagrada se convertiría en veneno en su boca y él se desplomaría en el comulgatorio, exánime y condenado.

De nuevo se distinguió la voz del padre Schwartz:

–Y por tus...

Las palabras fueron confundiéndose hasta formar un ronco murmullo y Rudolph se levantó, nervioso. Le pareció imposible confesarse aquella tarde. Tenso, vaciló. Entonces, del confesionario emanaron un taconeo, un crujido y un frufrú sostenido. La celosía se abrió y la cortina tembló: la tentación le había llegado demasiado tarde.

–Ave María Purísima. Bendíceme, padre, porque he pecado. Hace un mes y tres días que me confesé... Ante Dios Todopoderoso y ante ti, padre, me acuso de haber tomado el nombre de Dios en vano...

Era un pecado venial. Sus blasfemias habían sido mera bravuconería y confesarlas era poco menos que una fanfarronería.

–... de haberme portado mal con una anciana.

La sombra lánguida se desplazó ligeramente al otro lado de la celosía.

–¿Cómo, hijo mío?

–Fue con la vieja señora Swenson –el murmullo de Rudoph se elevó alborozado–. Nos había quitado la pelota de béisbol porque había chocado contra su ventana y no quería devolvérnosla, y entonces estuvimos gritándole toda la tarde: «se va a enterar de lo que vale un peine». Y a eso de las cinco le dio un ataque y tuvieron que llevarla al médico.

–Continúa, hijo mío.

–Me acuso de no creer que soy hijo de mis padres.

–¿Cómo? –el tono de la pregunta denotaba auténtica perplejidad.

–De no creer que soy hijo de mis padres.

–¿Por qué?

–Pues por orgullo, nada más –respondió el penitente.

–¿Quieres decir que te crees superior a tus padres?

–Sí, padre –ahora menos alborozado.

–Continúa.

–Me acuso de ser desobediente y de insultar a mi madre. De hablar mal de la gente. De fumar...

A Rudolph ya se le habían acabado los pecados veniales e iba acercándose a los que le atormentaba confesar. Se pasaba los dedos en la cara como si fueran rejas que exprimieran la vergüenza de su corazón.

–De decir palabras feas y tener malos pensamientos y deseos impuros –musitó en voz muy baja.

–¿Cuántas veces?

–No lo sé.

–¿Una vez a la semana? ¿Dos?

–Dos veces a la semana.

–¿Has cedido a esos deseos?

–No, padre.

–¿Estabas solo cuando los tuviste?

–No, padre. Estaba con dos chicos y una chica.

–Hijo mío, ¿acaso no sabes que debes evitar las ocasiones de pecado tanto como el pecado mismo? Las malas compañías conducen a deseos impuros; y los deseos impuros, a las acciones impuras. ¿Dónde estabas cuando ocurrió?

–En un granero detrás de…

–No quiero nombres –interrumpió bruscamente el sacerdote.

–Bueno, estábamos en el pajar, y esa chica y…, bueno, un amigo, decían cosas… cosas impuras… Y yo me quedé.

–Deberías haberte ido… Deberías haberle dicho a la chica que se fuera.

¡Debería haberse ido! Lo que no podía contarle al padre Schwartz era cómo su pulso se había acelerado, cómo una extraña y romántica excitación se había apoderado de él al oír aquellas cosas tan curiosas. Quizás en los reformatorios, entre las embotadas chicas incorregibles de mirada acerada estén aquellas por las que haya ardido la llama más pura.

–¿Tienes algo más que contarme?

–Creo que no, padre.

Rudoph sintió un gran alivio. El sudor brotaba bajo sus dedos apretados.

–¿No has mentido?

La pregunta lo sobresaltó. Como todos los que mienten por hábito e instinto, sentía un respeto inmenso, un temor reverencial por la verdad. Algo casi ajeno a él le dictó una respuesta rápida y ofendida.

–No, no, padre. Nunca miento.

Durante un momento saboreó orgulloso aquella situación como el plebeyo en el trono del rey. Y entonces, mientras el sacerdote empezaba a murmurar las amonestaciones convencionales, se dio cuenta de que precisamente por haber negado heroicamente la mentira, había cometido un pecado espantoso: mentir bajo confesión.

Al responder automáticamente al «acto de contrición» que le exigió el padre Schwartz, comenzó a recitar en alto y sin intención:

–Señor mío, me pesa de todo corazón haberos ofendido...

Tenía que subsanar de inmediato aquel grave error. Sin embargo, cuando sus labios enmudecieron tras pronunciar las últimas palabras de su oración, la rejilla del confesionario se cerró emitiendo un chirrido.

Poco después, cuando reapareció bajo la luz del crepúsculo, el alivio de haber abandonado la atmósfera bochornosa de la iglesia y de respirar el aire libre del mundo del trigo y del cielo aplazó la toma de conciencia de lo que había hecho. En lugar de preocuparse, aspiró profundamente el aire tonificante y se repitió entre dientes una y otra vez: «¡Blatchford Sarnemington! ¡Blatchford Sarnemington!».

Blatchford Sarnemington era él mismo, y aquellas palabras su oda. Cuando se convertía en Blatchford Sarnemington, su ser comenzaba a dimanar una nobleza gallarda. Blatchford Sarnemington vivía de triunfo en triunfo arrollador. Cuando Rudolph entornaba los ojos, Blatchford se apoderaba de él y a su paso se oían murmullos de envidia: «¡Blatchford Sarnemington! ¡Por ahí va Blatchford Sarnemington!».

Así, encarnado en Blatchford Sarnemington recorrió pavoneándose durante un rato el camino accidentado de regreso a casa hasta que éste trocó en macadán y se convirtió en la calle principal de Ludwig, momento en el cual su euforia se desvaneció, su ánimo se enfrió y sintió el horror de su mentira. Dios la conocía, pero Rudolph se reservaba un rincón de su mente a sal-

117

vo de Él. Allí pergeñaba los subterfugios con los que le engañaba a menudo. Oculto en aquel rincón, sopesaba ahora cuál sería la mejor manera de eludir las consecuencias de su falso testimonio. A toda costa debía evitar comulgar al día siguiente. El riesgo de indignar a Dios hasta ese punto era demasiado grande. «Por descuido» podría beber agua por la mañana y quedar así excluido de la comunión según dictan las leyes de la Iglesia. A pesar de su debilidad, este fue el subterfugio más factible que se le ocurrió. Asumió sus riesgos y comenzó a discurrir cuál sería la mejor forma de llevarlo a la práctica cuando, al doblar la esquina de la cantina de Romberg, divisó la casa de su padre.

3

El padre de Rudolph era el transportista del pueblo y había llegado a la región de Minnesota y Dakota durante la segunda oleada de emigrantes alemanes. En teoría, en aquel momento y lugar un joven emprendedor disponía de grandes oportunidades a su alcance, pero Carl Miller había sido incapaz de labrarse entre sus superiores y subalternos esa reputación de casi absoluta imperturbabilidad, esencial para triunfar en un sector jerarquizado. Aunque fuera algo tosco, carecía sin embargo de la obstinación y de la capacidad para dar por sentadas ciertas relaciones fundamentales, una incapacidad que lo había tornado desconfiado, inquieto y eternamente desalentado.

Sus dos vínculos con la alegría de vivir eran su fe en la Iglesia católica y una veneración mística por el «Constructor del imperio» James J. Hill,[4] la apoteosis de aquella cualidad que a

4. Promotor y propietario de varias líneas férreas, entre ellas la *Great Northern Railway* (Gran Ferrocarril del norte), que unía Sant Paul, en Minnesota, y Seattle, en el estado de Washington. El sobrenombre Constructor del Imperio (*Empire Builder*) se debe a su poderío econonómico en el noroeste de Estados Unidos. Fallecido en 1916 y fue fuente de inspiración de la novela *La rebelión de Atlas* de Ayn Rand, publicada en 1957. *(N. del T.)*

él le faltaba: sentido de las cosas, intuición y capacidad de presentir la lluvia en el viento de cara. La inteligencia de Miller llegaba tarde a decisiones tomadas antes por otros, y nunca en su vida había tenido la sensación de que algo dependiera de él. Su cuerpo brioso, aunque hastiado y demasiado menudo, envejecía bajo la gigantesca sombra de Hill. Había pasado veinte años de vida sustentado únicamente por los nombres de Hill y de Dios. Nada perturbaba la placidez de aquel domingo cuando Carl Miller se despertó a las seis de la mañana. Arrodillado junto a la cama, inclinó sobre la almohada su cabello bayo y su bigotazo tordo y rezó varios minutos. A continuación, se quitó el camisón –como todos los de su generación, nunca había soportado los pijamas– y embutió su cuerpo delgado, pálido y lampiño en la ropa interior de lana.

Se afeitó. Silencio en el otro dormitorio, donde su mujer dormía inquieta. Silencio en el rincón del pasillo donde, aislado por una cortina, estaba el camastro de su hijo y donde este dormía entre los libros de Alger, su colección de vitolas de puro, sus banderines apolillados –«Cornell», «Hamlin» y «Recuerdo de Pueblo, Nuevo México»– y demás tesoros de su vida privada. Del exterior, Miller oía a los pájaros chillones, el revoloteo de las gallinas y, como tonalidad de fondo, el débil y creciente traqueteo del tren de las seis y cuarto a Montana y la costa del Pacífico. De repente, mientras el agua fría goteaba del paño de la cara que tenía en la mano, levantó la cabeza al oír un ruido furtivo abajo, en la cocina.

Secó rápidamente la navaja de afeitar, se puso los tirantes y escuchó. Alguien andaba por abajo, y por la ligereza de las pisadas adivinó que no era su mujer. Con la boca entreabierta bajó a toda prisa las escaleras y abrió la puerta de la cocina.

En el fregadero, con una mano en el grifo goteante y un vaso de agua en la otra, estaba su hijo. Sus ojos, aún cargados bajo el peso del sueño, se encontraron con los de su padre en una mirada bella, asustada y recriminadora. Estaba descalzo y se había remangado la camisa y los pantalones del pijama.

Por un instante ambos permanecieron inmóviles. Las cejas de Carl Miller descendieron mientras las de su hijo se alzaban como si quisieran encontrar un equilibrio entre las emociones contrapuestas que los dominaban. Los bigotones del padre fueron descendiendo portentosamente hasta ensombrecerle la boca mientras echaba un vistazo a su alrededor para asegurarse de que todo seguía en orden.

La luz del sol aureolaba la cocina y se estrellaba en las cacerolas dando a los tablones del suelo y a la mesa un color amarillo y límpido como el trigo. La cocina era el centro de la casa, el lugar donde ardía el fuego, donde estaban los cazos encajados unos en otros como juguetes y donde se oía continuamente el tenue son pastel del silbido del vapor. No había nada trastocado, todo seguía igual salvo el grifo, en torno al cual se formaban gotas de agua que emitían destellos blancos al chocar contra la pila.

–¿Qué haces aquí?

–Me entró mucha sed y se me ocurrió bajar para tomar...

–¿No ibas a comulgar?

Un gesto de intensa estupefacción se dibujó en el rostro de su hijo.

–Se me había olvidado.

–¿Has bebido agua?

–No...

Justo cuando aquella palabra salió de sus labios Rudolph cayó en la cuenta de su error, pero los ojos apagados e indignados que lo miraban ya habían dictaminado la verdad antes de que la voluntad del chico pudiera intervenir. También se dio cuenta de que no debería haber bajado a la cocina; por una vaga pretensión de verosimilitud había querido dejar un vaso mojado a modo de prueba en el fregadero. La honradez de su imaginación lo había traicionado.

–¡Tira el agua! –ordenó su padre. Rudolph volcó el vaso con desesperación.

–¿Se puede saber qué te pasa? –preguntó Miller de mal humor.

–Nada.

–¿Fuiste a confesarte ayer?

–Sí.

–Entonces, ¿por qué tenías que beber agua?

–No lo sé. Se me había olvidado.

–Así que pasar un poco de sed te importa más que tu religión.

–Se me había olvidado –Rudolph sentía cómo se le saltaban las lágrimas.

–Esa no es respuesta.

–Pues no hay otra.

–¡Ándate con cuidado! –la voz del padre mantuvo su tono alto, insistente, inquisitorial.

–Si eres tan olvidadizo que te distraes de tu religión, habrá que tomar medidas.

Rudolph puso fin a un opresivo instante de silencio diciendo:

–La recuerdo perfectamente.

–Empiezas descuidando tu religión –gritó su padre, atizando su propia rabia–, luego te pones a mentir y a robar y al final acabas en el reformatorio.

Ni siquiera esta amenaza harto conocida ahondó el abismo que Rudolph contemplaba ante sí. O lo confesaba todo al momento, exponiéndose así a lo que con toda seguridad sería una brutal paliza, o atraía sobre sí los truenos del infierno cuando su alma sacrílega recibiera el cuerpo y la sangre de Cristo. De las dos posibilidades, la primera le parecía más pavorosa, no tanto por los golpes, sino por la rabia salvaje, típico desahogo de los hombres inanes, que se escondería tras ellos.

–¡Deja ese vaso, sube y vístete! –ordenó su padre–. Y cuando vayamos a la iglesia, más te vale arrodillarte para pedirle perdón a Dios por tu descuido antes de comulgar.

Cierto énfasis involuntario en las palabras del padre actuó como catalizador sobre la confusión y el miedo de Rudolph. Una furia incontrolada y orgullosa se apoderó de él y arrojó airado el vaso al fregadero.

Su padre profirió un ruido ronco, forzado, y se lanzó sobre él. Rudolph lo esquivó, tropezó con una silla y trató de superar la mesa. Gritó cuando una mano le agarró el pijama por el hombro y a continuación sintió el impacto seco de un puño en la sien y golpes oblicuos en el pecho y la espalda. Mientras intentaba zafarse de su padre, que lo arrastraba por el suelo o lo levantaba cuando instintivamente se aferraba a uno de sus brazos. Aun doliéndose de los varapalos, Rudolph no abrió la boca salvo para reírse histéricamente varias veces. Menos de un minuto después los golpes cesaron súbitamente. Tras un respiro durante el cual Rudolph permaneció firmemente asido por su padre y ambos temblaron y farfullaron algo sin sentido, Carl Miller obligó a subir las escaleras a su hijo entre empellones y amenazas.

–¡Vístete!

Rudolph estaba histérico y helado. Le dolía la cabeza y tenía en el cuello un arañazo largo y superficial provocado por las uñas del padre. Se vistió entre sollozos y temblores. Sabía que su madre esperaba en el umbral de la puerta vestida con una bata, su rostro arrugado prensado en un rictus que, al distenderse, revelaba nuevos abanicos de arrugas arracimados entre su cuello y su frente. Despreciando la impotencia nerviosa de la madre y rechazándola desabrido cuando intentó untarle pomada de avellano de bruja, se lavó deprisa y sollozante antes de encaminarse hacia la iglesia tras los pasos de su padre.

4

Anduvieron sin hablar salvo cuando Carl Miller saludaba maquinalmente a quienes se cruzaban con él. Solo la respiración entrecortada de Rudolph rompía el cálido silencio dominical. Su padre se detuvo con decisión ante la puerta de la iglesia.

–He decidido que lo mejor es que vuelvas a confesarte.

Dile al padre Schwartz lo que has hecho y pide perdón a Dios.

–¡Tú también has perdido los estribos! –repuso Rudolph al momento.

Carl Miller dio un paso hacia su hijo, quien, prudentemente, retrocedió.

–Vale, me confesaré.

–¿Vas a hacer lo que te he dicho? –clamó el padre en un murmullo ronco.

–Sí, sí.

Rudolph entró en la iglesia y por segunda vez en dos días se acercó al confesionario y se arrodilló. La celosía se abrió casi al instante.

–Me acuso de no haber rezado al despertarme.

–¿Nada más?

–Nada más.

Le invadió un júbilo lastimero. Jamás de los jamases volvería a anteponer con tanta facilidad una abstracción a las exigencias de su orgullo y su comodidad. Había rebasado una línea invisible y se había hecho plenamente consciente de su soledad, la cual no solo abarcaba sus momentos como Blatchford Sarnemington, sino toda su vida interior. Hasta entonces, fenómenos como sus ambiciones «disparatadas» y sus temores y timideces mezquinos no habían sido más que recovecos secretos, incógnitos ante el trono de su alma oficial. Inconscientemente, ahora sabía que aquellos recovecos secretos eran su propio yo, él mismo, y todo lo demás mera fachada lustrosa engalanada con una enseña convencional. La presión de su entorno lo había empujado al camino secreto y solitario de la adolescencia.

Se arrodilló delante del banco junto a su padre. La misa comenzó. Mantenía la espalda erguida –cuando estaba solo apoyaba el trasero en el banco– y saboreaba la idea de venganza, una venganza fina y sutil. Junto a él, su padre rogaba a Dios que perdonara a Rudolph y también pedía perdón por su arrebato de ira. Miró de soslayo a su hijo y se sintió aliviado al ver que el gesto tenso y rabioso había desaparecido y que había dejado de sollozar. La gracia de Dios intrínseca al sacramento haría el resto, y quizá todo mejoraría después de misa. En el fondo estaba orgulloso de Rudolph y empezaba a sentirse sincera y formalmente arrepentido de lo que había hecho.

Para Rudolph la colecta para la limosna era un momento muy importante de la misa. Si, como sucedía a menudo, no tenía dinero, se sentía furiosamente avergonzado, inclinaba la cabeza y fingía no ver la cesta so pena que Jeanne Brady, sentado en el banco vecino, se percatara y barruntase una grave indigencia familiar. Sin embargo, aquel día miró fríamente la cesta cuando pasó rozándole, advirtiendo con un interés momentáneo que contenía muchas monedas de un centavo.

Se estremeció cuando tintineó la campanilla para la comunión. No le faltaban motivos a Dios para pararle el corazón. En las últimas doce horas había cometido una serie de pecados mortales, a cual más grave, y ahora se disponía a rematar la faena con un sacrilegio blasfemo.

—*Domine, non sum dignum ut interes sub tectum meum; sed tantum dic verbo, et sanabitur anima mea...*

Tras un murmullo en los bancos, los comulgantes desfilaron hacia el altar cabizbajos y con las manos juntas. Los más piadosos unían solo las yemas de los dedos formando chapiteles con ellas. Entre ellos estaba Carl Miller. Rudolph lo siguió hasta el comulgatorio y se arrodilló llevándose sin pensarlo el pañuelo a la barbilla. La campanilla tintineó con brío y el sacerdote se volvió hacia los comulgantes alzando la hostia blanca sobre el copón.

—*Corpus Domini nostri Jesu Christi custodiat animam tuam in vitam aeternam.*

Un sudor frío cubrió la frente de Rudolph cuando comenzó la comunión. El padre Schwartz avanzaba por la fila, y Rudolph, cuyas náuseas iban en aumento, sintió cómo las válvulas de su corazón desfallecían por voluntad de Dios. Le pareció que la iglesia se oscurecía y que se hacía un gran silencio roto únicamente por el confuso murmullo que anunciaba la llegada del Creador del Cielo y de la Tierra. Hundió la cabeza entre los hombros y esperó el golpe.

Entonces sintió un fuerte codazo en el costado. Era su padre, que le espoleaba para que se mantuviera erguido y no se apoyara en el comulgatorio. Solo dos personas lo separaban del sacerdote.

ABSOLUCIÓN

—Corpus Domini nostri Jesu Christi custodiat animam tuam in vitam aeternam.
Rudolph abrió la boca. Sintió sobre la lengua el gusto ceroso de la oblea. Permaneció inmóvil durante lo que le pareció un lapso interminable con la cabeza alzada y la oblea intacta en la boca. El codo de su padre volvió a espabilarle y vio que la gente se alejaba del altar cual hojarasca y regresaba cabizbaja y ausente a sus bancos, a solas con Dios. Empapado en sudor y sumido en el pecado original, Rudolph quedó a solas consigo. Mientras volvía a su sitio, sus pezuñas de demonio rechinaban ruidosas contra el suelo de la iglesia. Entonces supo que su corazón era portador de un negro veneno.

5

A sagitta volante in die

El hermoso chiquillo de ojos como piedras azules y pestañas que los abrían como los pétalos de una flor había terminado de confesarle al padre Schwartz su pecado. El rectángulo de sol en el que se sentaba había recorrido el espacio de media hora. Tras desembarazarse del peso de su historia, Rudolph estaba menos asustado. Sabía que mientras estuviera con aquel sacerdote en aquella habitación Dios no le pararía el corazón, así que suspiró y permaneció sentado y en silencio aguardando sus palabras.

Los ojos fríos y llorosos del padre Schwartz seguían fijos en los motivos de la alfombra, donde el sol hacía resaltar las suásticas, las enredaderas infecundas y los insulsos remedos florales. El tictac del reloj del recibidor sonaba con insistencia camino del ocaso. De la fea habitación ensombrecida y del caer de la tarde tras los cristales surgía una monotonía irremediable, rota de vez en cuando por los golpes lejanos de un martillo que resonaban en el aire seco. El sacerdote tenía los nervios de punta y las cuentas de su rosario se arrastraban y retorcían como serpientes sobre el paño verde del escritorio. No recordaba qué debía decir.

De todo cuanto existía en aquel perdido pueblo sueco, su casi único objeto de atención eran los ojos de aquel chiquillo, aquellos hermosos ojos con pestañas que solo a regañadientes se separaban y que se curvaban como si quisieran reencontrarse inmediatamente.

El silencio se prolongó un momento más mientras Rudolph esperaba y el sacerdote se afanaba en recordar algo que iba escapándosele a medida que el reloj marcaba el paso del tiempo en la casa malparada. Entonces el padre Schwartz miró fijamente al chico, y con una voz extraña comentó:

–Cuando mucha gente se reúne en los mejores lugares, las cosas resplandecen.

Rudolph se sobresaltó y miró al padre Schwartz.

–Digo que... –el sacerdote comenzó a hablar, pero se interrumpió para escuchar algo–. ¿Oyes el martillo, el tictac del reloj y las abejas? No significan nada. Lo importante es reunir a mucha gente en el centro del mundo, dondequiera que esté. Entonces –sus ojos húmedos se dilataron deliberadamente– las cosas resplandecen.

–Sí, padre –asintió Rudolph, sintiendo un poco de miedo.

–¿Qué vas a ser cuando seas mayor?

–Bueno, antes quería ser jugador de béisbol –respondió Rudolph nervioso–, pero no creo que sea una aspiración muy buena, así que quiero ser actor u oficial de marina.

El sacerdote volvía a mirarlo fijamente.

–Sé exactamente lo que quieres decir –dijo con agresividad.

Rudolph no había querido decir nada en particular y las palabras del sacerdote le hicieron sentirse más incómodo.

«Este hombre está loco –pensó–, y me da miedo. Quiere que lo ayude en algo, pero no quiero.»

–Por tu aspecto, se diría que las cosas resplandeciesen para ti –exclamó el padre Schwartz incoherentemente–. ¿Has ido alguna vez a una fiesta?

–Sí, padre.

–¿Te fijaste en que todo el mundo iba bien vestido? Eso es lo que quiero decir. Cuando llegaste a la fiesta, seguro que todos iban bien vestidos. Quizás hubiera dos niñas esperando a la puerta, algunos chicos apoyados en el pasamanos de la escalera y jarrones llenos de flores.

–He ido a muchas fiestas –dijo Rudolph aliviado por el rumbo que tomaba la conversación.

–Cómo no –continuó el padre Schwartz con aire triunfal–. Sabía que estarías de acuerdo conmigo. Pero mi teoría es que, cuando mucha gente coincide en los mejores lugares, las cosas siempre resplandecen.

Rudolph se sorprendió pensando en Blatchford Sarnemington.

–Por favor, ¡escúchame! –ordenó el sacerdote con impaciencia–. Deja de preocuparte por lo que pasó el sábado. La apostasía acarrearía una condenación absoluta solo si existiera una fe absoluta. ¿Asunto arreglado?

Rudolph no tenía la menor idea de lo que el padre Schwartz quería decir. Sin embargo, asintió, el sacerdote hizo lo mismo y reanudó su misteriosa preocupación.

–Sí –exclamó–, hoy existen carteles luminosos grandes como estrellas, ¿te has dado cuenta? Me han contado que en París o en otro sitio hay uno tan grande como una estrella. Lo ha visto mucha gente, mucha gente de espíritu alegre. Hoy día hay cosas que ni siquiera puedes haber soñado. Mira –se acercó más a Rudolph, pero el chico retrocedió, y el padre Schwartz volvió a sentarse en su butaca con los ojos secos y ardientes–. ¿Has visto alguna vez un parque de atracciones?

–No, padre.

–Pues ve a ver un parque de atracciones –el sacerdote movió vagamente la mano–. Es parecido a una feria, solo que con muchas más luces. Ve de noche a un parque de atracciones y obsérvalo a distancia y a oscuras, bajo los árboles. Verás una gran rueda de luces que gira en el aire y un tobogán inmenso sobre el que se deslizan barcas que saltan al agua. Y en algún lugar habrá una orquesta tocando y olerá a cacahuetes... Y todo resplandecerá. Pero notarás que nada de aquello te recordará a otra cosa. Flotará en la noche como un globo de colores, como un gran farol amarillo colgado de un mástil.

El padre Schwartz frunció el ceño cuando de pronto se le ocurrió algo.

–Pero no te acerques demasiado –le advirtió–, porque si lo haces solo sentirás el calor, el sudor y la vida.

A Rudolph todas aquellas palabras le parecían sumamente raras y terribles dado que quien las pronunciaba era un sacerdote. Allí estaba él, sentado y medio muerto de miedo mirando fijamente al padre Schwartz con aquellos hermosos ojos como platos. Sin embargo, bajo el miedo sentía que sus más íntimas convicciones se habían visto confirmadas. En alguna parte existía algo inefablemente maravilloso que no tenía nada que ver con Dios. Ya no creía que Dios estuviera enfadado con él por su primera mentira, puesto que habría entendido que Rudolph solamente había iluminado la falta de lustre de sus pecados con algo radiante y orgulloso. En el preciso instante en que proclamaba su honor inmaculado, un estandarte de plata ondeaba al viento en algún lugar entre el crujir del cuero y el fulgor de las espuelas de plata mientras una compañía de caballeros esperaba el alba sobre una colina verde. El sol encendía estrellas de luz en sus armaduras como en el cuadro de los coraceros alemanes en Sedán que había en su casa.

Ahora el sacerdote murmuraba palabras ininteligibles, dolidas, y el chico empezó a sentir un miedo incontrolable. El terror penetró de pronto por la ventana abierta y la atmósfera de la habitación cambió. El padre Schwartz cayó bruscamente de rodillas, a plomo, y luego apoyó su espalda contra una silla.

–¡Dios mío! –gritó con una voz extraña antes de derrumbarse.

Entonces, de las ropas raídas del sacerdote se desprendió una opresión humana que fue a mezclarse con el leve olor de la comida que se pudría en los rincones. Rudolph lanzó un grito y abandonó el lugar corriendo, aterrorizado, mientras el hombre yacía inmóvil e iba llenando su sala de voces y rostros, una multitud de voces, puro eco demenciado, hasta que estalló en una carcajada estridente y sostenida.

Al otro lado de la ventana el siroco azul temblaba sobre el trigo y chicas de cabello blondo paseaban sensualmente por los caminos que lindaban los sembrados gritándoles frases inocentes y entusiastas a los muchachos que trabajaban en los trigales. Bajo los vestidos sueltos de algodón de cuadros se adivinaba la forma de las piernas y los bordes de sus escotes estaban tibios y húmedos. Hacía ya cinco horas que la vida fértil y caliente bullía en la tarde. Tres horas después se haría de noche y en toda la región aquellas rubias nórdicas y aquellos altos muchachos de las granjas yacerían junto al trigo bajo la luna.

RAGS MARTIN-JONES Y EL PRÍNCIPE DE GALES

Publicado en la revista *McCall's* en 1924

1

El *Majestic* apareció surcando grácil las aguas del puerto de Nueva York una mañana de abril. Desdeñó a los remolcadores y a los transbordadores lentos como tortugas, hizo un guiño a un yate joven y garambaina y apartó de su camino a un barco ganadero con un hosco silbido de vapor. A continuación, atracó en su dársena particular con toda la alharaca propia de una señora rolliza que toma asiento y anunció complacido que llegaba de Cherburgo y Southampton con un flete formado por la flor y nata del planeta.

La flor y nata del planeta acudió a la cubierta y saludó estúpidamente con la mano a los parientes pobres que aguardaban en el muelle unos guantes de París. Poco después, una gran pasarela unió el *Majestic* con Norteamérica y el transatlántico empezó a regurgitar a la flor y nata del planeta, formada a la sazón por Gloria Swanson, dos empleados del departamento de compras de Lord & Taylor, el ministro de Hacienda de Graustark, quien traía una propuesta para financiar su deuda, y un rey africano que llevaba todo el invierno intentando desembarcar en algún sitio y padecía un mareo horroroso.

Los fotógrafos trabajaban con ahínco mientras el caudal de pasajeros desembocaba en el muelle. Se produjo un clamor entusiasta cuando, sobre sendas camillas, aparecieron dos individuos del Medio Oeste que habían pasado la noche anterior bebiendo hasta desvariar.

Poco a poco el muelle fue quedando vacío, si bien los fotógrafos aún permanecían en sus puestos cuando la última botella de Benedictine alcanzó la orilla. Por su parte, el oficial encargado del desembarco seguía al pie de la pasarela consultando su reloj y oteando la cubierta como si una parte importante de su flete continuara a bordo. De improviso, los mirones del muelle lanzaron una interminable exclamación de asombro cuando un numeroso séquito comenzó a descender de la cubierta B.

Abrían la comitiva dos criadas francesas que llevaban en brazos sendos perritos pelirrojos, seguidas a continuación por un regimiento de mozos, ciegos e invisibles tras innumerables ramos de flores y otra criada con un huerfanito de ojos tristes y aspecto francés. Los seguía el segundo oficial, que descendía renuente arrastrando a tres perros lobos neurasténicos tan remisos como él.

Tras una pausa, el capitán, sir Howard George Witchcraft, apareció en la borda acompañado de lo que parecía ser un lote de espléndidas pieles de zorro plateado.

Tras cinco años en las capitales de Europa, por fin, ¡Rags Martin-Jones regresaba a su tierra natal!

Rags Martin-Jones no era un perro, sino un cruce de chica y flor. Al estrechar la mano del capitán sir Howard George Witchcraft sonrió como si acabaran de contarle el chiste más reciente y pícaro del mundo. Quienes aún continuaban en el muelle percibieron el temblor de aquella sonrisa en el aire de abril y se volvieron a mirarla.

Descendió lentamente por la pasarela. Su sombrero, un experimento caro e indescifrable, reposaba estrujado bajo el brazo, y su corte de pelo *garçonne*, semejante al de las presidiarias, trataba en vano de agitarse y sacudirse al viento del puerto. Su rostro estaba despejado como el alba de una mañana de boda salvo por un ridículo monóculo que le cubría un ojo de claro azul infantil. A cada paso que daba, las larguísimas pestañas le arrancaban el monóculo. Ella se limitaba a reír alegre y bostezante mientras se recolocaba el arrogante monóculo en el otro ojo.

¡Tac! Sus cuarenta y siete kilos de peso se posaron sobre el muelle, que pareció tambalearse e inclinarse del sobresalto causado por su belleza. Algunos maleteros perdieron el conocimiento. Un tiburón grande y sentimental que había seguido al transatlántico saltó desesperado para volver a verla antes de zambullirse con el corazón roto en las profundidades marinas. Rags Martin-Jones había regresado a casa.

Ningún miembro de su familia había ido a esperarla por la sencilla razón de que ella era el único miembro de su familia que seguía vivo. En 1913 sus padres habían preferido hundirse juntos en el Titanic antes que separarse, y así heredó la fortuna de setenta y cinco millones de los Martin-Jones una chiquilla de diez años. Lo que el común siempre califica como «una lástima».

A Rags Martin-Jones (hacía mucho que todos habían olvidado su verdadero nombre) la fotografiaban desde todos los ángulos. El monóculo insistía en desprenderse, pero ella seguía riendo, bostezando y recolocándoselo sin cesar, de suerte que resultaba imposible obtener imágenes cumplidas de ella, salvo las de la cámara de cine. Sin embargo, en todas las fotos aparecía un joven apuesto y atolondrado con una llama de amor casi voraz ardiéndole en los ojos y que había ido a esperarla al muelle. Se llamaba John M. Chestnut y ya había escrito la crónica de su triunfo para la *American Magazine*. Andaba perdidamente enamorado de ella desde la época en que, igual que las mareas, Rags había caído bajo el influjo de la luna estival.

Al fin advirtió su presencia cuando recorrían el muelle y lo miró impasible, como si no lo hubiera visto en su vida.

–Rags –la llamó–, Rags...

–¿Eres John M. Chestnut? –preguntó examinándolo con gran interés.

–¿Quién si no? –exclamó airado–. ¿Acaso intentas fingir que no me conoces? ¿No me habías escrito para pedirme que vinieras a esperarte?

Ella se echó a reír. A su lado hizo aparición un chófer y ella se desprendió de su abrigo dejando al descubierto un vestido de cuadros grandes y llamativos azules y grises. Se sacudió como un pájaro mojado.

–Tengo un montón de fruslerías que declarar –comentó distraída.

–Yo, también –dijo Chestnut, angustiado–, y lo primero que quiero declarar es que te he amado cada minuto de tu ausencia.

Rags lo interrumpió con un gruñido.

–¡Por favor! En el barco había algunos chicos estadounidenses. Ese tema me aburre.

–¡Dios mío! –exclamó Chestnut–. ¿Quieres decir que comparas mi amor a lo que hayan podido decirte en un barco?

Había elevado la voz y algunas personas se volvieron para mirar.

–Shhht –lo conminó ella–. No quiero organizar un circo. Si quieres que salga contigo mientras esté aquí, tendrás que ser menos violento.

Pero a John M. Chestnut le resultaba imposible controlar su voz.

–¿Quieres decir –la voz le temblaba mientras seguía elevándose– que has olvidado lo que me dijiste en este mismo muelle un jueves de hace exactamente cinco años?

La mitad de los pasajeros del transatlántico contemplaba la escena en el muelle mientras otro pequeño grupo miraba arremolinado en la entrada de la aduana.

–John –cada vez más contrariada–, si vuelves a levantarme la voz ya encontraré formas de que se te enfríen los ánimos. Voy al Hotel Ritz. Ve a verme allí esta tarde.

–Pero... ¡Rags! –replicó con la voz rota–. ¡Escucha! Hace cinco años...

Los mirones del muelle recibieron entonces el obsequio de un curioso espectáculo: una dama bellísima ataviada con un vestido de cuadros grises y azules dio un decidido paso al frente y agarró a un joven exaltado que estaba a su lado. Instintivamente, el joven dio un paso atrás, pero su pie no halló apoyo y suave pero inexorablemente se precipitó los diez metros de altura del dique hasta hundirse con estruendo, no sin antes dar una deslucida voltereta, en las aguas del río Hudson.

Se oyó un grito de alarma seguido de una desbandada hacia el borde del dique justo cuando su cabeza comenzaba a salir a flote. Tras comprobar que nadaba con soltura, la joven que a todas luces había provocado el accidente se inclinó sobre la dársena e hizo bocina con sus manos.

–Estaré en el hotel a las cuatro y media –gritó.

Y con un alegre movimiento de la mano al que el caballero hundido no pudo corresponder, se ajustó el monóculo, lanzó una mirada altiva a la multitud y abandonó como si nada la escena del suceso.

2

Los cinco perros, las tres criadas y el huérfano francés estaban instalados en la mayor suite del Ritz. Rags se solazaba indolente en una bañera humeante y fragante de hierbas donde pasó una hora dormitando. Después recibió las visitas del masajista, la manicura y un peluquero de París, quien le devolvió al corte de pelo su longitud propia de criminal. Cuando John M. Chetsnut llegó a las cuatro en punto se encontró con media docena de abogados y banqueros, todos administradores del fideicomiso de los Martin-Jones, aguardando en el vestíbulo. Llevaban allí desde la una y media y su agitación había alcanzado un grado considerable.

Tras someterse a un riguroso examen por una de las criadas, quizá para asegurarse de que estaba absolutamente sobrio, John fue conducido inmediatamente a presencia de *mademoiselle* en su dormitorio, donde yacía sobre la *chaise-longue* entre las dos docenas de almohadones de seda que la acompañaban a todas partes. John entró en la habitación algo cohibido y la saludó con una ceremoniosa reverencia.

–Tienes mejor aspecto –dijo Rags asomando entre los almohadones y observándolo con mirada escrutadora–. Tienes buen color.

John le agradeció fríamente el cumplido.

−Deberías salir todas las mañanas... −y luego, sin que viniera al caso, anunció−: Mañana vuelvo a París.

John Chestnut se quedó boquiabierto.

−Ya te escribí que no pensaba quedarme más de una semana −añadió.

−Pero, Rags...

−¿Por qué iba a quedarme? En Nueva York no conozco a un solo hombre ameno.

−Pero, Rags, ¿por qué no me das una oportunidad? ¿No te podrías quedar... diez días, por ejemplo, para conocerme un poco?

−¡Conocerte! −su tono indicaba que John era ya un libro demasiado abierto−. Me gustaría encontrar un hombre capaz de tener un gesto de valor, de gallardía.

−¿Quieres decir que te gustaría que actuara un farsante?

Rags dejó escapar un suspiro de disgusto.

−Quiero decir que no tienes ni chispa de imaginación −le explicó con paciencia−. Los estadounidenses carecen de la más mínima imaginación. París es la única gran ciudad donde una mujer civilizada puede pasar su tiempo.

−¿Acaso no me tienes ningún cariño?

−Si no te tuviera cariño no habría atravesado el Atlántico para verte. Pero en cuanto les eché una ojeada a los estadounidenses que viajaban en el barco me di cuenta de que no podría casarme con ninguno. Acabaría detestándote, John, y la única alegría que encontraría en el matrimonio sería la de destrozarte el corazón.

Empezó a serpentear entre los cojines hasta casi desaparecer de su vista.

−He perdido el monóculo −explicó.

Después de una búsqueda infructuosa en las sedosas profundidades, descubrió al cristal fugitivo colgando sobre su espalda.

−Quisiera querer a alguien, estar enamorada −continuó, recolocándose el monóculo sobre su ojo aniñado−. En Sorrento, la primavera pasada estuve a punto de fugarme con un rajá indio, pero era demasiado moreno, y además le cogí una ojeriza tremenda a una de sus otras esposas.

–¡Déjate de sandeces! –gritó John ocultando la cara entre las manos.

–No llegué a casarme con él –replicó Rags–. Pero tenía mucho que ofrecerme. Era la tercera mayor fortuna del Imperio Británico. Por cierto, ¿eres rico?

–No tanto como tú.

–Eso es verdad. ¿Qué puedes ofrecerme?

–Amor.

–¡Amor! –volvió a desaparecer entre los cojines–. Mira, John, para mí la vida es una serie de tiendas relucientes con un vendedor a la puerta frotándose las manos y diciendo: «Tenga la bondad de honrar nuestra casa. Somos el mejor bazar del mundo». Y yo entro a comprar con mi monedero repleto de belleza, dinero y juventud. «¿Qué vende usted?», le pregunto, y el comerciante se frota las manos y dice: «Bueno, *mademoiselle*, hoy tenemos un amor absolutamente maravilloso». A veces no queda nada en el almacén, pero, en cuanto se da cuenta de que me sobra el dinero, manda a buscarlo donde sea. Y siempre me regala su amor antes de que me vaya, a cambio de nada. Esa es mi única venganza.

John Chestnut se levantó desesperado y se acercó a la ventana.

–No saltes –exclamó Rags al momento.

–Como quieras –lanzó el cigarrillo a la avenida Madison.

–Tú no tienes la culpa –dijo Rags con voz más dulce–. Por muy insulso e insustancial que seas, te tengo más cariño del que parece. Pero la vida continúa. Y todo sigue igual.

–Pasan muchas cosas –insistió John–. Hoy se ha producido un asesinato intelectual en Hoboken y un homicidio policial involuntario en Maine. El Congreso está debatiendo una ley para esterilizar a los agnósticos...

–El humor no me interesa –le cortó Rags–, pero por el amor y las aventuras siento una predilección casi atávica. Escucha, John, durante una cena el mes pasado, dos hombres sentados a mi mesa se jugaron a cara o cruz el reino de Schwartzberg-Rhineminster. En París conocí a un tal Blutchdak, el hombre que provocó la guerra mundial, y ya tenía planeada otra para dentro de dos años.

–En fin, y aunque solo sea para variar, sal conmigo esta noche –insistió John empecinado.

–¿Dónde? –preguntó Rags con desdén–. ¿Crees que todavía me emocionan una sala de fiestas y una botella de champancillo de tercera? Prefiero mis propios sueños por muy ramplones que sean.

–Te llevaré al local más electrizante de la ciudad.

–¿Sí? ¿Qué tiene de especial? Dime qué tiene de especial.

Entonces John Chestnut expulsó una gran bocanada de aire y miró con cautela a su alrededor, como si temiera que pudiesen oírlo.

–Bueno, para serte sincero –dijo en voz baja, preocupado–, si alguien se enterara, podría ocurrirme algo espantoso.

Rags se incorporó y los almohadones cayeron a su alrededor como hojas caducas.

–¿Estás insinuando que hay algo turbio en tu vida? –exclamó entre risas–. ¿Pretendes que me lo crea? No, John, diviértete tú solo con tus viejos y caducos pasatiempos de siempre.

Su boca, una rosa menuda e insolente, expulsó aquellas palabras como si fueran espinas. John recogió su sombrero y el abrigo del sillón y tomó su bastón.

–Por última vez, ¿quieres salir conmigo esta noche y ver lo que haya que ver?

–¿Qué voy a ver? ¿A quién hay que ver? ¿Hay alguien en este país a quien merezca la pena ver?

–Digamos –dijo flemático–, que al príncipe de Gales.

–¿Ha vuelto a Nueva York? –abandonó de un salto la *chaise-longue*.

–Llega esta misma noche. ¿Te gustaría verlo?

–¿Que si me gustaría? Nunca lo he visto. No he coincidido con él en ningún sitio. Daría un año de mi vida por verlo una hora –la voz le temblaba de emoción.

—Ha estado en Canadá. Llega de incógnito esta tarde para asistir al combate de la final de boxeo. Y resulta que sé dónde irá esta noche.

Rags profirió un grito agudo, eufórico:

—¡Dominic! ¡Louise! ¡Germaine!

Las tres criadas entraron a la carrera. De repente la habitación se llenó de las vibraciones emitidas por una luz frenética y sobresaltada.

—¡Dominic, el coche! —gritó Rags en francés—. Perfume Saint Raphael, mi vestido dorado y los zapatos con tacones de oro de ley. También las perlas grandes, todas las perlas, y ese diamante que es como un huevo y las medias con bordados de zafiros. Germaine, llama al salón de belleza inmediatamente. Preparad el baño otra vez, más frío que el hielo y con mucha leche de almendras. Dominic, sal volando a Tiffany antes de que cierren. Búscame un prendedor, un medallón, una diadema, cualquier cosa, lo que sea, con el escudo de la casa Windsor.

Toqueteaba torpemente los botones del vestido, que le resbaló por los hombros en el mismo instante en que John daba rápidamente media vuelta para salir.

—¡Orquídeas! —exigió Rags—. ¡Orquídeas, por el amor de Dios! Cuatro docenas para que pueda elegir cuatro.

Las criadas revoloteaban por la habitación como pájaros asustados.

—Perfume Saint Raphael, abre la maleta de los perfumes; trae mis martas rosa, mis ligas de brillantes y el aceite de oliva para las manos. Dame eso. ¡Esto también, y esto! ¡Au, y esto!

Con el pudor de rigor, John Chestnut cerró la puerta tras él. Los seis fideicomisarios que aún atestaban el zaguán evidenciaban diversos síntomas de cansancio, hastío, resignación y desesperación.

—Caballeros —anunció John Chestnut—, me temo que la señorita Martin-Jones está demasiado fatigada por su viaje para hablar con ustedes esta tarde.

3

–Este lugar se llama *El agujero en el cielo*. El nombre no obedece a ningún motivo especial.

Rags miró a su alrededor. Estaban en una terraza ajardinada y completamente abierta a la noche de abril. Sobre sus cabezas titilaban tiritando estrellas de verdad, y al oeste la luna era una esquirla de hielo en la oscuridad. Sin embargo, hacía tanto calor como en junio y las parejas cenaban o bailaban sobre la pista de cristal opaco indiferentes al cielo inclemente.

–¿Por qué hace calor? –murmuró Rags mientras se dirigían a una mesa.

–Es un invento nuevo para mantener el aire caliente. No sé cómo lo consiguen, pero me consta que incluso en pleno invierno pueden mantener la terraza abierta.

–¿Dónde está el príncipe de Gales? –preguntó inquieta. John miró alrededor.

–Aún no está aquí. Llegará dentro de una media hora.

Rags suspiró profundamente.

–Es la primera vez en cuatro años que me pongo nerviosa.

Cuatro años, uno menos que los que él había pasado amándola. John se preguntaba si a los dieciséis años Rags, una chiquilla preciosa y alocada que pasaba las noches en restaurantes con oficiales que al día siguiente partirían hacia Brest para perder demasiado pronto el encanto de la vida en los viejos, tristes y patéticos días de la guerra, habría sido tan adorable como en aquel momento, bajo aquellas luces ambarinas y aquel cielo oscuro. Desde los ojos expectantes a los tacones de sus minúsculos zapatos, adornados con tiras de plata y oro de ley, era como uno de esos transatlánticos asombrosos que se arman pieza a pieza dentro de una botella. Estaba rematada con el mismo esmero, como si para su construcción hubieran contratado de forma vitalicia a un especialista en fragilidad. John Chestnut deseaba tomarla en sus manos, ladearla, examinar la punta de un zapato, de una oreja, o embizcar de tanto mirar la sustancia mágica de la que estaban hechas sus pestañas.

–¿Quién es ese? –Rags señaló con el dedo a un apuesto latino que ocupaba una de las mesas.

–Es Roderigo Minerlino, la estrella de cine, el de los anuncios de crema facial. Quizá baile dentro de un rato.

De pronto Rags percibió el sonido de los violines y la percusión, pero la música parecía venir de muy lejos y llegar flotando, remota como un sueño, hasta la pista de baile.

–La orquesta está en otra terraza –explicó John–. Es una idea nueva. Atenta, ya empieza el espectáculo.

A través de una entrada oculta, una chica negra y delgada como un junco emergió repentinamente en un círculo de luz barbárica y estridente que aturdió a la música y la redujo a una desenfrenada cadencia menor. Entonces entonó una canción rítmica y trágica. Su cuerpo se cimbreó hasta quebrarse bruscamente e inició un paso lento e incesante, sin destino y sin esperanza, como el fracaso de un sueño salvaje y desarbolado. Había perdido a Papa Jack, se quejaba una y otra vez con histérica monotonía, desconsolada pero sin resignación. Uno por uno, los estrepitosos instrumentos de metal intentaban rescatarla de aquel continuo ritmo demencial, pero ella solo oía el rumor de la percusión, que la aislaba en algún lugar perdido en el tiempo, entre miles de años olvidados. Cuando el flautín enmudeció, volvió a reducirse a una finísima línea morena, gimió con un dramatismo agudo y desgarrado y se desvaneció en una súbita oscuridad.

–Si vivieras en Nueva York, sabrías perfectamente quién es –dijo John cuando regresó la luz ambarina–. El siguiente es Sheik B. Smith, uno de esos humoristas fatuos y parlanchines que...

Calló. Justo en el instante en que las luces se atenuaban para el segundo número, Rags había emitido un largo suspiro mientras se inclinaba hacia delante en su silla. Sus ojos se habían quedado clavados en algo como si fueran los de un pointer. John se dio cuenta de que se habían fijado en un grupo que acababa de entrar por una puerta lateral y que se disponía a ocupar una mesa en la penumbra.

La mesa estaba resguardada por palmeras, de modo que al principio Rags solo distinguió tres siluetas confusas. Luego distinguió una cuarta que parecía estar situada a propósito detrás de las otras tres. Era el óvalo pálido de un rostro coronado por un tenue atisbo de pelo rubio.

–¡Mira! –exclamó John–. Ahí está Su Majestad.

La respiración de Rags pareció extinguirse musitante en la garganta. Apenas reparó en que el humorista ya estaba en la pista de baile iluminado por un haz de luz blanca, que llevaba algunos momentos hablando y que el ambiente se había visto invadido por una marejada de risas. Sus ojos continuaban inmóviles, hechizados. Vio cómo un miembro del grupo se inclinaba y murmuraba algo a otro; tras el humilde resplandor de una cerilla, el ascua de un cigarrillo brilló al fondo, en la penumbra. Perdió la noción del tiempo. Entonces algo se interpuso ante su vista, algo blanco y pavorosamente ineludible. Fue como si hubiera recibido una sacudida repentina que la colocó en el centro del haz de luz cenital de un foco. Se percató de que le hablaban desde alguna parte y de una rápida ristra de risas que iba extendiéndose por la terraza. Pero la luz la cegaba, e instintivamente hizo además de levantarse de la silla.

–Quédate sentada –le susurró John desde el otro lado de la mesa. Todas las noches elige a alguien para este número.

Entonces cayó en la cuenta: era el humorista, Sheik B. Smith. Le hablaba y le explicaba algo que a todo el mundo le parecía sumamente gracioso, pero que a sus oídos no era más que un rumor impreciso y confuso. Instintivamente había controlado la expresión de su cara al primer impacto de la luz y ahora sonreía. Una extraordinaria demostración de dominio de sí misma. Aquella sonrisa denotaba una tremenda indiferencia, como si fuera burlonamente ajena tanto a la luz como a los esfuerzos del humorista, cuyas chanzas a propósito de su atractivo hicieron la misma mella que si se hubieran dirigido a la luna. Rags mantuvo una impasibilidad diamantina, consciente únicamente de su impenetrable belleza, hasta que el humorista comenzó a sentirse solo, más solo que nunca. A su señal, el foco se apagó repentinamente. El número había concluido.

Finalizada su actuación, el humorista abandonó la pista y en la lejanía volvió a arrancar la música. John se inclinó hacia ella.

—Lo siento. El número no daba más de sí. Has estado maravillosa.

Rags despachó el incidente con una risa despreocupada, y de pronto se sobresaltó: ahora solo había dos hombres sentados a la mesa del otro lado de la pista.

—¡Se ha ido! —exclamó angustiada.

—No te preocupes, volverá. Tiene que ser enormemente precavido. Seguramente estará esperando fuera con alguno de sus asistentes hasta que vuelvan a apagar las luces.

—¿Por qué tiene que ser precavido?

—Porque nadie sabe que está en Nueva York. Incluso utiliza los apellidos de una rama distante de la familia.

Las luces volvieron a atenuarse y casi al momento un hombre alto surgió de la oscuridad y se acercó a la mesa.

—Permítanme que me presente —dijo aceleradamente a John con un altanero acento británico—. Soy Lord Charles Este, del grupo del barón Marchbank.

Miró atentamente a John, como si quisiera cerciorarse de que calibraba correctamente la trascendencia de aquel nombre.

John asintió.

—Que esto no salga de aquí, ya me entiende.

—Por supuesto.

Rags buscó a tientas su copa de champán intacta y la vació de un trago.

—El barón Marchbank solicita que su acompañante se sume a su grupo durante el próximo número.

Los dos hombres miraron a Rags. Hubo un instante de silencio.

—Muy bien —dijo ella antes de lanzar una mirada interrogativa a John, quien volvió a asentir.

Se levantó, y con el corazón palpitante se abrió paso entre las mesas de la sala; luego se esfumó, delgada silueta trémula de oro, entre las mesas en penumbra.

4

El número se acercaba a su fin y John Chestnut, a solas en su mesa, agitaba la copa de champán para animar a las últimas burbujas peregrinas. Entonces, un segundo antes de que las luces se encendieran, se oyó un suave frufrú de ropa dorada. Ruborizada y con la respiración acelerada, Rags se sentó a su lado. Las lágrimas le alumbraban los ojos.

John la miró malhumorado.

–Y bien, ¿qué ha dicho?

–Estuvo muy callado.

–¿No ha dicho una sola palabra?

La mano temblorosa de Rags tomó su copa de champán.

–Solo me miraba desde la oscuridad. Hizo unos cuantos comentarios la mar de corrientes. Es tal como sale en las fotos, pero parece muy cansado y aburrido. Ni siquiera me preguntó mi nombre.

–¿Sale de Nueva York esta noche?

–Dentro de media hora. Los espera un coche fuera y tienen previsto cruzar la frontera antes del amanecer.

–¿Te ha parecido… fascinante?

Vaciló unos segundos antes de asentir lentamente con la cabeza.

–Es lo que dice todo el mundo –admitió John, taciturno–. ¿Esperan que vuelvas con ellos?

–No lo sé.

Miró indecisa a través de la pista, pero el célebre personaje había vuelto a abandonar su mesa para dirigirse a algún refugio en el exterior. Volvió la vista, y entonces un desconocido que llevaba un rato en la entrada principal se les acercó apresurado. Era un individuo de una palidez mortecina y ataviado con un traje de oficina arrugado y poco apropiado. Apoyó una mano temblorosa en el hombro de John Chestnut.

–¡Monte! –exclamó John incorporándose con tanta brusquedad que derramó su champán–. ¿Qué pasa? ¿Algo va mal?

–¡Han encontrado pruebas! –dijo el joven susurrando desasosegado. Miró a su alrededor–. Tengo que hablar contigo a solas. John Chestnut se puso en pie de un salto y Rags notó que su cara estaba tan blanca como la servilleta que tenía en la mano. Se disculpó y ambos se retiraron a una mesa vacía a un metro de distancia. Por un instante, Rags los miró con curiosidad y a continuación siguió escudriñando la mesa al otro lado de la pista. ¿Le pedirían que regresara? El príncipe solo se había levantado, había inclinado la cabeza y se había ido. Quizá debería haber esperado hasta su regreso. Aunque seguía algo tensa por la emoción, volvía a ser ella misma. Satisfecha su curiosidad, no abrigaba ningún otro deseo. Se preguntaba si lo que había sentido era una atracción genuina, y sobre todo se preguntaba si el príncipe había quedado impresionado por su belleza.

El individuo pálido llamado Monte desapareció y John volvió a la mesa. Rags se asustó al descubrir el cambio extraordinario que se había operado en él. Se derrumbó en la silla como un borracho.

–¡John! ¿Qué ocurre?

En vez de responder, buscó la botella de champán, pero la mano le temblaba tanto que el líquido derramado formó un círculo húmedo y amarillo alrededor de la copa.

–¿Estás bien?

–Rags –dijo, titubeante–, estoy completamente acabado.

–¿Qué quieres decir?

–Te digo que estoy completamente acabado –se empeñó en sonreír de un modo enfermizo–. Hace una hora se dictó una orden de busca y captura contra mí.

–¿Qué has hecho? –le preguntó con voz temerosa–. ¿Por qué han dictado una orden de busca y captura?

Las luces se apagaron para el siguiente número y John se derrumbó repentinamente sobre la mesa.

–¿Por qué? –insistía ella cada vez más preocupada mientras se inclinaba hacia John, quien respondió con palabras apenas inteligibles–... ¿Asesinato? –Rags sentía cómo se helaba como la nieve.

145

John asintió. Rags lo tomó por ambos brazos e intentó espabilarlo sacudiéndolo como si fuera una chaqueta. Los ojos de John estaban desorbitados.

–¿De verdad? ¿Tienen pruebas?

Él volvió a asentir con gestos de borracho.

–¡Entonces tienes que salir del país inmediatamente! ¿Entiendes, John? Tienes que irte inmediatamente, antes de que vengan a buscarte –lanzó una enloquecida mirada de terror a la entrada–. ¡Dios mío! –gritó–. ¿Por qué no haces algo? –miraba a todas partes con desesperación, y de repente fijó sus ojos en un punto. Tomó una gran bocanada de aire, titubeó y violentamente le susurró al oído–: Si lo arreglo, ¿te irás a Canadá esta noche?

–¿Cómo?

–Yo lo arreglaré, pero tienes que mantener la compostura. Confía en mí. ¿De acuerdo, John? Quiero que te quedes ahí sentado y no te muevas hasta que vuelva.

Un minuto después cruzaba la sala al abrigo de la oscuridad.

–Barón Marchbank –susurró delicadamente de pie detrás de una silla. El barón le indicó con la mano que se sentara.

–¿Hay sitio en su coche para dos pasajeros más?

Uno de sus hombres de confianza reaccionó instantáneamente.

–El coche de su alteza está lleno –dijo escuetamente.

–Es muy urgente –a Rags le temblaba la voz.

–Bueno, no sé... –dijo el príncipe, dubitativo.

Lord Charles Este miró al príncipe y negó con la cabeza.

–No lo considero prudente. Como si lo que estuviéramos haciendo no fuera bastante delicado. Nuestras órdenes son contrarias a algo así. Acordamos que evitaríamos complicaciones.

El príncipe frunció el ceño.

–No es ninguna complicación –objetó. Este se dirigió a Rags sin rodeos–. ¿Por qué es urgente?

Rags titubeó.

–¿Por qué? –se ruborizó–. Es una fuga, una boda secreta.

–El príncipe se echó a reír.

-¡De acuerdo! -exclamó-. No se hable más. Este solo está cumpliendo con su deber. Traiga a su amigo enseguida. Salimos inmediatamente, ¿no es así?

Este miró su reloj.

-¡Ahora mismo!

Rags salió disparada. Quería que salieran confundidos con el grupo mientras las luces seguían apagadas.

-¡Deprisa! -le dijo a John al oído-. Vamos a cruzar la frontera... con el príncipe de Gales. Por la mañana estarás a salvo.

John la miró con ojos deslumbrados. Rags pagó la cuenta a toda prisa, lo tomó por un brazo y lo condujo con la mayor discreción posible a la otra mesa, donde lo presentó con pocas palabras. El príncipe le dio la bienvenida con un apretón de manos. Sus hombres de confianza inclinaron la cabeza disimulando a duras penas su disgusto.

-Será mejor que nos pongamos en marcha -dijo Este consultando impaciente el reloj.

Ya se levantaban cuando, de pronto, estalló un clamor. Dos policías y un hombre pelirrojo vestido de paisano acababan de aparecer en la puerta principal.

-Salgamos -dijo en voz baja Este, llevando al grupo hacia una salida lateral-. Parece que va a haber jaleo.

Blasfemó cuando vio que otros dos policías vigilaban aquella puerta. Se detuvieron indecisos. El hombre de paisano había iniciado una meticulosa inspección del público de las mesas.

Este miró severamente a Rags y luego a John, quien se agazapó detrás las palmeras.

-¿Es uno de esos inspectores de impuestos? -preguntó Este.

-No -murmuró Rags-. Se va a montar la marimorena. ¿No podemos salir por aquella puerta?

Cada vez más impaciente, el príncipe volvió a sentarse.

-Avisadme cuando estéis preparados para salir -sonrió a Rags-. Maldita la gracia que todos nos metiéramos en un lío por culpa de una cara tan bonita.

Entonces se encendieron todas las luces. El hombre de paisano se volvió repentinamente y saltó al centro de la pista de baile. –¡Que nadie abandone el local! –gritó–. ¡Que se siente aquel grupo que está detrás de las palmeras! ¿Está en la sala John M. Chestnut?

A Rags se le escapó un grito.

–Allí –ordenó el inspector al policía de uniforme que lo seguía–. Échele una ojeada a esa alegre pandilla. ¡Manos en alto! ¡Vamos!

–¡Dios mío! –murmuró Este–. ¡Tenemos que salir de aquí! –se volvió hacia el príncipe–. Es intolerable, Ted. No es conveniente que te vean aquí. Los entretendré mientras bajas al coche.

Dio un paso hacia la puerta lateral.

–¡Manos arriba! –gritó el hombre de paisano–. Y cuando digo arriba lo digo en serio. ¿Quién de ustedes es Chestnut?

–¡Ha perdido la cabeza! –exclamó Este–. Somos súbditos británicos. No tenemos nada que ver con este asunto.

Una mujer gritó en algún sitio y se produjo una espantada hacia el ascensor que se detuvo en seco ante las bocas de dos pistolas automáticas. Una chica se desplomó inconsciente sobre la pista de baile, muy cerca de Rags, justo cuando la música comenzaba a sonar en otra terraza.

–¡Que pare la música! –vociferó el hombre de paisano–. ¡Rápido, esposad a todos estos!

Dos policías avanzaron hacia el grupo. Al mismo tiempo, Este y los hombres del séquito del príncipe sacaron sus revólveres, y, protegiendo al príncipe lo mejor que pudieron, comenzaron a abrirse paso poco a poco hacia uno de los laterales de la sala. Sonó un disparo, luego otro, y a continuación un estruendo de plata y porcelana rotas. Media docena de comensales habían volcado sus mesas para agazaparse tras ellas.

Cundió el pánico. Se sucedieron tres disparos y a continuación estalló un tiroteo. Rags vio cómo Este disparaba fríamente sobre las ocho luces amarillas del techo. Una densa humareda gris empezó a llenar el aire. El clamor incesante de la lejana banda de jazz era el trasfondo inopinado de los disparos y los gritos.

Entonces, de repente todo acabó. Un silbido agudo resonó en la terraza, y a través del humo Rags vio a John Chestnut avanzando con los brazos extendidos hacia el hombre de paisano en señal de rendición. Se produjo un último grito nervioso y a continuación un estrépito escalofriante, como si alguien hubiera dado a parar por descuido sobre un montón de platos. Un pesado silencio se apoderó de la terraza e incluso la música de la orquesta pareció desvanecerse.

–¡Todo ha terminado! –la voz de John Chestnut resonó con fuerza en el aire de la noche–. La fiesta ha terminado. ¡Quien quiera puede irse a casa!

Todo seguía en silencio. Rags pensó que se debía al miedo. El peso de la culpa había enloquecido a John Chestnut.

–Ha sido una actuación magnífica –gritaba–. Quiero daros las gracias a todos. Si encontráis alguna mesa que siga en pie, se os servirá todo el champán que seáis capaces de beber.

A Rags le pareció que de pronto la terraza y las altas estrellas se convertían en un torbellino. Vio cómo John tomaba la mano del inspector de policía y la estrechaba con fuerza. El inspector sonrió y se guardó la pistola en el bolsillo. La música volvió a sonar y la chica que se había desmayado bailaba ahora con lord Charles Este en una esquina. John corría de un lado para otro dándole palmadas en la espalda a la gente, riendo y estrechando manos. Luego se acercó a Rags, alegre e inocente como un niño.

–¿No ha sido maravilloso? –exclamó.

Rags sintió que se quedaba sin fuerzas. A tientas comenzó a buscar una silla detrás de ella.

–¿Qué ha sido todo esto? –exclamó aturdida–. ¿Estoy soñando?

–¡Ni mucho menos! Estás completamente despierta. Lo he organizado yo, Rags, ¿no te das cuenta? ¡Me lo he inventado yo! Lo único real es mi nombre.

Rags se derrumbó sobre John aferrándose a las solapas de su chaqueta, y habría acabado en el suelo si John no la hubiera atrapado al instante entre sus brazos.

–¡Champán, rápido! –pidió, y luego le gritó al príncipe de Gales, que estaba cerca–: ¡Pide mi coche! La señorita Martin-Jones se ha desmayado de la emoción.

5

El rascacielos se alzaba henchido a lo largo de treinta pisos de ventanas antes de estrecharse en un grácil pan de azúcar de resplandeciente blancura que se prolongaba treinta metros más estrechándose hasta culminar su frágil pretensión de alcanzar el cielo con una sencilla torre oblonga. En la más alta de sus altas ventanas Rags Martin-Jones se exponía a la brisa inclemente mientras contemplaba la ciudad.

–El señor Chestnut la espera en su despacho.

Obedientes, sus pequeños pies atravesaron la alfombra de una habitación fría y alta que dominaba el puerto y el ancho mar. John Chestnut esperaba sentado a su escritorio. Rags se acercó a él y le rodeó los hombros son sus brazos.

– ¿Estás seguro de que eres real? –preguntó anhelante–. ¿Estás completamente seguro?

–Solo me escribiste una semana antes de llegar –se quejó John humildemente–. Si hubiera tenido más tiempo, habría organizado una revolución.

– ¿Todo aquello fue solo por mí? –preguntó Rags–. Todo aquel montaje completamente inútil y espléndido, ¿fue solo por mí?

– ¿Inútil? –meditó–. Quizás al principio sí. A última hora invité al dueño de un gran restaurante, y mientras tú estabas en la mesa del príncipe le convencí para que invirtiera en la sala de fiestas. John miró su reloj.

–Tengo que ocuparme de una cosa más y luego tendremos el tiempo justo para casarnos antes del almuerzo –descolgó el teléfono–. ¿Jackson? Envía un telegrama por triplicado a París, Berlín y Budapest. Que localicen en la frontera polaca a los dos duques falsos que se jugaban a cara o cruz el reino de Swartzberg-Rhineminster. Y si no hay novedad en el ducado, rebaja el tipo de cambio de su moneda un 0,00002. Otra cosa, ese idiota de Blutchdak ha vuelto a los Balcanes y anda intentando provocar otra guerra. Dile que tome el primer barco que salga para Nueva York o enciérralo en una cárcel griega. Colgó y se volvió hacia la sorprendida cosmopolita con una carcajada.

–La próxima parada es en el ayuntamiento. Si quieres, después nos vamos a París.

–John –preguntó Rags con interés–, ¿quién era el príncipe de Gales?

John esperó a que estuvieran en el ascensor descendiendo veinte pisos vertiginosamente. Entonces dio un toque en el hombro al ascensorista.

–No tan rápido, Cedric. La señora no está acostumbrada a descender de las alturas.

El ascensorista se volvió sonriente. Su cara era pálida, ovalada y estaba enmarcada por un cabello rubicundo. Las mejillas de Rags se sonrojaron como llamas.

–Cedric es de Wessex –explicó John–. El parecido es cuando menos asombroso. Los príncipes no son muy discretos que digamos y sospecho que Cedric pertenece a alguna rama morganática de la familia real.

Rags se quitó el monóculo del cuello y pasó el cordón por la cabeza de Cedric.

–Gracias –dijo Rags– por brindarme la segunda mayor emoción de mi vida.

John Chestnut empezó a frotarse las manos con ademán de comerciante.

–Honre nuestra casa, señora –le suplicaba a Rags–. ¡Somos el mejor bazar de la ciudad!

–¿Qué vende usted?

–Veamos, mademoiselle, hoy tenemos un amor de lo más hermoso.

–Envuélvamelo, señor comerciante –exclamó Rags Martin-Jones–. Me parece una ganga.

151

EL COMPONEDOR

Publicado en 1926

1

A las cinco en punto la sombría sala oval del Ritz se anima con una sutil melodía al son del leve clac-clac de un terrón o dos en las tazas y el tintineo de las relucientes teteras y las jarritas de leche que, elegantes, se besan durante el camino de regreso a sus bandejas de plata. Hay quienes aprecian esa hora ambarina sobre todas las demás, pues a pesar de que ahora el grato e insulso cometido de los lirios que habitan el Ritz llegue a su fin, aún resta la parte festiva y decorativa de la jornada.

De haber paseado la vista por la balconada ligeramente elevada cualquier tarde primaveral, cualquiera habría visto a la joven señora de Alphonse Karr y a la joven señora de Charles Hemple sentadas a una mesa de dos. La del vestido era la señora Hemple, y cuando digo «vestido» me refiero a ese atavío negro inmaculado con botones grandes y una especie de capa roja de fantasma sobre los hombros, una vestimenta concebida en la Rue de la Paix, que de forma vaga y con esa irreverencia que está tan en boga insinúa a propósito el atuendo de un cardenal. Las señoras Karr y Hemple tenían veintitrés años y sus enemigos decían que les había ido la mar de bien. Cualquiera de ellas podría haber tenido su limusina esperando a la puerta del hotel, pero ambas preferían regresar a casa a pie (en Park Avenue) bajo el crepúsculo abrileño.

Luella Hemple era alta y tenía ese cabello de hilos de lino que se supone que tienen las jóvenes de la campiña inglesa, aunque casi nunca sea así. Poseía un cutis radiante y no había necesidad de aplicarle nada, aunque por deferencia a una moda anticuada –estamos en 1920– había empolvado su encendido rubor natural e incorporado boca y cejas nuevas, meras intromisiones baldías. Ahora bien, estamos hablando desde la atalaya de 1925. En aquellos días el efecto resultaba de lo más apropiado.

–Llevo tres años casada –decía mientras aplastaba un cigarrillo en un limón exprimido–. Mañana el bebé cumplirá dos años. No se me puede olvidar comprar...

Sacó un lápiz de su estuche y escribió «velas» y «esos tubos con tapa de los que tiras con un cordel» en un dietario de marfil. A continuación alzó la vista, miró a la señora Karr y vaciló.

–No se si debería contarte algo atroz.

–Inténtalo –dijo jovial la señora Karr.

–Incluso mi bebé me aburre. Suena antinatural, Ede, pero es la verdad. No me llena la vida ni de lejos. Lo quiero con todo mi corazón, pero cuando tengo que cuidar de él una tarde entera, me pongo tan nerviosa que me entran ganas de gritar. A las dos horas ya estoy rezando para que la niñera entre por la puerta.

Tras realizar esta confesión, Luella respiró rápidamente y miró fijamente a su amiga. Lo cierto es que no se sentía en absoluto antinatural. Era la verdad, y como tal en ella no podía haber malicia.

–Quizá sea porque no amas a Charles –conjeturó impávida la señora Karr.

–¡Claro que le amo! Espero que mis palabras no te hayan producido esa impresión.

Decidió que Ede Karr era una estúpida.

–Es justamente mi amor por Charles lo que complica las cosas. Ayer estuve llorando hasta que me quedé dormida porque sé que lenta pero inexorablemente nos encaminamos hacia el divorcio. Lo único que nos mantiene unidos es el bebé.

Ede Karr, quien llevaba cinco años casada, la miró con desaprobación por si se trataba de una pose, pero los encantadores ojos de Luella eran tristes y graves.

–Entonces, ¿cuál es el problema? –interrogó Ede.

–Es múltiple –dijo Luella frunciendo el ceño–. En primer lugar, está la comida. Soy un ama de casa horrenda y no tengo ninguna intención de convertirme en una buena. Aborrezco encargar provisiones, aborrezco entrar y hurgar en la cocina para asegurarme de que la nevera está limpia y aborrezco fingir ante los criados que me interesa su trabajo, cuando en realidad no quiero ni oír hablar de comida hasta que se sirve en la mesa. Es que nunca aprendí a cocinar, y por lo tanto una cocina me resulta igual de interesante que una sala de calderas. No es más que una máquina que no entiendo. Qué fácil es decir «ve a una escuela de cocina», como lees en los libros. Pero Ede, en la vida real, ¿quién se convierte en una *ménagère* modélica a menos que no le quede otro remedio?

–Continúa –dijo Ede evasiva–. Cuéntame más.

–El resultado es que la casa siempre está manga por hombro. Todas las semanas los criados que tenemos se van. Si son jóvenes e incompetentes no puedo enseñarles, así que tenemos que prescindir de ellos. Si tienen experiencia, detestan una casa en la que la señora no demuestre un gran interés en el precio de los espárragos. Así que se marchan y la mitad de las veces comemos en restaurantes y hoteles.

–No creo que a Charles le guste eso.

–Lo aborrece. En realidad aborrece prácticamente todo lo que a mí me gusta. El teatro le produce indiferencia y detesta la ópera, bailar y los cócteles. A veces pienso que detesta todo lo placentero que hay en el mundo. Pasé alrededor de un año metida en casa, durante todo el embarazo de Chuck y mientras lo amamanté. No me importó, pero este año le dije llanamente a Charles que aún era lo bastante joven como para querer divertirme. Y desde entonces hemos estado saliendo quiera él o no.

Se detuvo taciturna.

–Lo siento muchísimo por él; no sé qué hacer, Ede, pero si nos quedamos en casa me sentiré desdichada. Y para serte sincera, prefiero su infelicidad a la mía.

Más que exponer un caso, Luella pensaba en voz alta. Consideraba que estaba siendo muy ecuánime. Antes de casarse los hombres siempre le habían dicho que era una chica con «espíritu deportivo», y había intentado aplicar esa misma ecuanimidad a su matrimonio. Siempre entendía el punto de vista de Charles con la misma claridad que el suyo. Si hubiera sido la esposa de un pionero, seguramente habría luchado hombro con hombro junto a su marido. Pero aquí en Nueva York no había ninguna lucha. No peleaban a brazo partido por un futuro lejano de paz y tranquilidad. De hecho, tenían para dar y tomar de ambas. Igual que varios miles de jóvenes esposas de Nueva York como ella, Luella quería sinceramente tener una ocupación. Si tuviera un poco más de dinero y algo menos amor, podría haberle dado por los caballos o por alguna aventura amorosa. Y si tuvieran un poco menos de dinero, su energía sobrante se habría visto absorbida por la esperanza o incluso por el esfuerzo. Pero los Hemple estaban justo en medio. Pertenecían a esa enorme clase de estadounidenses que deambula por Europa todos los veranos mostrando un desdén bastante patético y melancólico hacia las costumbres, tradiciones y pasatiempos de otros países cuando son ellos quienes carecen de costumbres, tradición o pasatiempos propios. Se trata de una clase recién nacida cuyos padres y madres bien podrían haber vivido hace doscientos años.

Súbitamente la hora del té se convirtió en la hora previa a la cena. La mayoría de las mesas se habían vaciado y la sala ya no se hallaba abarrotada sino salpicada de voces distantes y agudas y de risas remotas y sorpresivas. En un rincón los camareros cubrían las mesas de blanco para la cena.

–Charles y yo nos sacamos mutuamente de quicio.

Un nuevo silencio tras el cual la voz de Luella se oyó con una sonoridad alarmante, de modo que la bajó precipitadamente.

–Son las pequeñas cosas. Él no deja de restregarse la cara con la mano continuamente: en la mesa, en el teatro... Incluso cuando está en la cama. Me saca de mis casillas, y cuando cosas así comienzan a irritarte está claro que todo se acabó. Así concluyó, e inclinándose hacia atrás, se envolvió el cuello en una ligera estola de piel.

–Espero no haberte aburrido, Ede. No puedo sacármelo de la cabeza porque lo de hoy es un ejemplo bien revelador. Organicé una velada bastante interesante para esta noche: una cena ligera después del teatro para conocer a unos cantantes, bailarines o algo por el estilo rusos, y Charles dice que no piensa ir. Si no viene, iré yo sola y fin de la historia.

De repente clavó los codos en la mesa, e inclinando la cabeza hasta sumergir sus ojos en sus tersos guantes comenzó a llorar silenciosa y obstinadamente. A pesar de que no hubiera nadie cerca que la viera, Ede Karr lamentó que no se hubiera quitado los guantes. De haberlo hecho, habría extendido los brazos para consoladora tocando su mano desnuda. Precisamente aquellos guantes simbolizaban lo difícil que resultaba compadecerse de una mujer a quien la vida había dado tanto. Ede deseó decir que «todo saldrá bien», que la cosa no era «tan mala como pintaba», pero no dijo nada. Su única reacción fue de impaciencia y desagrado.

Un camarero se acercó y dejó un papel doblado sobre la mesa. La señora Karr lo cogió.

–Ni se te ocurra –murmuró Luella entrecortada–. No, ¡te he invitado yo! Aquí tengo el dinero.

2

El piso de los Hemple –en propiedad– estaba en uno de esos impersonales caserones blancos que se conocen por un número en vez de un nombre. Lo habían amueblado durante su luna de miel. Habían ido a Inglaterra para buscar las piezas más grandes, a Florencia para las chucherías y a Venecia para el encaje y el lino puro de las cortinas, así como para el cristal multicolor que andaba diseminado por la mesa cuando recibían. Luella disfrutó eligiendo cosas durante su luna de miel, pues aquello dio al viaje un barniz práctico y evitó que derivase en el deprimente vagar por grandes hoteles y ruinas inhóspitas al que suelen ser propensas las lunas de miel en Europa.

Regresaron y la vida comenzó. En el gran teatro del mundo, Luella ocupaba la posición de dama acaudalada. A veces le pasmaba que el piso y la limusina creados expresamente para ellos fueran suyos de forma tan irrebatible como lo eran la casa de las afueras hipotecada que parecía salida de la revista *Ladies' Home Journal* y el coche del año pasado que el destino podría haberle otorgado en su lugar. Y se sintió aún más pasmada cuando todo aquello comenzó a aburrirla. Pero así era... A las siete de la tarde regresó de su paseo bajo el ocaso abrileño, entró en el vestíbulo y vio a su marido esperando en el salón delante de la chimenea encendida. Entró sin hacer ruido y se quedó mirándolo un momento enmarcado por la vista agradable y efectista de la saleta. Charles Hemple rondaba los treinta y cinco y tenía un rostro joven y serio coronado por un cabello gris hierro que en diez años se tornaría blanco, y que junto a sus intensos ojos grises oscuros constituía su rasgo mas destacable. Las mujeres siempre pensaban que su cabello era romántico; la mayoría de las veces Luella pensaba lo mismo.

Pero en aquel momento se sorprendió odiándolo un poco, puesto que se había llevado la mano a la cara y se la frotaba nervioso sobre la barbilla y la boca. Aquel gesto le daba un aire de ensimismamiento desfavorecedor y a veces deformaba sus palabras, de modo que ella siempre tenía que decir «¿qué?». Se lo había reprochado varias veces y él se había disculpado, no sin antes mostrar sorpresa. Pero era evidente que no se daba cuenta de lo patente e irritante que resultaba, pues continuaba haciéndolo. Las cosas habían alcanzando un estado tan lamentable que Luella temía volver a mentar aquellos asuntos. Una palabra a destiempo podría precipitar un escándalo inaplazable.

Luella arrojó sus guantes y su bolso bruscamente sobre la mesa. Al oír el leve ruido, su marido volvió la vista hacia el vestíbulo.

–¿Eres tú, cariño?

–Sí, cariño.

Entró en el salón, se echó en sus brazos y lo besó tensa. Charles Hemple reaccionó con una formalidad desacostumbrada y a continuación la giró lentamente hasta encararla al resto de la habitación.

–He traído a alguien a cenar.

Entonces reparó en que no estaban solos. Su primera sensación fue de gran alivio; la rigidez de su rictus se suavizó hasta tornarse una sonrisa tímida y encantadora mientras extendía la mano.

–Te presento al doctor Moon. Doctor, le presento a mi esposa.

Un hombre poco más mayor que su marido y de rostro redondo, pálido y ligeramente arrugado se aproximó para saludarla.

–Buenas tardes, señora Hemple –dijo–. Espero no interferir con sus planes.

–Claro que no –repuso Luella al instante–. Estoy encantada de que se quede a cenar. Estamos completamente solos.

Al mismo tiempo pensó en su cita de aquella noche y se preguntó si aquello no sería una burda trampa de Charles para retenerla en casa. De ser así, había elegido mal su cebo con aquel hombre cuyo rostro, cuya voz intensa y pausada e incluso con su brillo de ropa desgastada solo irradiaban una placidez deslucida.

No obstante, se disculpó y entró en la cocina para saber qué se había planeado para la cena. Como siempre, tenían un par de criados nuevos a prueba. El almuerzo había estado mal cocinado y mal servido y prescindiría de ellos al día siguiente. Esperaba que Charles hablase con ellos. Detestaba despedir a los criados. A veces lloraban y otras se mostraban insolentes, pero Charles sabía cómo tratarlos. Y ellos siempre temían a un hombre.

Sin embargo, lo que estaba cocinándose en los fogones tenía un sabor reconfortante. Luella dio instrucciones acerca de «qué vajilla» y sacó una botella de un valioso Chianti del buffet. A continuación fue a darle un beso de buenas noches al pequeño Chuck.

–¿Ha sido bueno? –exigió saber mientras el niño se arrastraba entusiasmado hasta colarse entre sus brazos.

–Muy bueno –dijo la institutriz–. Dimos un largo paseo en Central Park.

–¡Eres un niño requetelisto! –lo besó gozosa.

–Pero metió un pie en la fuente, así que tuvimos que regresar a casa en taxi inmediatamente y cambiarle el zapatito y la media.

–Quieto. ¡Espera un momento, Chuck!

Luella se desprendió el magnífico collar de cuentas amarillas del cuello y se lo entregó.

–No debes romperle el collar a mamá.

Se volvió hacia la niñera.

–Cuando se haya dormido, haga el favor de guardarlo en mi cómoda.

Mientras salía sintió una cierta compasión por su hijo debido a esa pequeña vida enclaustrada que llevaba, la misma que llevan todos los niños pequeños salvo en las familias numerosas. Era una auténtica delicia, excepto los días que ella lo cuidaba. Su cara tenía la misma forma que la de ella. A veces, cuando su corazón latía junto al suyo, se entusiasmaba y formulaba nuevos propósitos de vida.

En su encantador dormitorio rosa se acicaló la cara, que lavó y retocó. El doctor Moon no merecía un cambio de vestido, y además Luella comenzó a encontrarse extrañamente cansada a pesar de lo poco que había hecho durante todo el día. Regresó al salón y pasaron al comedor.

–Qué casa más bonita, señora Hemple –dijo el doctor Moon en un tono impersonal–. Y permítame que la felicite por su niño tan formidable.

–Gracias. Viniendo de un doctor, es un buen cumplido –vaciló–. ¿Está especializado en niños?

–No soy ningún especialista –dijo él–. Soy lo más bajo de mi clase, medicina general.

–Eso solo es así en Nueva York –comentó Charles.

Había comenzado a frotarse la cara nerviosamente y Luella clavó sus ojos en el doctor Moon para no verlo. Pero volvió a mirarlo con brusquedad cuando pronunció las siguientes palabras:

–En realidad –dijo de forma inesperada– he invitado al doctor Moon porque quería que esta noche hablases con él.

Luella se irguió sobre su silla.

–¿Que hable con él?

–El doctor Moon es un antiguo amigo mío y pienso que puede decirte algunas cosas que debes saber.

–¿Por qué?

Intentó reír, pero estaba sorprendida y molesta.

–No entiendo qué quieres decir. A mí no me ocurre nada malo. No creo que me haya sentido mejor en toda mi vida.

El doctor Moon miró a Charles para pedirle permiso para hablar. Charles asintió y de forma automática se llevó la mano a la cara.

–Su marido me ha hablado mucho de su insatisfactoria vida en común –dijo el doctor Moon sin variar su tono impersonal–. Piensa que yo podría ayudarles a limar asperezas.

El rostro de Luella echaba chispas.

–No tengo una fe especial en el psicoanálisis –dijo con frialdad– y no me considero un caso digno de ello.

–Yo tampoco –respondió el doctor Moon, aparentemente inconsciente del desaire–. Yo no tengo ninguna fe especial en nada salvo en mí mismo. Ya le dije que no soy especialista. Y si me permite decirlo, tampoco soy veleidoso. No le prometo nada.

Por un momento Luella se planteó abandonar la habitación, pero la desfachatez de aquella proposición había despertado su curiosidad.

–No puedo imaginarme lo que Charles le habrá dicho –dijo controlándose a duras penas– y mucho menos por qué. Pero le aseguro que nuestros asuntos son algo que nos incumbe únicamente a mi marido y a mí. Si no tiene nada que objetar, doctor Moon, preferiría que conversásemos de algo menos personal.

El doctor Moon asintió ostensible y educadamente. No volvió a intentar sacar el tema a colación y la cena transcurrió dentro de lo que más bien parecía un silencio de derrota. Luella decidió que, pasara lo que pasara, no se desviaría de sus planes para aquella noche. Una hora antes se lo había exigido su independencia, pero ahora algún gesto de desafío se había convertido en una necesidad perentoria para su amor propio. Se quedaría un minuto en el salón después de la cena, y cuando llegase el café se disculparía y se vestiría para salir. Sin embargo, cuando salieron del comedor, fue Charles quien desapareció de forma fugaz y sorpresiva.

–Tengo que escribir una carta –dijo–. Regreso en un minuto. Antes de que Luella pudiera formular una objeción diplomática, salió disparado por el pasillo hasta su habitación y cerró la puerta tras él.

Airada y confusa, Luella sirvió el café y se hundió en una esquina del sofá mirando fijamente el fuego.

–No tenga miedo, señora Hemple –dijo repentinamente el doctor Moon–. Hago esto por compromiso, no por voluntad propia.

–No le tengo miedo –le interrumpió sabiendo que mentía. Le tenía un poco de miedo, aunque solo fuera por su sorda indiferencia hacia su aversión.

–Hábleme de sus problemas –dijo de modo muy natural, como si ella tampoco tuviera voluntad propia. Ni siquiera la miraba, y si no fuera porque estaban solos en la habitación ni siquiera parecía que estuviera dirigiéndose a ella.

La mente, la voluntad y los labios de Luella hablaron por ella:

–No pienso hacer nada de eso.

Lo que dijo la dejó asombrada. Fue algo que le salió espontáneamente y al parecer sin colaboración alguna por su parte.

–¿No ha visto cómo se restregaba la cara durante la cena? –dijo angustiada–. ¿Acaso está ciego? Se me ha hecho tan irritante que pienso que voy a volverme loca.

–Ya entiendo –asintió la cara redonda del doctor Moon.

–¿No se da cuenta de lo harta que estoy de quedarme en casa? –su pecho parecía esforzarse por llenarse de aire bajo su vestido–. ¿No se da cuenta de lo aburrida que estoy de ocuparme de la casa, del bebé? Todo se me ha vuelto una labor interminable. Quiero emoción y no me importa de qué clase sea o lo que tenga que pagar por ella siempre que me haga latir el corazón.

–Ya entiendo.

A Luella la enfureció que asegurase que la entendía. Su afán de desafío había alcanzado un punto tan álgido que prefería que nadie la entendiera. Le bastaba la justificación que le proporcionaba la exaltada sinceridad de sus deseos.

–He intentado ser buena, pero no pienso seguir intentándolo. Si soy una de esas mujeres que echan a perder sus vidas por nada, cuanto antes mejor. Puede llamarme egoísta o tonta y seguro que tiene razón, pero en cinco minutos voy a salir de esta casa y a vivir.

Esta vez el doctor Moon no respondió, pero alzó su cabeza como si oyese algo que estuviera produciéndose cerca de ellos.

–No va a salir –dijo tras un momento de pausa–. Estoy bastante seguro de que no va a salir.

Luella rió.

–Claro que voy a salir.

Él ignoró su comentario.

–Oiga, señora Hemple, su marido no está bien. Ha estado intentado vivir a su estilo, pero toda la presión se le ha hecho insoportable. Cuando se frota la boca...

Se oyeron unos pasos apagados por el pasillo y la doncella entró a hurtadillas en la habitación con una expresión de terror en la cara.

–Señora Hemple...

Sobresaltada por la interrupción, Luella se volvió rápidamente.

–¿Sí?

–¿Puedo hablar con...?

Su miedo se impuso precipitadamente a su escasa capacitación.

–¡El señor Hemple está mal! Hace un rato entró en la cocina y empezó a tirar toda la comida de la nevera, y ahora está en su habitación gritando y cantando.

Y de pronto Luella oyó su voz.

3

Charles Hemple había sufrido una crisis nerviosa. Pesaban sobre sus hombros veinte años de fatigas prácticamente ininterrumpidas. Sumadas a la reciente presión en casa, la situación se le había hecho insoportable. Su actitud hacia su esposa era el punto flaco de lo que por lo demás había sido una carrera tenaz y bien organizada. Conocía su desmedido egoísmo, si bien uno de los numerosos defectos en la panoplia de las relaciones humanas es la atracción irresistible que en tantos hombres suscita el egoísmo femenino. En el caso de Luella, al convivir aquel egoísmo con una belleza infantil, Charles Hemple había comenzado a culparse a sí mismo de una situación que a todas luces había provocado ella. Era una actitud dañina que con el paso del tiempo había enfermado su mente debido a sus intentos de culparse a sí mismo. Tras la conmoción inicial y el consiguiente y fugaz empacho de compasión, Luella contempló la situación con impaciencia. Pero era una chica con «espíritu deportivo» y no podría aprovecharse de Charles mientras estuviera enfermo.

La cuestión de sus libertades debía postergarse hasta que su marido se recuperase. Y así, justo cuando había decidido no seguir siendo una esposa, Luella se vio obligada a ser también enfermera. Se sentaba a un lado de su cama cuando, delirante, él hablaba de ella, de su noviazgo y de cómo algunos amigos le habían dicho ya por entonces que cometía un error. También hablaba de su felicidad en los primeros meses de su matrimonio y de su creciente desazón cuando surgió la brecha. Era evidente que él era más consciente de ello de lo que ella había pensado, si bien no lo había expresado jamás.

–¡Luella! –exclamaba sacudiéndose en la cama–. ¡Luella! ¿Dónde estás?

–Estoy aquí, Charles, a tu lado –intentaba que su voz sonara cálida y animada.

–Luella, si quieres irte, será mejor que lo hagas ahora. No creo que ya me consideres bastante bueno para ti.

Ella lo negaba con ternura.

–Lo he meditado y no puedo echar a perder mi salud por ti
–y a continuación, acelerada y apasionadamente–: ¡No te vayas, Luella, por el amor de Dios, no te vayas, no me dejes! Prométeme que no te irás. Si no te vas haré todo lo que me digas. Lo que más le irritaba era su humildad. Era un hombre reservado y ella nunca se había figurado hasta qué punto llegaba su entrega. –Solo salgo un minuto. Es tu amigo el doctor Moon, Charles. Hoy vino para saber cómo estabas, ¿no te acuerdas? Y quiere hablar conmigo antes de irse.

–¿Y vuelves? –insistió.

–Dentro de un ratito. Descansa tranquilo.

Le levantó la cabeza y ahuecó su almohada para orearla. Al día siguiente tendrían una enfermera diplomada.

En el salón aguardaba el doctor Moon –su traje parecía más raído y desgastado a la luz de la tarde–. Le profesaba una aversión desmedida derivada de la ilógica convicción de que en cierta medida era culpable de su desgracia. Sin embargo, demostraba un interés tan profundo que no podía negarse a verlo, aunque nunca le había pedido que consultara con el especialista, puesto que era un médico de rango muy inferior...

–Señora Hemple –se acercó extendiendo la mano que Luella tocó con levedad e incomodidad.

–Tiene buen aspecto –dijo.

–Estoy bien, gracias.

–La felicito por la forma en que ha tomado las riendas de la situación.

–Yo no me tomado las riendas de nada –dijo fríamente–. He hecho lo que tenía que...

–Precisamente.

Su impaciencia se acrecentaba por momentos.

–Hago lo que tengo que hacer, nada más que eso –continuó–. Y no de muy buena gana.

Sin darse cuenta había vuelto a abrirse a él igual que la noche de la catástrofe. A pesar de ser consciente de que aquello la colocaba en una posición de intimidad con él, era incapaz de reprimir sus palabras.

–La casa no marcha bien –profirió con amargura–. He tenido que despedir al servicio y ahora tengo una mujer externa. Y el bebé tiene un enfriamiento y resulta que su niñera no conoce su trabajo. ¡La situación no puede ser más horrible y desastrosa!

–¿Le importaría decirme cómo averiguó que la niñera desconocía su trabajo?

–Cuando te ves obligada a quedarte en casa descubres muchas cosas desagradables.

Asintió y su mirada se paseó por la habitación.

–Me siento un tanto esperanzado –dijo lentamente–. Como le dije, no le prometo nada. Solo lo hago lo mejor que puedo.

Luella lo miró sobresaltada.

–¿Qué quiere decir? –replicó–. ¡Usted no ha hecho nada por mí, nada en absoluto!

–Aún no he hecho mucho –dijo en un tono beatífico–. Esto lleva su tiempo, señora Hemple.

Pronunció aquellas palabras en un tono seco y monocorde sin ningún deje ofensivo. Sin embargo, a Luella le pareció que se había excedido. Se levantó.

–He conocido a hombres de su calaña –dijo con frialdad–. Por algún motivo parece pensar que tiene algún ascendiente aquí como «viejo amigo de la familia». Pues yo no hago amistades tan deprisa y no le he concedido el privilegio de ser tan... –quiso decir «insolente», pero la palabra se le resistió»– directo conmigo.

Cuando la puerta principal se cerró tras él, Luella entró en la cocina para saber si la mujer entendía la diferencia entre las tres cenas, una para Charles, una para el bebé y una para ella. Costaba arreglárselas con una sola sirvienta cuando las cosas eran tan complicadas. Debía probar otra agencia, pues esta había comenzado a resultarle aburrida.

Se sorprendió al ver a la cocinera con el sombrero y el abrigo puestos leyendo un periódico en la mesa de la cocina.

—Caray —Luella intentó recordar el nombre—. Caray, ¿qué ocurre, señora...?

—Señora Danski, así me llamo. ¿Me pregunta qué ocurre? Me temo que no voy a poder cumplir con sus exigencias. Solo soy una simple cocinera y no estoy acostumbrada a cocinar para un impedido.

—Pues contaba con usted.

—Lo siento mucho —sacudió la cabeza contumaz—. Tengo que pensar en mi propia salud. Y cuando llegué no me dijeron de qué trabajo se trataba. Y cuando usted me pidió que limpiase la habitación de su marido, me pareció que eso quedaba fuera de mis obligaciones.

—No le pediré que limpie nada —dijo Luella desesperada—. Hágame el favor de quedarse hasta mañana. Es imposible que consiga a otra persona esta noche.

La señora Danski sonrió educadamente.

—Tengo que pensar en mis propios hijos, igual que usted.

Luella estuvo a punto de ofrecerle dinero, pero repentinamente se impuso su mal talante.

—¡No había oído nada más egoísta en toda mi vida! —estalló—. ¡Dejarme en un momento como este! ¡Es una vieja estúpida!

—Si me paga las horas, me voy —dijo la señora Danski con calma.

—¡No pienso pagarle un centavo a menos que se quede!

Al instante sintió haberlo dicho, pero era demasiado orgullosa para retirar la amenaza.

—¡Me pagará, quiera o no!

—¡Salga por esa puerta!

—Me iré cuando tenga mi dinero —aseveró indignada la señora Danski—. Tengo que pensar en mis hijos.

Luella inspiró bruscamente y dio un paso al frente. Intimidada por su genio, la señora Danski se dio la vuelta y se fue haciendo aspavientos.

Luella descolgó el teléfono, llamó a la agencia y explicó que la mujer se había marchado.

—¿Pueden enviarme a otra ahora mismo? Mi marido está enfermo y el bebé también...

—Lo siento, señora Hemple, pero ya no queda nadie en la oficina. Son más de las cuatro.

Luella discutió un rato y al final obtuvo la promesa de que telefonearían a una mujer para emergencias que conocían. Era lo único que podían hacer hasta el día siguiente.

Llamó a varias agencias más, pero según parecía el sector del servicio doméstico había cerrado hasta el día siguiente. Después de darle su medicina a Charles, entró de puntillas y con sigilo en el cuarto del niño.

—¿Cómo está mi bebé? —preguntó distraída.

—37,4 —susurró la niñera sosteniendo el termómetro a contraluz—. Acabo de tomarle la temperatura.

—¿Eso es mucho? —preguntó Luella ceñuda.

—Solo tiene cuatro décimas. No es mucho para la tarde. A veces el enfriamiento les provoca un poco de fiebre.

Luella se acercó a la cuna y puso sus manos sobre las mejillas enrojecidas de su hijo mientras, sumida en aquel estado de ansiedad, pensaba en cuánto se parecía al querubín primoroso del anuncio de jabón Lux de los autobuses.

Se volvió hacia la niñera.

—¿Sabe cocinar?

—¿Cómo? No soy buena cocinera.

—Aun así, ¿podría hacerle la comida al bebé esta noche? Esa vieja estúpida se ha ido, no puedo conseguir a nadie y no sé qué hacer.

—Por supuesto que puedo hacerle la comida al bebé.

—Asunto arreglado. Intentaré hacerle algo al señor Hemple. Por favor, mantenga la puerta abierta para que pueda oír el timbre cuando llegue el doctor. Y avíseme.

¡Cuántos doctores! Apenas pasaba una hora sin que apareciera alguno. Todas las mañanas llegaban el especialista, su médico de familia, después el pediatra —y aquella tarde también el doctor Moon; plácido, persistente e inoportuno, en la sala—. Luella entró en la cocina. Podía freírse unos huevos con beicon

-lo había hecho a menudo después del teatro-, pero las verduras para Charles pertenecían a otra división. Había que dejarlas cocer, hervir o algo así, y la cocina tenía tantas puertas y perillas que no sabía cuál usar. Escogió una sartén azul que parecía nueva, troceó zanahorias, las arrojó en la sartén y luego las cubrió con un poco de agua. Mientras las ponía a calentar sobre el fuego e intentaba recordar qué hacer a continuación sonó el teléfono: era la agencia.

-Sí, soy la señora Hemple.

-Resulta que la mujer que le enviamos ha regresado quejándose de que se negó a pagarle sus horas.

-Ya le expliqué que se negó a quedarse -dijo Luella exaltada-. No cumplió lo acordado y no me pareció que tuviera ninguna obligación de...

-Tenemos que procurar que nuestro personal reciba su paga -le informó la agencia-. De no ser así, nuestra labor no serviría de nada, ¿no cree? Lo siento, señora Hemple, pero no vamos a poder proporcionarle más personal hasta que este asunto se solucione.

-¡Pagaré, pagaré! -gritó.

-Cómo no, nos gusta mantener una buena relación con nuestras clientas...

-¡Sí! ¡Sí!

-¿Podría enviarle el dinero mañana? Son 75 centavos la hora.

-¿Y si lo hago esta noche? -exclamó-. Necesito a alguien esta noche.

-Disculpe, pero es que es muy tarde. Yo misma iba a irme a casa ya.

-¡Soy la señora de Charles Hemple! ¿Es que no lo entiende? Mi palabra es completamente fiable y cumpliré. Soy la esposa de Charles Hemple, número 14 de Broadway...

Mientras lo decía se daba cuenta de que Charles Hemple, del número 14 de Broadway, era un desvalido impotente que ya no constituía referencia ni garantía alguna. Angustiada por la repentina insensibilidad del mundo, colgó el teléfono.

Tras diez minutos de frenético desbarajuste en la cocina, fue a hablar con la niñera del bebé, por quien sentía antipatía, y le confesó que había sido incapaz de cocinar la cena de su marido. La niñera la informó de que tenía un agudísimo dolor de cabeza y que no podía dar más de sí puesto que tenía que ocuparse de un niño enfermo, y aunque sin ningún entusiasmo accedió a enseñarle a Luella qué había que hacer.

Tragándose su humillación, Luella obedeció órdenes mientras la niñera tentaba y gruñía al fogón desconocido. Mejor que peor, la cena comenzó a hacerse. Cuando la niñera tuvo que ir a bañar a Chuck, Luella se sentó sola a la mesa de la cocina y escuchó el perfume burbujeante que emanaba de las ollas.

–Y las mujeres hacen esto todos los días –pensó–. Miles de mujeres. Cocinan, cuidan a los enfermos y para colmo salen a trabajar.

Pero salvo el aspecto superficial de que tenían dos manos y dos pies, no concebía a aquellas mujeres como sus iguales. Se dijo aquello igual que podría haber dicho «los isleños de los mares del Sur se ponen aros en la nariz». A fin de cuentas, solo había vivido un desagradable día de penuria en su propia casa. Solo había sido una excepción insignificante.

De repente se percató de unos pasos que se aproximaban lentos en el comedor y después en el corredor. Medio temerosa de que fuera del doctor Moon haciendo otra visita, alzó la vista y vio a la niñera aparecer por la puerta de la trascocina. Se le pasó por la cabeza que ella también iba a ponerse enferma. Y tenía razón, porque apenas alcanzó la puerta de la cocina la niñera comenzó a dar bandazos y se aferró al picaporte como un pájaro se aferra a una rama hasta desplomarse sobre el suelo sin mediar palabra. En aquel mismo momento sonó el timbre; Luella se levantó y resopló aliviada por la llegada del pediatra.

–No es más que un desmayo –dijo colocando la cabeza de la chica sobre su regazo. Sus ojos se entreabrieron–. Sí, solo ha sido un desmayo.

—¡Todo el mundo está enfermo! —gritó Luella con un deje un tanto desesperanzado—. ¡Todo el mundo está enfermo menos yo, doctor!

—Esta mujer no está enferma —dijo tras una breve pausa—. Su corazón funciona con normalidad. Solo se ha desmayado.

Después de ayudar al médico a acomodar al cuerpo que se iba espabilando sobre una silla, Luella fue a toda prisa al cuarto del bebé y se inclinó sobre su camita. Bajó lentamente una de las barreras protectoras de hierro. La fiebre parecía haber desaparecido y el sofoco de la cara se había desvanecido. Se inclinó para tocarle un mofletito.

Y al instante Luella rompió a gritar.

4

Incluso después del funeral del bebé, Luella no podía creer que lo hubiera perdido. Regresó al piso y estuvo deambulando por la habitación del bebé diciendo su nombre. A continuación, acongojada por la pena, se sentó y se quedó mirando fijamente su balancín blanco con la gallina roja pintada en un lado.

—¿Qué será de mí ahora? —se susurró—. Algo terrible me ocurrirá cuando me dé cuenta de que jamás volveré a ver a Chuck.

Aún no estaba segura. Si esperaba allí hasta el anochecer, la niñera podría traerlo después de su paseo. Recordó una confusión trágica en medio de la cual alguien le había dicho que Chuck estaba muerto. Pero si era así, ¿por qué seguía aguardándolo su habitación con su cepillito y su peine aún sobre la cómoda? ¿Y por qué estaba ella allí?

—Señora Hemple.

Alzó la vista. En el quicio de la puerta se distinguía la figura cansada y raída del doctor Moon.

—Váyase —dijo Luella sordamente.

—Su marido la necesita.

—No me importa.

El doctor Moon entró en la habitación.

–No creo que lo entienda, señora Hemple. Ha estado llamándola. Ahora usted no tiene a nadie salvo a él.

–Le odio –dijo súbitamente.

–Como guste. Ya sabe que no le prometí nada. Solo lo hago lo mejor que puedo. Mejorará cuando se haga a la idea de que el bebé se ha ido y que no volverá a verlo.

De un salto se puso de pie.

–¡Mi bebé no ha muerto! –gritó–. ¡Miente! ¡Todo es mentira! Sus ojos centellantes miraron a los del hombre y percibieron algo brutal y amable a la vez que la sobrecogió y la redujo a la impotencia y la aquiescencia. Bajó su mirada fatigada y desesperada.

–Como quiera –dijo con hartazgo–. Mi bebé ha muerto. ¿Qué hago ahora?

–Su marido está mucho mejor. Solo necesita reposo y cuidados. Debe ir a verlo y contarle qué ha pasado.

–¿Y cree que eso lo ayudará? –dijo amargamente.

–Quizá. Está casi recuperado.

Casi recuperado. El último eslabón de la cadena que la retenía en su casa se rompió. Aquella etapa de su vida había terminado. Ahora podía soltar aquella amarra de aflicción y opresión y ser libre, libre como el viento.

–Iré a verlo en un minuto –dijo Luella con voz distante–. Por favor, déjeme sola.

La sombra inoportuna del doctor Moon se disolvió en la oscuridad del pasillo.

–Ya puedo irme –se susurró–. A cambio de lo que me ha arrebatado, la vida me ha devuelto la libertad.

Pero no podía prolongar su estancia allí un minuto más o la vida volvería a amarrarla y a hacerla sufrir. Llamó al portero y le pidió que le trajeran su baúl del trastero. A continuación comenzó a sacar cosas de la cómoda y del armario intentando reunir de la forma más escrupulosa posible todo lo que tenía antes de casarse. Incluso encontró dos vestidos viejos, pasados de moda y un poco justos de cadera, que habían formado parte de su ajuar y que unió al resto. Una vida nueva. Charles se había recuperado y su bebé, al que había venerado a pesar de haberla aburrido un poco, estaba muerto.

Después de llenar su baúl entró mecánicamente en la cocina para supervisar la preparación de la cena. Habló con la cocinera acerca de la comida especial para Charles y le dijo que cenaría fuera. La visión de una de las pequeñas sartenes usadas para la comida de Chuck llamó su atención durante un momento, pero se quedó mirándola sin inmutarse. Abrió la nevera y se cercioró de que estaba limpia y fresca. A continuación entró en la habitación de Charles. Estaba sentado sobre la cama y la enfermera le leía. Su cabello era prácticamente cano, de un blanco plateado, y más abajo sus ojos enormes y oscuros estaban enmarcados en un contorno joven y delgado.

–¿Está enfermo el bebé? –preguntó con su propia voz natural.

Ella asintió.

Él vaciló y cerró un momento los ojos. Entonces preguntó:

–¿Está muerto?

–Sí.

Pasó un buen rato sin hablar. La enfermera se acercó y le puso la mano sobre la frente. Dos grandes y extrañas lágrimas brotaron de sus ojos.

–Sabía que el bebé estaba muerto.

Tras otra larga pausa, la enfermera habló.

–El doctor ha dicho que puede salir a pasear en coche mientras haya luz natural. Necesita un pequeño cambio.

–Sí.

–Pensé –la enferma vaciló–, pensé que quizá le haría bien que lo sacara usted y no yo.

Luella sacudió la cabeza apurada.

–No –dijo–, hoy no me siento capaz.

La enfermera la miró extrañada. Invadida por un repentino sentimiento de lástima por Charles, Luella se inclinó delicadamente y le besó en la mejilla. Después, sin mediar palabra, fue a su habitación, se puso el sombrero y el abrigo y se dirigió hacia la puerta con su maleta.

Entonces distinguió una sombra en el vestíbulo. Si conseguía rebasarla, sería libre. Podía sortearla por la izquierda o por la derecha o bien ordenarle que se apartase. Pero aquella sombra obstinada se negó. Luella dio un gritito y se sentó en una silla del vestíbulo.

–Pensé que se había ido –gimió–. Le dije que se fuera.

–Me voy enseguida –dijo el doctor Moon–, pero no quiero que cometa un viejo error.

–No estoy cometiendo un error, estoy escapando de mis errores.

–Está intentando escapar de sí misma, pero no puede. Cuanto más intente huir, más tendrá que vérselas con usted misma.

–Pero tengo que irme –insistió desaforada–. ¡Tengo que salir de esta casa de muerte y fracaso!

–Usted aún no ha fracasado. Este es solo su comienzo.

Se levantó.

–Déjeme pasar.

–No.

Cedió de golpe, como siempre hacía cuando él le hablaba. Se cubrió la cara con las manos y rompió a llorar.

–Regrese a la habitación y dígale a la enfermera que sacará a su marido a dar un paseo en coche –le sugirió.

–No puedo.

–Claro que sí.

Una vez más, Luella lo miró y supo que obedecería. Convencida de que su ánimo estaba quebrantado, tomó su maleta y volvió a atravesar el vestíbulo.

5

Luella no sabía a qué se debía aquel curioso influjo que el doctor Moon ejercía sobre ella. Pero con el transcurso de los días acabó haciendo cosas que antes le habían repugnado. Se quedó en casa con Charles, y cuando él mejoró, a veces salían a cenar o al teatro, aunque solo cuando él manifestaba su deseo de hacerlo. Visitaba la cocina a diario, y aun con reticencia supervisaba las labores domésticas, al principio horrorizada de que todo volviera a salir mal; después por costumbre. Y sentía que todo estaba ligado al doctor Moon, a algo que él le repetía o casi le repetía acerca de su vida, pero que al mismo tiempo le ocultaba, como si temiera que ella llegase a saberlo.

Reanudada su vida normal, se dio cuenta de que Charles estaba menos nervioso. Había abandonado su costumbre de frotarse la cara, y aunque el mundo le pareciese menos alegre que antes, a veces gozaba de una cierta paz que nunca antes había conocido.

Entonces, de improviso una tarde el doctor Moon le dijo que se iba.

– ¿Quiere decir que se va para siempre? – reclamó con un deje de pánico.

– Para siempre.

Durante un extraño momento no supo si lo lamentaba o no.

– Ya no me necesita – dijo con tranquilidad –. No se da cuenta, pero ha madurado.

Se acercó, se sentó a su lado en el sofá y le tomó una mano. Luella lo escuchó guardando un silencio tenso.

– Tenemos acordado con los niños que pueden sentarse entre el público del teatro sin participar en la obra que se representa – dijo –, pero si después de hacerse mayores siguen sentados entre el público, alguien tendrá que trabajar el doble por ellos para que puedan disfrutar de la luz y el fulgor del mundo.

– Yo deseo esa luz y ese fulgor – se quejó –. En eso consiste la vida. No puede haber nada de malo en desear calidez.

– Las cosas seguirán siendo cálidas.

– ¿Cómo?

– Usted les dará su calidez.

Luella lo miró asombrada.

– Ahora le corresponde a usted ser el centro y darles a los demás lo que ellos le dieron a usted durante tanto tiempo. Tiene que proporcionar seguridad a los jóvenes, paz a su marido y cierta caridad a los ancianos. Tiene que permitir que las personas que trabajen para usted se fíen. Tiene que disimular algunos problemas que no mostrará y ser un poco más paciente que el común, y también hacer un poco más, en vez de un poco menos, de lo que deje traslucir. La luz y el fulgor del mundo están en sus manos.

De pronto se detuvo.

–Levántese –dijo–, acérquese a ese espejo y dígame qué ve.

Obediente, Luella se levantó y se acercó a una de las compras de su luna de miel, una luna veneciana fijada a la pared.

–Veo arrugas nuevas en mi rostro –dijo alzando un dedo y colocándolo entre sus ojos–, y unas cuantas sombras a los lados que podrían ser, que son pequeñas arrugas.

–¿Le incomodan?

Se volvió enseguida.

–No.

–¿Se da cuenta de que Chuck se ha ido? ¿De que no volverá a verlo?

–Sí.

Se pasó las manos lentamente por los ojos.

–Pero todo parece muy vago y lejano.

–Vago y lejano –repitió; y continuó–: ¿Sigue teniéndome miedo?

–Ya no –dijo; y añadió sincera–: Ahora que se va, no.

Se acercó a la puerta. Aquella noche parecía especialmente fatigado, como si apenas pudiera moverse.

–Este hogar queda a su cuidado –dijo en un susurro cansado–. Si en él hay luz y calidez, serán su luz y su calidez. Y si es un hogar feliz, será obra suya y su vida se llenará de dicha, pero debe dejar de ir en pos de ellas. Ahora es usted quien debe encender el fuego.

–¿No puede quedarse un poco más? –sugirió Luella.

–No hay tiempo.

Su voz era tan baja que apenas podía oír sus palabras.

–Pero recuerde que cuando le llegue un sufrimiento, siempre puedo prestarle ayuda si la requiere. No le prometo nada.

Abrió la puerta. Tenía que averiguar lo que más deseaba saber antes de que fuera demasiado tarde.

–¿Qué me ha hecho? –gritó–. ¿Por qué ya no siento pena por Chuck ni por nada? Dígamelo. Casi lo veo, pero todavía no. Antes de irse, dígame quién es.

–¿Quién soy?

Su abrigo raído se detuvo ante la puerta. Su rostro redondo y pálido pareció disolverse en dos, en una docena, en veintenas, cada uno distinto aunque igual. Triste, feliz, trágico, indiferente, resignado, hasta que sesenta doctores Moon se colocaron en fila como si fueran una serie interminable de reflejos, como meses que se extienden a la vista del pasado.

–¿Quién soy? –repitió–. Soy cinco años.

La puerta se cerró.

A las seis en punto Charles Hemple llegó a casa, y como siempre Luella lo recibió en el vestíbulo. La única diferencia era que ahora su cabello era blanco, aunque su larga enfermedad de dos años y medio no le había dejado ninguna marca. Luella sí que había cambiado de forma más apreciable –era un poco más robusta y tenía aquellas arrugas que se habían formado alrededor de sus ojos cuando Chuck murió una noche del año 1921–. Pero seguía siendo encantadora, y su rostro de veintiocho años poseía una bondad madura, como si el sufrimiento solo la hubiera tocado de mala gana y después la hubiera dejado correr.

–Ede y su marido vienen a cenar –dijo–. Tengo entradas para el teatro, pero si estás cansado no me importa que no vayamos.

–Me gustaría ir.

Lo miró.

–No tienes por qué ir.

–Quiero ir.

–Ya veremos cómo te encuentras después de la cena.

Le rodeó la cintura con un brazo y juntos entraron en el cuarto de los niños, donde dos criaturas los esperaban para darles las buenas noches.

SANGRE CALIENTE Y FRÍA

Publicado en 1926

1

Un día, cuando los jóvenes Mather llevaban alrededor de un año casados, Jaqueline entró en las oficinas de la empresa de corretaje de metalurgia que su marido regentaba con un éxito considerable. Se detuvo ante la puerta del despacho y dijo: «Disculpen». Había interrumpido una escena aparentemente insustancial aunque intrigante. Un joven llamado Bronson a quien conocía de forma superficial estaba de pie con su marido, quien se había levantado de la butaca de su escritorio. Bronson tomó su mano y la estrechó con empeño, o quizá con algo más que empeño. Al oír los pasos de Jaqueline, ambos se volvieron y ella notó que los ojos de Bronson estaban enrojecidos.

Un momento después salió, y al pasar junto a ella pronunció un azorado «¿cómo está usted?». Jaqueline entró en el despacho de su marido.

–¿Qué hacía Ed Bronson aquí? –exigió saber de inmediato.

Jim Mather le sonrió entornando sus ojos grises y silenciosamente la invitó a tomar asiento sobre el escritorio.

–Solo ha pasado a verme un minuto –respondió con normalidad–. ¿Cómo va todo por casa?

–Muy bien.

Lo miró con curiosidad.

–¿Qué quería? –insistió.

–Solo quería verme por un asunto.

–¿Qué asunto?

–Algo sin importancia. Negocios.

–¿Por qué tenía los ojos rojos?
–¿Estás segura?
La miró con un gesto de inocencia y de pronto ambos rompieron a reír. Jaqueline se levantó y rodeó el escritorio antes de desplomarse sobre su butaca giratoria.
–Más te vale decírmelo –anunció jovialmente– porque no pienso moverme de aquí hasta que lo hagas.
–Bueno... –vaciló con una mueca de disgusto–, quería que le hiciera un pequeño favor.
Entonces Jaqueline lo entendió, o más bien su mente se aventuró medio sin querer y se topó con la verdad.
–Vaya –su voz se crispó–. Has estado prestándole dinero.
–Solo un poco.
–¿Cuánto?
–Solo trescientos.
–Solo trescientos.
La voz adquirió la textura del acero Bessemer enfriado.
–¿Cuánto gastamos al mes, Jim?
–Caray, calculo que entre quinientos y seiscientos.
Se agitó intranquilo.
–Escucha. Bronson devolverá el dinero. Está metido en un pequeño lío. Cometió un error con una chica en Woodmere.
–Y como sabe que tienes fama de ser fácil de sablear, acude a ti –lo interrumpió Jaqueline.
–No –negó tajante.
–¿No se te ha ocurrido pensar en lo bien que me vendrían esos trescientos dólares? –reclamó–. Por ejemplo, para aquel viaje a Nueva York que no pudimos permitirnos en noviembre.
La prolongada sonrisa se borró del rostro de Mather. Fue hasta la puerta que daba a la oficina y la cerró.
–Escucha, Jack, no lo entiendes. Bronson es uno de los hombres con quienes almuerzo casi todos los días. De niños jugábamos juntos y fuimos a la misma escuela. ¿No te das cuenta de que soy la primera la persona a la que acudiría si estuviera en un apuro? Y por eso no pude negarme.

Jaqueline se sacudió los hombros para acentuar su menosprecio.

–En fin –respondió decidida–, lo único que sé es que no es trigo limpio. Siempre anda piripi, y que no le apetezca trabajar no le da derecho a vivir de tu trabajo.

Estaban sentados frente a frente separados por el escritorio y cada uno había adoptado la actitud de quien le habla a un niño. Iniciaban sus frases con un «¡escucha!» y sus semblantes denotaban una paciencia casi a punto de colmarse.

–Si no quieres entenderlo, no hay más que hablar –concluyó Mather a los quince minutos de discusión en un tono que en su caso indicaba irritación–. Esas obligaciones se dan a veces entre hombres y hay que cumplirlas. No puedes zafarte de ellas negándote a prestarte dinero, y menos aún en un negocio como el mío, que depende mucho de la buena voluntad de los hombres de la ciudad.

Mientras lo decía, Mather se puso su abrigo. Iba a volver a casa con ella en el tranvía para almorzar. Carecían de medio de locomoción porque habían vendido su automóvil y hasta la primavera no tendrían uno nuevo. Justamente aquel día el trayecto en el tranvía resultó de lo más desabrido. En otras circunstancias, la discusión en el despacho habría quedado olvidada, pero lo que ocurrió a continuación irritó la llaga hasta convertirla en una infección de irascibilidad.

Encontraron un asiento cerca de la cabecera del tranvía. Era finales de febrero y un sol entusiasta y desaseado estaba convirtiendo la escuálida nieve de la calle en sucios y burbujeantes riachuelos que iban a parar a las bocas de las alcantarillas. Debido a esto, el tranvía estaba menos ocupado de lo habitual y nadie estaba de pie. El conductor había incluso abierto la ventana y una brisa polvorienta expulsaba el ultimo hálito invernal del vehículo.

Jaqueline se complació al reparar en que su marido, sentado a su lado, era un hombre más apuesto y bondadoso que el común. Tratar de cambiarlo era una tontería. Quizá Bronson acabase devolviendo el dinero, y en todo caso trescientos dólares no eran una fortuna. Evidentemente no había necesidad de prestárselos..., pero entonces...

Sus cavilaciones se vieron interrumpidas cuando un remolino de pasajeros entró en tropel. Jaqueline lamentó que no se llevaran las manos a la boca cuando tosían y deseó con todas sus fuerzas que Jim consiguiera el coche nuevo enseguida. Dios sabe qué enfermedades puedes contraer en uno de estos troles.

Se volvió hacia Jim para tratar el asunto, pero él se había levantado y estaba ofreciéndole su sitio a una mujer que estaba de pie junto a él en el pasillo. La mujer se sentó emitiendo poco más que un gruñido. Jaqueline se irritó.

Aquella mujer tenía unos cincuenta años y una corpulencia desmesurada. Cuando se acomodó se conformó con rellenar la parte vacante del asiento, pero enseguida comenzó a tender y desplegar sus grandes llantas de grasa sobre una superficie cada vez mayor hasta que aquello tomó el cariz de una incursión violenta. Cuando el tranvía se inclinaba hacia Jaqueline, la mujer se ladeaba con él, pero cuando se enderezaba, en un alarde de ingenio se las componía para encastillarse y conservar el terreno ganado.

Jaqueline llamó la atención de su marido, que oscilaba agarrado a una correa, y con una mirada furibunda le informó de su completa disconformidad con su acción. Él se disculpó en silencio y enseguida quedó absorto en una serie de carteles publicitarios. La mujer gorda volvió a achuchar a Jaqueline y prácticamente se solapó con ella. A continuación clavó sus ojos hinchados y desabridos en la señora de James Mather y le propinó una estruendosa tos en la cara.

Jaqueline se levantó con una exclamación ahogada, se abrió paso violentamente a través de las rodillas carnosas y se dirigió roja de rabia hacia la parte trasera del tranvía. Se agarró a una correa y allí se quedó acompañada por su marido, en un estado de alarma considerable.

Allí permanecieron diez minutos sin intercambiar palabra mientras una fila de hombres delante de ellos chasqueaba las hojas de sus periódicos y mantenía virtuosamente la vista fija en la tira cómica del día.

Cuando por fin se apearon, Jaqueline estalló.

–¡Serás idiota! –gritó desaforada–. ¿Te fijaste en aquella mujer horrorosa a quien le cediste tu sitio? De vez en cuando podrías tenerme a en cuenta a mí más que a cualquier lavandera gorda y egoísta que te encuentres.

–¿Cómo iba a saberlo?

Pero el enojo de Jaqueline había alcanzado proporciones inauditas a pesar de que él era un hombre con quien costaba enojarse.

–¿Verdad que ningún hombre se levantó por mí? No me extraña que el pasado domingo por la noche estuvieras demasiado cansado para salir. Seguramente le cediste tu asiento a alguna lavandera polaca espantosa, robusta como un buey y que prefiere estar de pie.

Así hablaban mientras recorrían la acera llena de nieve medio derretida y pisaban sin ningún cuidado enormes charcos de agua. Confuso y consternado, Mather no fue capaz de disculparse ni de defenderse.

Jaqueline se detuvo y se volvió hacia él con un brillo extraño en sus ojos. Las palabras que empleó para resumir la situación fueron seguramente las más desagradables que le había dirigido en toda su vida.

–¿Sabes cuál es tu problema, Jim? ¿Sabes por qué es tan fácil sablearte? Porque piensas como si fueras un estudiante recién llegado a la universidad. Eres todo honradez y profesionalidad.

2

Aquel incidente y su crudeza quedaron olvidados. En menos de una hora, el inmenso buen carácter de Mather había logrado limar todas las asperezas. Las alusiones al suceso fueron languideciendo con una cadencia agonizante a lo largo de varios días hasta que cesaron y se sumieron en el limbo del olvido. Digo limbo porque lamentablemente el olvido nunca es completo. El asunto quedó velado porque, con sus habituales aplomo y entereza, Jaqueline inició el largo, arduo y espinoso proceso de traer un hijo al mundo. Sus prejuicios y rasgos naturales se intensificaron y fue mostrándose menos dispuesta a pasar por alto cualquier cosa. Ya era abril y aún no tenían coche. Mather había descubierto que apenas ahorraba nada y que en otros seis meses tendría que mantener a una familia. Aquello le preocupaba. Una arruga, pequeña, vacilante y en absoluto preocupante se formó como una sombra alrededor de sus ojos honrados y amistosos. Ahora trabajaba hasta el anochecer y a menudo llegaba a casa cargando con el exceso de tarea de su día en la oficina. El coche nuevo tendría que esperar una temporada.

Una tarde de abril, cuando toda la ciudad estaba de compras en Washington Street, Jaqueline recorría lentamente los escaparates de las tiendas y discurría sin temor ni pasión acerca de cómo su vida se veía abocada a adoptar formas tan arbitrarias. Ya se adivinaba el polvo seco del verano y el sol botaba con alegría en los cristales de los escaparates creando radiantes arcoíris de gasolina donde el goteo de los automóviles había formado charcos en la calle.

Jaqueline se detuvo. A menos de dos metros de ella había aparcado un flamante coche deportivo. Junto a él, dos hombres conversaban. Al instante Jaqueline identificó a uno de ellos como el joven Bronson, a quien oyó decirle al otro en un tono informal: «¿Qué te parece? Lo compré esta mañana». Jaqueline se volvió al instante y se encaminó taconeando velozmente hacia la oficina de su marido. Pasó por delante de la taquígrafa con su habitual saludo seco y sin palabras y se adentró en el despacho, desde cuyo escritorio Mather la miró sorprendido por su brusca entrada.

–Jim –le interrogó jadeante–, ¿te devolvió Bronson los trescientos dólares?

–¿Cómo? No –respondió vacilante–. Aún no. Vino la semana pasada y me dijo que estaba a dos velas.

Los inflamados ojos de Jaqueline relucieron triunfales.

–No me digas –replicó–. Pues acaba de comprarse un coche deportivo nuevo que debe de haberle costado unos 2.500 dólares.

Mather negó incrédulo con la cabeza.

–Lo he visto –insistió–. Le oí decir que acababa de comprarlo.

–Pues a mí me dijo que estaba sin blanca –reiteró Mather impotente.

Jaqueline desistió dejando escapar un sonido profundo, una especie de bronco suspiro.

–¡Se ha aprovechado de ti! Sabía que eres fácil de engañar y se aprovechó de ti. ¿Acaso no lo ves? ¡Quería que le comprases el coche y lo hiciste! Seguramente estará aullando de alegría pensando en lo fácil que le resultó camelarte.

–Nada de eso –replicó Mather con una expresión de estupefacción–. Debes de haberlo confundido con otro.

–Nosotros vamos a pie mientras el corre a todo gas con nuestro dinero –interrumpió encendida.

–No exageres.

–¿Que no exagere? Esto resultaría absurdo si no fuera tan indignante. ¡Escúchame bien! –su voz se elevó, aunque se contuvo en un deje de desprecio–. Pasas la mitad del tiempo haciendo favores a gente a quien le importáis un comino tú o lo que pueda ser de ti. Cedes tu sitio en los tranvías a puercas y llegas a casa tan agotado que no puedes ni moverte. Participas en un montón de comités de los que no sacas un centavo. ¡Siempre están aprovechándose de ti! ¡Y no pienso consentirlo! Pensaba que me había casado con un hombre, no con un samaritano profesional decidido a convertirse en el chico de los recados del mundo entero.

Concluida su diatriba, Jaqueline se tambaleó de repente y se hundió en una silla agotada por los nervios.

–Solo por una vez –prosiguió entrecortada– te necesito. Necesito tu fuerza, tu salud y tus brazos sosteniéndome. Pero si se los prodigas a todo el mundo, al final te quedará muy poco cuando me lleguen a mí.

Se arrodilló a su lado y le acercó su joven y fatigada cabeza hasta que quedó apoyada sobre su hombro.

–Lo siento, Jaqueline –dijo humildemente–. Seré más cuidadoso. No me di cuenta de lo que hacía.

–Eres la persona más bondadosa del mundo –murmuró ronca Jaqueline–, pero te quiero entero y en las mejores condiciones para mí. Le atusó el cabello una y otra vez. Durante varios minutos permanecieron en apacible silencio tras alcanzar una especie de nirvana de paz y entendimiento mutuo. Luego, Jaqueline alzó la cabeza a regañadientes por la interrupción de la voz de la señorita Clancy desde el umbral de la puerta.

–Disculpen.

– ¿Qué ocurre?

–Ha llegado un chico con unas cajas. Es contra reembolso.

Mather se incorporó y siguió a la señorita Clancy a la oficina.

–Son cincuenta dólares.

Buscó en su billetera. Aquella mañana se le había olvidado ir al banco.

–Un momento –dijo distraído. Su mente estaba con Jaqueline, quien parecía abandonada a sus problemas y le esperaba en la otra habitación. Recorrió el pasillo, abrió la puerta de *Clayton y Drake, corredores de bolsa*, separó el batiente y se acercó a un hombre sentado a su escritorio.

–Buenos días, Fred –dijo Mather.

Drake, un hombre bajo de treinta años, calvo y con binóculos, se levantó y le estrechó la mano.

–Buenos días, Jim. ¿En qué puedo ayudarte?

–Tengo a un chico en mi oficina con unas cajas contra reembolso y no tengo un centavo. ¿Podrías dejarme cincuenta y te los devuelvo esta tarde?

Drake miró fijamente a Mather. A continuación, lenta y sorpresivamente sacudió la cabeza, no de arriba abajo, sino de lado a lado.

–Lo siento, Jim –respondió envarado–, me he impuesto por norma no prestar dinero a nadie bajo ninguna circunstancia. He visto muchas amistades rotas por eso.

Mather salió de su ensimismamiento. Aquellas tres sílabas le produjeron una franca y patente conmoción. Pero su tacto natural acudió en su ayuda actuando de inmediato y dictándole unas palabras a pesar del entumecimiento de su cerebro. Su reacción inmediata fue tranquilizar a Drake a pesar de su rechazo.

–Lo entiendo.

Inclinó la cabeza para subrayar su completa aceptación, como si él también se hubiera impuesto aquella norma.

–Entiendo tu postura. La verdad es que no querría que infringieras esa norma por mí. Seguramente sea lo mejor.

Hablaron un minuto más. Drake justificó con naturalidad su postura. Era evidente que había ensayado bien el papel. Y dedicó a Mather una sonrisa exquisitamente franca.

Mather regresó muy formal a su oficina dejando a Drake con la impresión de que era el hombre con más tacto de la ciudad. Mather sabía cómo producir esa impresión en los demás. Pero cuando entró en su despacho y vio a su esposa contemplando sombríamente el sol a través de la ventana, su boca adoptó un rictus atípico.

–De acuerdo, Jack –dijo lentamente–. Creo que tienes razón en casi todo y yo estoy equivocado de cabo a cabo.

3

Durante los siguientes tres meses Mather se dedicó a pasar revista a su pasado. Había llevado una vida excepcionalmente dichosa. Esas fricciones entre hombres y entre el hombre y la sociedad que nos endurecen a la mayoría hasta convertirnos en seres cínicos y pendencieros habían lucido por su ausencia en su vida. Nunca se le había ocurrido pensar que aquella inmunidad se hubiera cobrado un precio, pero ahora reparaba en que constantemente y en todo lugar había optado por tomar el lado amable de cualquier camino con tal de evitar la enemistad y el enfrentamiento, incluso la discusión.

Por ejemplo, en total había prestado a título personal unos 1.300 dólares, un dinero que, iluminado por su nueva clarividencia, supo que nunca volvería a ver. Había sido precisa la intervención de una inteligencia más dura y femenina como la de Jacqueline para que se diera cuenta. Gracias a ella disponía en el banco del dinero suficiente para no deplorar los préstamos impagados.

También asumió que, tal como le había dicho, estaba constantemente haciendo favores –un detalle aquí, otro allá– cuyo montante en dinero y energía gastados resultaba exorbitante. Hacer aquellos favores le había complacido y le reconfortaba que pensaran bien de él, pero se preguntaba si quizás aquello no habría sido poco menos que un alarde de vanidad egoísta. Como de costumbre, aquella sospecha contenía una injusticia hacia sí mismo. La verdad es que Mather era un romántico empedernido.

Decidió que aquellos desembolsos de sí mismo le producían fatiga por la noche, entorpecían su trabajo y le enflaquecían como sostén de Jaqueline, quien a lo largo de los meses ganaba en peso y aburrimiento y que pasaba las largas tardes de verano en la galería acristalada de su casa esperando sus pasos al final del camino.

Para que esos pasos no decayesen, Mather renunció a muchas cosas, entre ellas a la presidencia de su asociación universitaria de antiguos alumnos. También prescindió de otras labores menos prestigiosas. Cuando lo incluían en un comité, los hombres tenían la costumbre de elegirle presidente y retirarse a un segundo plano, donde era harto difícil encontrarlos. Puso fin a todo aquello y también evitó a aquellos propensos a pedir favores y a rehuir ciertas intensas miradas dirigidas a él desde algún grupo en el club.

Aquel cambio se operó lentamente. Su candor no era exagerado. En otras circunstancias, la negativa de Drake a prestarle dinero no le habría sorprendido. Si se lo hubieran contado de otros, apenas le habría extrañado, pero en su caso se había sumado de forma brusca y despiadada a un estado de ánimo pre-

existente, y la conmoción sufrida le había conferido una enver-
gadura notoria y literal.

Ya mediaba agosto y se acercaba el final de la canícula. Las
cortinas de las ventanas de su oficina diáfana apenas se habían
movido. Descansaban inmóviles como velas en calma chicha
superpuestas a las cálidas pantallas que estorbaban el paso del
bochorno. Mather estaba preocupado porque Jaqueline se había fatigado demasiado y pagaba por ello con dolores de cabeza
agudos y enfermizos. Su negocio parecía haberse detenido en un
apático punto muerto. Aquella mañana había estado tan irascible con la señorita Clancy que ella lo había mirado sorprendida.
Pidió disculpas inmediatamente y a continuación se arrepintió
de haberlo hecho. Si él podía trabajar con eficiencia a pesar del
calor, ¿por qué ella no?

Se acercó a su puerta y él alzó la vista con un deje de desaprobación.

–El señor Edward Lacy.

–Que pase –respondió indiferente.

Era el viejo Lacy, a quien apenas conocía, un personaje melancólico, joven prometedor en la década de 1880 y ahora uno
de los fracasados de la ciudad. No podía imaginarse qué podía
querer, que no fuera un favor.

–Buenas tardes, señor Mather.

Un hombre bajo, solemne y canoso apareció en el umbral.
Mather se levantó y fue a saludarlo educadamente.

–¿Está ocupado, señor Mather?

–En realidad, no demasiado.

Hizo un ligero hincapié en el adjetivo.

El señor Lacy se sentó, evidentemente cohibido. No despe-
gó la mano de su sombrero, que estrujó con fuerza cuando comenzó a hablar.

–Señor Mather, si me permite cinco minutos, voy a decirle
algo que en estos momentos me parece necesario decirle.

Mather asintió. Su instinto le advirtió de que iba a pedirle
un favor, pero estaba cansado, y con cierta lasitud dejó que su

barbilla se hundiera en su mano y se dispuso a aceptar cualquier distracción de sus quehaceres más urgentes.

–Verá... –continuó el señor Lacy.

Mather notó el temblor de las manos que toqueteaban el sombrero.

–En 1884 su padre y yo éramos buenos amigos. Seguro que le oyó hablar de mí –Mather asintió.

–Me pidieron que fuera uno de los porteadores de su ataúd. Fuimos íntimos amigos. Y es por ello que ahora acudo a usted. Nunca en mi vida he acudido a alguien como ahora a usted, señor Mather, a un desconocido. Pero cuando envejeces, tus amigos fallecen o se trasladan de ciudad, o algún desafortunado malentendido os separa. Y a menos que tengas la suerte de fallecer primero, tus hijos mueren y en un abrir y cerrar de ojos te has quedado solo y sin amigos. Te quedas aislado –esbozó una sonrisa y sus manos comenzaron a temblar violentamente–. Una vez un padre que frisaba la cuarentena vino a verme y me pidió mil dólares. Yo tenía unos pocos años más que él, y a pesar de que apenas lo conocía, tenía buena opinión de él. En aquellos tiempos aquello era mucho dinero y él carecía de garantías. Solo tenía un plan en su cabeza, pero me gustó el afán que mostraba. Discúlpeme si le digo que usted me recuerda a él. Así que le di el dinero sin garantías.

El señor Lacy se detuvo.

–Sin garantías –repitió–. En aquellos tiempos pude permitírmelo. No perdí nada porque antes de que acabase el año ya me había devuelto el dinero con un interés del seis por ciento.

Mather miraba su secante y trazaba una serie de triángulos con su lápiz. Sabía qué iba a decir y sus músculos se tensaron cuando hizo acopio de fuerzas para el rechazo que iba a tener que formular.

–Ya soy un anciano, señor Mather –prosiguió con la voz rota. He fracasado, soy un fracaso, pero no es preciso que entremos en detalles. Tengo una hija soltera que vive conmigo. Es taquígrafa y ha sido muy bondadosa conmigo. Como sabrá, vivimos juntos en la avenida Selby. Tenemos un piso bastante agradable.

El anciano suspiró trémulo. Procuraba, pero al mismo tiempo temía, obtener su petición. Era un asunto de seguros. Tenía una póliza de 10.000 dólares, había estado rescatando fondos hasta el límite, y a menos que reuniera 450 dólares lo perdería todo. Su hija y él disponían de unos 75 dólares entre ambos. No tenían amigos –ya se lo había explicado– y les resultaba imposible reunir la cantidad...

Mather no podía soportar por más tiempo aquella historia desdichada. Si bien no podía fiarle el dinero, al menos podía acabar con la lacerante agonía que al anciano le producía tener que pedirlo.

–Lo siento, señor Lacy –le interrumpió con la mayor delicadeza posible– pero no puedo prestarle ese dinero.

–¿No? –el anciano lo miró con ojos y apagados y parpadeantes, una estupefacción casi inconmensurable que en nada se parecía a cualquier emoción humana salvo a la desazón eterna. El único cambio en su expresión fue que su boca se quedó entreabierta.

Decidido, Mather fijó con ahínco su mirada en su secador de tinta.

–Dentro de pocos meses tendremos un bebé y he estado ahorrando para eso. No sería justo para mi esposa sustraerles algo a ella o al bebé en este momento.

Su voz fue confundiéndose hasta convertirse en un farfullo y se sorprendió recurriendo al tópico de que el negocio iba mal con una soltura repulsiva.

El señor Lacy no discutió. Se levantó sin dejar traslucir su decepción. Solo sus manos seguían temblando, y aquello preocupó a Mather. El anciano se disculpó. Sentía mucho haberlo molestado en un momento así. Quizá surgiría algo. Había pensado que si al señor Mather le sobraba una buena cantidad, él podría ser la persona a quien recurrir al ser hijo de un viejo amigo.

Al salir, le costó abrir la puerta que daba a la oficina. La señorita Clancy lo ayudó. Recorrió el pasillo torpe y abatido, con sus ojos apagados y parpadeantes y la boca aún entreabierta.

Jim Mather quedó de pie junto a su escritorio, se puso una mano sobre la cara y de pronto tiritó como si tuviera frío a pesar de que el aire de las cinco de la tarde era tan cálido como un mediodía tropical.

4

Una hora después, el atardecer le antojó aún más cálido mientras esperaba su tranvía en la esquina. El trayecto en trole hasta su casa duraba veinticinco minutos, así que compró un periódico salmón para animar la languidez de su ánimo. Últimamente la vida le parecía menos dichosa y atrayente. Quizás había aprendido más acerca del funcionamiento del mundo, o quizá su atracción estuviera evaporándose poco a poco con la prisa de los años.

Por ejemplo, jamás le había ocurrido nada parecido a lo de aquella tarde. No podía apartar al anciano de su mente. Se lo figuraba arrastrándose hasta su casa bajo un calor sofocante –seguramente a pie para ahorrarse el dinero de billete del tranvía– y abriendo la puerta de su pisito para confesarle a su hija que el hijo de un amigo no había podido socorrerlo. Pasarían la noche planeando en vano hasta darse las buenas noches, padre e hija aislados por azar en este mundo, y yacerían despiertos en sus dos camas padeciendo una soledad lastimera.

El tranvía de Mather llegó y encontró un asiento de espaldas al conductor, junto a una anciana que lo miró de mala gana cuando le hizo sitio. En la siguiente manzana montó un nutrido grupo de chicas de la zona de los grandes almacenes que inundaron el pasillo y Mather desplegó su periódico. En los últimos tiempos no había satisfecho su costumbre de ceder su asiento. Jaqueline tenía razón, una chica joven normal podía aguantar de pie igual que él. Ceder su asiento era una tontería, un gesto vacuo. En semejantes tiempos solo una mujer entre diez se molestaba en darle las gracias.

El calor en el tranvía era sofocante y se secó la copiosa humedad de su frente. El pasillo se había abarrotado y una mujer que

SANGRE CALIENTE Y FRÍA

iba de pie junto a su sitio se echó un momento contra su hombro cuando el tranvía dobló una esquina. Mather inspiró profundamente el fétido aire caliente empeñado en no circular y trató de concentrarse en una tira en la parte más alta de la página de historietas cómicas.

–¡Muévanse hacia el fondo del vehículo! –la voz del conductor atravesó la opaca columna de humanidad con una irritación estridente–. ¡Atrás hay espacio de sobra!

El gentío realizó una estéril intentona, pero lamentablemente la falta de espacio para revolverse evitó que la maniobra tuviera éxito. El tranvía dobló otra esquina y de nuevo la mujer que estaba junto a Mather se precipitó tambaleante contra su hombro. Normalmente le habría cedido su asiento aunque solo fuera para no recordar su presencia. Aquello le hizo sentirse tremendamente despiadado. Y aquel tranvía era espantoso, realmente espantoso. Deberían reforzar la línea aquellos días abrasadores.

Miró por quinta vez las viñetas de la historieta. En la segunda había un mendigo que se vio sustituido a su pesar por la vacilante imagen del señor Lacy.

«¡Válgame Dios! ¿Y si aquel anciano se moría de hambre? ¿Y si se arrojaba al río? Una vez –pensó Mather– ayudó a mi padre. Quizá si no lo hubiera hecho mi vida habría sido distinta. Pero Lacy pudo permitírselo entonces, y yo no puedo.»

Mather trató de pensar en Jaqueline para borrar la imagen del señor Lacy. Se dijo una y otra vez que la habría sacrificado por un hombre acabado que tuvo su oportunidad y fracasó. Ahora Jaqueline necesitaba su ayuda más que nunca.

Mather consultó su reloj. Había pasado diez minutos en el tranvía. Le quedaban quince de trayecto y el calor aumentaba alcanzando una intensidad irrespirable. La mujer volvió a precipitarse sobre él. Al mirar por la ventana vio que doblaban la última esquina del centro.

Se le ocurrió que a fin de cuentas podría cederle su asiento a la mujer. Su ultimo empellón le había parecido sumamente fatigado. Lo habría hecho si fuese una anciana, pero la textura de su vestido cuando le rozó la mano le produjo la impresión de que era una chica joven. No se atrevió a alzar la vista para comprobarlo. Temía la solicitud que podrían emanar sus ojos si eran ancianos, ojos de afilado desdén en el caso de una persona joven.

Durante los quince minutos siguientes su mente se ocupó de una forma difusa y asfixiante de lo que ahora se le aparecía como el enorme problema de cederle o no su asiento. Tuvo la vaga sensación de que si lo hacía expiaría en parte su rechazo a la petición de Lacy de aquella tarde. Dos actos tan despiadados de forma consecutiva, para colmo en un día así, se le antojaba algo demasiado atroz.

Inútilmente trató de continuar leyendo la historieta. Debía concentrarse en Jaqueline. Estaba muerto de cansancio, y si se ponía de pie se cansaría aún más. Jaqueline estaba esperándolo, lo necesitaba. Estaba decaída y querría que la tomase en silencio entre sus brazos durante una hora después de la cena. Cuando estaba cansado aquello se le hacía bastante pesado. Después se irían a la cama, y de vez en cuando ella le pediría que le alcanzase su medicina o un vaso de agua con hielo. Detestaba mostrar hartazgo cuando hacía aquellas cosas. Ella podría darse cuenta y evitar pedirle algo que necesitara.

La chica del pasillo volvió a echársele encima. Esta vez prácticamente se dejó caer sobre él. Ella también estaba cansada. El trabajo fatigaba. Los finales de muchos proverbios aluden al trabajo, y las fatigas de aquel día atrajeron a su memoria algunos fragmentos. Todas las personas del mundo estaban cansadas. Por ejemplo, esta mujer, cuyo cuerpo se dejaba caer de forma tan extraña y exánime contra el suyo. Pero lo primero eran su casa y la chica a quien amaba y que le aguardaba allí. Debía conservar su fuerza para ella, y se repitió si cesar que no cedería su asiento.

Entonces oyó un largo suspiro seguido de una exclamación repentina. Se dio cuenta de que la chica ya no se apoyaba sobre él. La exclamación se multiplicó hasta convertirse en una escandalera que tras una pausa se reanudó y se propagó por todo el tranvía en forma de ruegos y gritos escuetos. La campana sonó violentamente y el tranvía jadeante se detuvo bruscamente.

–¡Aquí se ha desmayado una chica!

–¡Hace demasiado calor para ella! Le ha dado un patatús.

–¡Abran paso! ¡Usted, despeje el pasillo!

El gentío se hizo a los lados. Los pasajeros de delante se apretujaron y los de la parte trasera se apearon de forma provisional. La lástima y la curiosidad afloraron aquí y allá en los grupos que comentaban el suceso. A continuación la campana volvió a sonar y las voces se reanudaron estridentes.

–¡Sáquela de aquí de una vez!

–¿Has visto eso? Esta maldita empresa debería...

–¿Has visto al hombre que la sacó en brazos? Él también estaba blanco como la nieve.

–Claro. ¿Es que no te has enterado?

–¿Enterarme de qué?

–Ese tipo. El que se quedó pálido y la sacó en brazos. ¡Estaba sentado a su lado y dice que es su esposa!

La casa estaba en silencio. Una brisa adhería las oscuras hojas de la parra al cristal del porche dejando entrever hilillos de luz amarilla luz de luna que se proyectaban sobre las sillas de mimbre. Jaqueline reposaba plácidamente sobre el largo canapé con su cabeza entre los brazos de su marido. Al rato se removió perezosamente, extendió la mano y le dio unas palmaditas en la mejilla.

–Creo que voy a irme a la cama. Estoy cansadísima. ¿Me ayudas a incorporarme?

La levantó y después la acomodó entre los almohadones.

–Vuelvo en un minuto –dijo con delicadeza–. ¿Puedes esperarme un ratito?

Entró en el salón iluminado y ella le oyó pasar las páginas de la guía telefónica. A continuación le oyó marcar un número.

–Hola, ¿puedo hablar con el señor Lacy? Sí, es bastante importante; si aún no se ha acostado.

Tras una pausa, Jaqueline oyó a los gorriones inquietos trajinar entre las hojas de la magnolia de la vereda. Y después a su marido al teléfono.

–¿Es el señor Lacy? Hola, soy Mather. Escuche, respecto del asunto del que hablamos esta tarde, creo que al final podré arreglarlo.

Alzó levemente la voz, como si su interlocutor tuviera problemas de oído.

–Soy el hijo de James Mather, y como le digo, a propósito de ese asuntillo de esta tarde...

LO MÁS SENSATO

Publicado en la revista *Liberty* en 1924

1

A la hora del Gran Almuerzo Americano el joven George O'Kelly ordenó concienzudamente su escritorio con un fingido aire de interés. Nadie en la oficina debía notar su urgencia, ya que el éxito depende de la puesta en escena y no conviene airear que tienes la cabeza a mil kilómetros de tu trabajo. Sin embargo, en cuanto salió del edificio, apretó los dientes y echó a correr, lanzando miradas ocasionales al alegre mediodía de albor de primavera que llenaba Times Square, a seis metros sobre las cabezas de la multitud. El gentío alzaba un poco la vista y respiraba profundamente el aire de marzo deslumbrado por el sol, de modo que apenas podían verse unos a otros; solo veían su reflejo en el cielo.

A George O'Kelly, cuya imaginación se hallaba a más de mil kilómetros de distancia, la calle se le antojó un lugar horrendo, así que se precipitó hacia el metro, donde durante noventa y cinco calles su mirada se clavó enajenada en un afiche publicitario de su vagón que mostraba con la mayor crudeza que solo existía una posibilidad entre cinco de que conservara la dentadura diez años más. En la calle 137 interrumpió su estudio del arte publicitario, salió del metro y volvió a echar a correr. Emprendió una carrera incansable, angustiada, que esta vez lo condujo a su casa, una sola habitación en un edificio de apartamentos alto y monstruoso situado en medio de la nada.

Sobre el buró estaba la carta escrita con tinta sagrada sobre papel bendito. De haber prestado atención, toda la ciudad habría oído los latidos del corazón de George O'Kelly. Leyó las comas y hasta los borrones y la huella sucia de un dedo en el margen, y a continuación se arrojó desesperado sobre la cama.

Estaba en un aprieto, en uno de esos tremendos bretes que en las vidas de los pobres son sucesos habituales que acechan a la penuria como si fueran aves de rapiña. Los pobres salen a flote o se hunden, acaban mal o incluso se las apañan como pueden, siempre a la manera de los pobres, pero George O'Kelly tenía tan poca experiencia de la pobreza que se habría quedado estupefacto si alguien le hubiera dicho que su caso no era único.

Menos de dos años antes se había graduado con las máximas calificaciones en el Instituto de Tecnología de Massachusetts y había encontrado empleo en una empresa constructora del sur de Tennessee. Durante toda su vida su mente había forjado túneles, rascacielos, grandes diques y altos puentes de tres torres como si fueran una fila de bailarinas cogidas de la mano con faldas de cable de acero y las cabezas tan altas como una ciudad. A George O'Kelly le parecía romántico cambiar el curso de los ríos y la forma de las montañas para que la vida floreciera en las tierras yermas del mundo donde nada había echado raíces. Amaba el acero y soñaba con acero fundido, en lingotes, en bloques, en vigas y en informes masas plásticas que lo aguardaban como el óleo y el lienzo esperan la mano del pintor. Acero inagotable que la llama de su imaginación transformaría en austera belleza.

Por entonces trabajaba como administrativo en una agencia de seguros por cuarenta dólares a la semana, y sus sueños iban quedando vertiginosamente atrás. La chica morena que lo había metido en aquel aprieto, aquel terrible e intolerable aprieto, esperaba en una ciudad de Tennessee a que George O'Kelly la llamara a su lado.

Un cuarto de hora más tarde, la mujer que le había realquilado la habitación llamó a la puerta y le preguntó con desesperante cortesía si, ya que estaba en casa, comería alguna cosa. George O'Kelly negó con la cabeza, pero aquella interrupción lo espabiló y, levantándose de la cama, redactó un telegrama.

«Carta deprimente. No estás en tus cabales. Eres una insensata y una trastornada al pensar en romper solo porque no puedo casarme inmediatamente. Seguro que podremos arreglarlo todo...»

Titubeó durante un minuto angustioso, y luego añadió con una letra que nadie reconocería como suya: «En cualquier caso llegaré mañana a las seis».

Cuando acabó, salió corriendo del apartamento en dirección a la oficina de telégrafos que había junto a la estación de metro. Solo tenía cien dólares, pero la carta decía que ella estaba «nerviosa», así que no había otro remedio. Sabía qué significaba «nerviosa»: que estaba deprimida y que la perspectiva de casarse para llevar una vida de pobreza y sinsabores sometía su amor a una presión insoportable.

George O'Kelly llegó a la agencia de seguros corriendo como siempre. Correr sin cesar se había convertido en algo natural para él y parecía la mejor manifestación de la tensión bajo la que vivía. Se encaminó directamente al despacho del director.

–Quisiera hablar con usted, señor Chambers –anunció sin aliento.

–¿Sí? –dos ojos como dos ventanas en invierno lo miraron con una indiferencia despiadada.

–Necesito cuatro días de permiso.

–¡Cómo! ¡Pero si ya disfrutó de un permiso hace dos semanas! –dijo el señor Chambers sorprendido.

–Es cierto –admitió el joven, desencajado–, pero necesito más.

–¿Adónde fue la otra vez? ¿A su casa?

–No, fui a... a una ciudad de Tennessee.

–¿Y adónde necesita ir ahora?

–Necesito ir a... a una ciudad de Tennessee.

–Por lo menos, es usted constante –dijo el director, desabrido–. Pero no sabía que lo hubiéramos contratado como viajante.

–No, no –exclamó George con desesperación–, pero tengo que ir.

—Estupendo —asintió el señor Chambers—, pero no vuelva. ¡No se le ocurra volver!

—No volveré.

Y tanto para su asombro como para el del señor Chambers, el rostro de George se iluminó de alegría. Se sentía feliz, exultante; por primera vez en seis meses era completamente libre. En sus ojos se formaron lágrimas de agradecimiento y le estrechó la mano al señor Chambers calurosamente.

—Muchas gracias —dijo en un arrebato de emoción—. No pienso volver. Creo que si llega a decirme que podía volver habría perdido la cabeza. ¿Sabe qué? No tenía valor para renunciar, así que le agradezco que lo haya hecho usted.

Se despidió agitando la mano magnánimo, y gritó:

—¡Me debe el salario de tres días, pero puede quedárselo!

Salió a toda prisa del despacho. El señor Chambers llamó a su secretaria y le preguntó si O'Kelly había manifestado síntomas de locura en los últimos tiempos. A lo largo de su trayectoria profesional había despedido a mucha gente que se lo había tomado de mil formas distintas, pero jamás le habían dado las gracias.

2

Se llamaba Jonquil Cary y George O'Kelly nunca había visto nada tan pálido y lozano como su rostro cuando lo vio y corrió impaciente a su encuentro en el andén de la estación. Ya había tendido los brazos hacia George y entreabierto la boca para recibir su beso cuando de repente lo detuvo con apenas un gesto y, un poco avergonzada, volvió la cabeza. Tras ella estaban dos chicos algo más jóvenes que George.

—El señor Craddock y el señor Holt —anunció alegremente—. Ya los conociste cuando estuviste aquí.

Preocupado por la forma en que el beso había quedado frustrado por la presentación, y sospechando que aquello podía esconder alguna clave oculta, George se sintió aún más confundido cuando se dio cuenta de que el coche que los iba a llevar a casa de Jonquil pertenecía a uno de los dos jóvenes. Aquello lo colocaba en desventaja. Durante el trayecto, Jonquil animó la conversación entre los asientos delantero y trasero, y cuando George intentó pasarle el brazo por los hombros al amparo del crepúsculo, con un rápido movimiento le obligó a que se contentara con tomarle la mano.

—¿Por aquí se va a tu casa? —murmuró George—. No reconozco la calle.

—Es la avenida nueva. Jerry estrena coche y quería enseñármela antes de llevarnos a casa.

Cuando veinte minutos después se apearon en casa de Jonquil, George sintió que la distracción del paseo había disipado el primer goce del encuentro, el júbilo que con tanta nitidez había reconocido en los ojos de Jonquil en la estación. Algo que había anhelado con ilusión se había perdido sin más. Aquello seguía rondándole por la cabeza cuando se despidió con frialdad de los dos jóvenes. Luego su mal humor se fue disipando mientras Jonquil lo abrazaba, como siempre a media luz en el umbral de la casa, y le decía de diez maneras distintas, la mejor de ellas sin palabras, cuánto le había echado de menos. La emoción de Jonquil le devolvió la seguridad y prometió a su corazón angustiado que todo iría bien.

Se sentaron juntos en el sofá, rendidos ambos ante la presencia del otro, ajenos a todo salvo a su ternura vacilante. A la hora de la cena aparecieron los padres de Jonquil, encantados de ver a George. Lo apreciaban y habían seguido con interés su carrera de ingeniero cuando más de un año antes había llegado a Tennessee. Habían lamentado mucho que renunciara a ella y que partiera a Nueva York en busca de otro trabajo más provechoso a corto plazo, pero a pesar de lamentar aquel frenazo a su carrera, lo comprendían y estaban dispuestos a aceptar su compromiso con su hija. Durante la cena le preguntaron cómo le iban las cosas en Nueva York.

—Todo va muy bien —dijo con entusiasmo—. Me han ascendido. Gano más.

Le dio vergüenza pronunciar aquellas palabras, pero ya que los veía tan contentos...

–Seguro que te valoran –dijo la señora Cary–, o no te hubieran concedido dos permisos en tres semanas.

–Les dije que no tenían otro remedio –se apresuró a explicar George–. Les dije que, si no me lo daban, no volvería a trabajar para ellos.

–Pero deberías ahorrar –le reprendió cariñosamente la señora Cary–, y no gastarte todo el dinero en estos viajes tan caros.

Acabó la cena. Jonquil y George quedaron a solas y volvieron a abrazarse.

–Qué contenta estoy de que hayas venido –suspiró Jonquil–. Me gustaría que no te fueras nunca, cariño.

–¿Me has echado de menos?

–Mucho, mucho.

–¿Vienen a verte otros hombres a menudo, como esos dos chicos?

La pregunta la sorprendió. Los ojos negros aterciopelados lo miraron fijamente.

–Pues claro que vienen. Todos los días. Ya te lo he contado en las cartas, cariño.

Era cierto. Cuando se fue a Nueva York ya la rondaban una docena de chicos que respondían a su encantadora fragilidad con adoración de adolescentes, pero solo unos pocos caían en la cuenta de que sus hermosos ojos eran también sensatos y bondadosos.

–¿Acaso prefieres que no salga? –preguntó Jonquil recostándose sobre los cojines del sofá hasta que pareció que lo miraba a muchos kilómetros de distancia–. ¿Pretendes que me quede aquí sentada, eternamente cruzada de brazos?

–¿Qué insinúas? –le espetó George presa del pánico–. ¿Qué nunca tendré bastante dinero para casarme contigo?

–No saques conclusiones precipitadas, George.

–No estoy sacando ninguna conclusión. Es lo que tú has dicho.

Entonces George se dio cuenta de que estaba pisando terreno peligroso. No deseaba que la noche se malograra. Intentó volver a abrazarla, pero Jonquil se resistió inesperadamente.

–Hace calor. Voy a poner el ventilador –dijo.

Encendió el ventilador y volvieron a sentarse juntos, pero George estaba muy susceptible, y sin querer se adentró precisamente en ese terreno que había querido evitar.

–¿Cuándo vas a casarte conmigo?

–¿Puedes casarte conmigo?

Entonces perdió los nervios y se levantó de un salto.

–Apaga ese maldito ventilador –gritó–. Va a volverme loco. Es como el tictac de un reloj que estuviera marcando el tiempo que me queda contigo. He venido para ser feliz y olvidarme de Nueva York y del tiempo.

Volvió a sentarse en el sofá tan repentinamente como se había levantado. Jonquil apagó el ventilador, apoyó la cabeza de George en su regazo y comenzó a acariciarle el pelo.

–Quedémonos así –dijo con ternura–. Así, callados; yo te dormiré. Estás muy cansado y nervioso y tu amorcito cuidará de ti.

–Es que no quiero quedarme así –replicó George levantándose de repente–. No tengo ninguna intención de quedarme así. Quiero besarte. Eso es lo único que me proporciona descanso. Y no estoy nervioso... Tú eres la que está nerviosa. Yo no estoy nervioso, en absoluto.

Para demostrar que no estaba nervioso, se levantó del sofá y se dejó caer pesadamente en una silla en el otro extremo de la habitación.

–Precisamente cuando puedo casarme contigo me escribes cartas desquiciadas, como si te desdijeras, y tengo que venir corriendo...

–No tienes que venir si no quieres.

–¡Es que quiero! –insistió George.

Le parecía que estaba comportándose de una manera perfectamente serena y razonable y que era ella quien le hacía perder la compostura a propósito. Cada palabra los separaba más y más, pero ya era incapaz de detenerse, incapaz de que su voz no trasluciera preocupación y sufrimiento.

Un minuto después, Jonquil empezó a llorar con gran amargura y George volvió al sofá y la abrazó. Comenzó a consolarla cobijándole la cabeza sobre su hombro y susurrándole palabras harto conocidas hasta que se tranquilizó y ya solo temblaba de cuando en cuando, estremecida, entre sus brazos. Así permanecieron una hora mientras los pianos del ocaso derramaban sus últimos compases sobre la calle. Adormecido e insensibilizado por la premonición de un desastre, George no se movió, pensó o esperó nada. El tictac del reloj se prolongó hasta después de las once, cuando la señora Cary los avisó cariñosamente desde la baranda de la escalera. Aparte de eso, solo vio mañana y desesperanza.

3

La ruptura tuvo lugar a la hora más calurosa del día siguiente. Ambos habían adivinado toda la verdad sobre el otro, pero Jonquil era la que estaba más preparada para reconocer la situación.

–Es inútil continuar –dijo decaída–, sabes que detestas la compañía de seguros y que nunca llegarás a nada.

–No es eso –insistió George contumaz–: no soporto seguir solo. Si te casaras conmigo y me acompañaras, si te arriesgaras conmigo, podría salir adelante en lo que fuera, pero no puedo si tengo que preocuparme de lo que tú estés haciendo aquí.

Jonquil guardó un largo silencio antes de contestar; no estaba pensando, pues ya conocía la conclusión, solo esperaba. Sabía que cada palabra sería más cruel que la anterior. Por fin habló.

–George, te quiero con toda mi alma y no me imagino queriendo a otro. Si hace dos meses hubieras estado dispuesto, me habría casado contigo. Ahora no puedo porque no me parece lo más sensato.

George formuló acusaciones disparatadas: que si había otro, que si ocultaba algo...

–No, no hay otro.

Era verdad. Pero como contrapunto a las tensiones de su relación con George, había encontrado alivio en la compañía de jóvenes como Jerry Holt, quien tenía la ventaja de carecer de cualquier importancia para su vida.

George no lo aceptó de buen grado. La abrazó, y a fuerza de besos intentó convencerla de que se casaran inmediatamente. Fracasado su intentó, se enfrascó en un largo monólogo rebosante de autocompasión y solo concluyó cuando se dio cuenta de que estaba mostrándose despreciable a los ojos de Jonquil. Amenazó con irse a pesar de no tener ninguna intención de hacerlo, y luego se negó a hacerlo cuando Jonquil le dijo que, dadas las circunstancias, aquello sería lo mejor.

Al principio le dolió, luego solo trató de ser amable.

–Es mejor que te vayas –gritó por fin, tan alto que la señora Cary bajó las escaleras asustada.

–¿Ha pasado algo?

–Me voy, señora Cary –dijo George con palabras entrecortadas–. Jonquil había salido de la habitación.

–No te lo tomes así, George –la señora Cary le hacía un gesto de inútil solidaridad. Lamentaba lo ocurrido y, a la vez, se alegraba de que aquella pequeña tragedia casi hubiera concluido.

–Yo que tú, iría a pasar una semana con tu madre. Al fin y al cabo, quizá sea lo más sensato.

–¡Calle, por favor! –gritó–. ¡No hace falta que me diga nada ahora!

Jonquil entró de nuevo en la habitación. Había camuflado el dolor y el nerviosismo bajo el carmín, el maquillaje y un sombrero.

–He llamado a un taxi –dijo con un tono impersonal–. Podemos dar un paseo hasta que salga el tren.

Salió al porche de la casa. George se puso el abrigo y el sombrero y permaneció un momento en el vestíbulo con aire agotado. Apenas había probado bocado desde que salió de Nueva York. La señora Cary se acercó, le obligó a bajar la cabeza y lo besó en la mejilla. George se sintió completamente frágil y ridículo, pues sabía que la escena había resultado igualmente frágil y ridícula. Si se hubiera ido la noche antes, al menos le habría dado su último adiós con un mínimo de orgullo.

El taxi llegó y durante una hora aquellos que habían sido novios atravesaron las calles menos frecuentadas. George le había cogido la mano a Jonquil y fue tranquilizándose a medida que sintió la luz del sol. Demasiado tarde se había dado cuenta de que no había nada más que hacer o decir.

–Volveré –dijo.

–Sé que volverás –contestó Jonquil, esforzándose para que su voz sonara alegre y confiada.

–Y nos escribiremos de vez en cuando.

–No. No nos escribiremos. No lo soportaría. Algún día volveré.

–Nunca te olvidaré, George.

Llegaron a la estación y Jonquil lo acompañó a comprar el pasaje.

–¡Pero si son George O'Kelly y Jonquil Cary!

Era una pareja a la que George había conocido cuando trabajó allí. Jonquil pareció responder a su presencia con alivio. Durante cinco interminables minutos estuvieron charlando; luego el tren entró rugiendo en la estación y, con semblante de sufrimiento mal disimulado, George le tendió los brazos a Jonquil. Ella dio un paso indeciso hacia él, dudó y le estrechó rápidamente la mano, como si se despidiera de una amistad fortuita.

–Adiós, George –le decía–. Que tengas buen viaje.

–Adiós, George. Nos veremos de nuevo cuando regreses.

Agarrotado y casi cegado por el dolor, cogió la maleta y, aturdido, consiguió subir al tren.

Cruzaron traqueteantes pasos a nivel y fueron ganando velocidad a través de interminables zonas suburbiales siguiendo la senda del ocaso. Quizá también ella hubiera mirado la puesta de sol y se hubiera detenido para recordarlo antes de que se desvaneciera en el sueño del pasado. Aquel anochecer empañó para siempre el sol, los árboles, las flores y las risas de la juventud.

4

Una tarde húmeda de septiembre del año siguiente, un joven con el rostro tan tostado que parecía relucir como el cobre se apeó del tren en una ciudad de Tennessee. Miró alrededor con impaciencia y pareció sentirse aliviado cuando comprobó que nadie lo esperaba. Un taxi lo llevó al mejor hotel de la ciudad, donde, con cierta satisfacción, se presentó como George O'Kelly, de Cuzco, Perú.

Permaneció unos minutos en su habitación contemplando por la ventana aquellas calles conocidas. Luego, con un leve temblor en la mano, descolgó el teléfono y pidió a la telefonista que lo comunicara con un número local.

– ¿Está la señorita Jonquil?

– Soy yo.

– Ah... –la voz estuvo a punto de quebrársele, pero lo superó y prosiguió con afable formalidad–. Soy George O'Kelly. ¿Has recibido mi carta?

– Sí. Sabía que llegabas hoy.

Su voz fría e impasible lo turbó, pero no tanto como esperaba. Era la voz de una extraña quien, amable y serena, se alegraba de saber de él; nada más. Le habría gustado colgar el teléfono y recuperar el aliento.

– No te veo desde hace... mucho tiempo –consiguió que la frase pareciera improvisada–. Más de un año.

Sabía el tiempo que había pasado: había contado los días.

– Me encantará volver a charlar contigo.

– Estaré allí dentro de una hora.

Colgó. Durante cuatro largas estaciones del año, la esperanza de la llegada de aquel momento había colmado cada una de sus horas de descanso. Aquel momento por fin había llegado. Se había figurado que la encontraría casada, prometida, enamorada, pero jamás se le había ocurrido pensar que su regreso pudiera dejarla indiferente.

Sabía que no volvería a vivir diez meses como los que acababa de dejar atrás. Había obtenido un éxito rotundo, más notable aún por ser un ingeniero joven. Se le habían presentado dos oportunidades excepcionales, una en Perú, de donde acababa de regresar, y otra, resultado de la primera, en Nueva York, adonde iría a continuación. En aquel breve espacio de tiempo había pasado de la pobreza a una posición que le ofrecía posibilidades ilimitadas.

Se miró en el espejo del lavabo. Aquel bronceado le hacía parecer casi negro, pero era un bronceado romántico que, como había descubierto la última semana, cuando tenía tiempo para pensar en cosas así, le gustaba. También apreció con una especie de fascinación la robustez de su cuerpo. En algún lugar había perdido parte de una ceja y todavía llevaba una venda elástica en la rodilla, pero no era tan candoroso como para no reparar en la admiración y el inusitado interés con que las mujeres lo miraban en el barco.

Ni que decir tiene que su traje era espantoso. Se lo había hecho en dos días un sastre griego de Lima. Tampoco era tan candoroso como para no haberle explicado a Jonquil su problema de vestuario en una nota, por otra parte lacónica. Lo único que añadía era el ruego de que no fuera a esperarlo a la estación.

George O'Kelly, de Cuzco, Perú, esperó en el hotel una hora y media hasta que el sol completó exactamente la mitad de su periplo. Entonces, recién afeitado y después de que los polvos de talco le dieran una tonalidad más caucásica –en el último minuto la vanidad se impuso al romanticismo– llamó a un taxi y se dirigió a la casa que tan bien conocía.

Notó que le costaba respirar, pero se dijo que era nerviosismo, no emoción. Había vuelto y ella no se había casado: con eso le bastaba. Ni siquiera estaba seguro de lo que iba a decirle, a pesar de que aquel fuera el momento más crucial de su vida. A fin de cuentas, sin una mujer no había triunfo que valiera, y si no ponía sus tesoros a los pies de Jonquil, al menos podría colocarlos ante su vida durante un momento fugaz.

La casa apareció de repente, y lo primero que pensó fue que había adoptado un carácter extrañamente irreal. Todo y nada había cambiado. Era más pequeña y parecía más pobre y descuidada que antes. Ninguna nube mágica flotaba sobre el tejado ni salía de las ventanas del último piso. Tocó al timbre y abrió una criada negra que no conocía. La señorita Jonquil bajaría enseguida. Se humedeció los labios nervioso y entró en el salón, donde la sensación de irrealidad aumentó. Se dio cuenta de que era una simple sala, y no la cámara encantada donde había pasado horas conmovedoras. Se sentó en una silla asombrado de que solo fuera una silla. Su imaginación había distorsionado y coloreado aquellos sencillos objetos familiares.

Entonces se abrió la puerta y entró Jonquil. Fue como si de pronto todo se nublara ante su vista. Había olvidado su belleza y sintió cómo su voz iba abandonándolo hasta convertirse en un frágil suspiro.

Llevaba un vestido verde pálido y un lazo dorado le recogía como una corona el cabello negro y liso. Los ojos aterciopelados que tan bien conocía se clavaron en los suyos cuando traspasó el umbral. Un estremecimiento lo atravesó ante el poder de infligir dolor que poseía su belleza.

George dijo «hola», se aproximaron unos pasos y se estrecharon la mano. Luego se sentaron, muy separados, y se miraron desde los extremos de la habitación.

–Has vuelto –dijo ella.

George contestó con una trivialidad.

–Pasaba por aquí y se me ocurrió parar un momento a verte.

Intentó neutralizar el temblor de la voz mirando a cualquier parte que no fuera la cara de Jonquil. Sobre él recaía la responsabilidad de mantener la conversación, pero, a no ser que empezara a vanagloriarse de sus éxitos, no parecía que hubiera nada que decir. Su antigua relación nunca había caído en la banalidad, y por otra parte resultaba imposible que dos personas en su situación hablaran del tiempo.

–Es ridículo –profirió de repente George azorado–. No sé qué hacer. ¿Te molesta que haya venido?

–No –la respuesta reticente y al mismo tiempo de una tristeza impersonal lo desanimó.

–¿Tienes novio?

–No.

–¿Estás enamorada?

Negó con la cabeza.

–Ah –se recostó en la silla.

Ya habían agotado otro tema de conversación. La entrevista no discurría como había previsto.

–Jonquil –continuó, ahora en un tono más suave–, después de todo lo que nos ha pasado, quería volver y verte. Haga lo que haga en el futuro, nunca querré a nadie como te he querido a ti.

Era una de las frases que llevaba preparadas. En el barco le había parecido que la frase poseía el tono adecuado: una alusión a la ternura que siempre había sentido por ella, sumada a una muestra poco comprometedora de su estado de ánimo actual. En cambio, en aquella habitación, con el pasado que lo rodeaba, próximo y pesándole cada vez más, la frase le pareció rancia y teatral.

Jonquil no contestó. Quedó inmóvil en su silla mirándolo con una expresión que bien podía significar todo o nada.

–Ya no me quieres, ¿verdad? –preguntó George con voz firme.

–No.

Cuando un minuto después entró la señora Cary y comentó su éxito –el periódico local había publicado media columna al respecto–, George experimentó una mezcla de emociones. Había confirmado que aún deseaba a aquella chica, y también que algunas veces el pasado regresa. Eso era todo. Por lo demás, debía ser fuerte y mantenerse en guardia, a la expectativa.

–Y ahora –decía la señora Cary– me gustaría que fuerais a visitar a la señora de los crisantemos. Me ha dicho que quiere conocerte porque ha leído lo que el periódico dice de ti.

Fueron a ver a la señora de los crisantemos. Mientras caminaban por la calle, George recordó un tanto emocionado que los pasos más cortos de Jonquil se cruzaban siempre con los suyos. La señora resultó ser una mujer amable, y sus crisantemos enormes y extraordinariamente hermosos. Sus jardines estaban repletos de crisantemos, blancos, rosas y amarillos. Estar entre aquellas flores fue como haber regresado a pleno verano. Eran dos jardines igual de abundantes y separados por una cerca. La señora fue la primera en franquearla cuando se dirigieron al segundo jardín.

Entonces sucedió algo raro. George se apartó para que Jonquil pasara, pero en vez de entrar, ella se quedó inmóvil y lo miró fijamente. No fue tanto la expresión, en absoluto sonriente, como el instante de silencio. Sostuvieron sus miradas, aspiraron una breve y apresurada bocanada de aire, y sin más entraron en el segundo jardín.

La tarde llegaba a su fin. Le dieron las gracias a la señora y volvieron a casa despacio, juntos, pensativos. El silencio se prolongó durante la cena. George le contó al señor Cary algo de lo ocurrido en América del Sur y se las arregló para dejar claro que en el futuro las cosas seguirían yéndole viento en popa.

Terminaba la cena, Jonquil y George quedaron a solas en la habitación donde su amor había tenido su principio y su fin. A George le pareció algo sumamente lejano en el tiempo y de una tristeza inefable. Nunca se había sentido tan débil, tan cansado, tan infeliz, tan pobre. Porque sabía que aquel chico de quince meses atrás tenía algo: una confianza y una calidez que se habían ido para siempre. Lo más sensato, habían hecho lo más sensato. Había canjeado su primera juventud por la fortaleza, y había logrado un éxito construido con el material de la desesperanza. Junto a su juventud, la vida también se había llevado la lozanía de su amor.

–No quieres casarte conmigo, ¿verdad? –dijo, tranquilo. Jonquil negó con la cabeza.

–No pienso casarme –contestó.

George asintió.

–Mañana por la mañana me voy a Washington –dijo.

–Ah...

–Tengo que ir. Debo estar en Nueva York a primeros de mes y antes quiero pasar por Washington.

–¡Trabajo!

–No –dijo desganado–. Me gustaría ver a alguien que se portó bien conmigo cuando yo estaba tan... tan hundido.

Se lo estaba inventando. En absoluto tenía que ver a nadie en Washington, pero al observar a Jonquil con atención constató que se había estremecido, había cerrado los ojos y los había vuelto a abrir de par en par.

–Pero antes de irme me gustaría contarte todo lo que ha pasado desde que te vi por última vez. Y como quizá no volvamos a vernos, me pregunto si... si no te gustaría sentarte en mi regazo como entonces. No te lo pediría, pero puesto que estamos solos... Quizá sea una tontería.

Jonquil asintió y se sentó en su regazo como tantas veces había hecho en aquella primavera perdida. La sensación de su cabeza sobre su hombro, de su cuerpo conocido, lo conmovió abrumadoramente. Los brazos que la rodeaban tendían a estrecharse alrededor de ella. George se recostó y, meditabundo, empezó a hablarle al aire.

Le relató las dos semanas de angustia en Nueva York, que concluyeron con un trabajo interesante, si bien poco lucrativo, en una obra en Jersey City. Cuando se le presentó la posibilidad de trabajar en Perú, aquello no le pareció nada extraordinario. Era un puesto de tercer ayudante del ingeniero de la expedición. Pero solo diez estadounidenses, entre ellos ocho topógrafos, habían llegado a Cuzco. Diez días más tarde el jefe de la expedición moría de fiebre amarilla. Así fue como llegó su oportunidad, una oportunidad maravillosa que incluso un tonto habría aprovechado.

—¿Un tonto? —lo interrumpió Jonquil inocentemente.

—Incluso un tonto —continuó—. Fue maravilloso. Entonces mandé un telegrama a Nueva York...

—Y entonces... —volvió a interrumpirlo—, ¿te contestaron que debías aprovechar la oportunidad?

—¿Que si debía? —exclamó mientras seguía recostado—. ¡Que tenía que hacerlo! No había tiempo...

—¿Ni siquiera un minuto?

—Ni un minuto.

—Ni siquiera un minuto para... —calló.

—¿Para qué?

—Para esto.

George inclinó la cabeza de repente, y en el mismo instante Jonquil se le acercó, labios entreabiertos como una flor.

—Sí —le susurró a George en la boca—. Todo el tiempo del mundo...

Todo el tiempo del mundo, su vida y la de ella. Sin embargo, durante un instante mientras la besaba comprendió que, aunque buscara toda la eternidad, nunca encontraría aquellas horas perdidas de abril. Podía abrazarla hasta que le dolieran los músculos. Jonquil era un ser deseable y precioso por el que había luchado, que le había pertenecido. Empero, pero nunca volvería a ser un susurro intangible en la oscuridad, en la brisa nocturna...

«Que se vaya —pensó—. Abril se acabó, se fue. Existen en el mundo amores de todas clases, pero no hay dos iguales.»

LAS CUARENTA CABEZADAS DE GRETCHEN

Publicado en la revista *Saturday Evening Post* en 1924

1

Hojas quebradizas rasgaban las aceras mientras el niñito travieso de la puerta de al lado se helaba la lengua lamiendo el buzón de hierro. Seguro que nevaba antes de que se hiciera de noche. El otoño había terminado, y como siempre resurgían los asuntos del carbón y de la Navidad. Pero Roger Halsey, erguido en su porche delantero, aseguraba al yermo cielo suburbano que no tenía tiempo para preocuparse del estado del tiempo. A continuación entró apresuradamente en su casa y aventó la cuestión en el gélido crepúsculo.

El vestíbulo estaba a oscuras, pero podía oír las voces de su esposa, de la niñera y del bebé en la planta de arriba en una de sus interminables conversaciones, que consistían principalmente en «¡quieto!», «¡ten cuidado, Maxy!» y «¡ya está otra vez con lo mismo!», salpicadas por amenazas desmesuradas, leves golpes y el reiterativo sonido de piececitos aventureros.

Roger encendió la luz del vestíbulo, entró en la sala y encendió la lámpara de seda roja. Colocó su abultado portafolio sobre la mesa, se sentó y pasó unos minutos apoyando su recio rostro joven sobre una mano, resguardando sus ojos de la luz. A continuación encendió un cigarrillo, lo aplastó, y desde el pie de las escaleras llamó a su esposa.

–¡Gretchen!

–Hola, cariño –sonaba alborozada–. Ven a ver al bebé.

Roger maldijo en silencio.

–Ahora no puedo verlo –dijo alzando la voz–. ¿Cuánto vas a tardar en bajar?

Se produjo una misteriosa pausa, tras la cual una nueva retahíla de «¡quieto!» y «¡ten cuidado, Maxy!» que a todas luces intentaba evitar una horrenda catástrofe.

–¿Cuánto vas a tardar en bajar? –repitió Roger ligeramente irritado.

–Ahora bajo.

–Pero ¿cuándo? –gritó.

Siempre, a esta misma hora y a diario, tenía que esforzarse para que su voz pasara del tono urgente de la ciudad al tono distendido propio de un hogar modélico. Sin embargo, aquella noche su impaciencia era deliberada. Su ánimo casi llegó a la decepción cuando Gretchen bajó las escaleras de tres en tres gritando «¿qué ocurre?» en un tono bastante sorprendido.

Se besaron prolongando su encuentro durante algunos segundos. Llevaban tres años casados y estaban mucho más enamorados de lo que eso implica. Raramente llegaban a aborrecerse con ese odio violento del que solo son capaces las parejas jóvenes, pues Roger aún era fervientemente receptivo a su belleza.

–Ven aquí –dijo bruscamente–. Quiero hablar contigo.

Su esposa, una chica de mejillas sonrosadas y cabello tizianesco, vivaz como una muñeca de trapo francesa, lo siguió a la sala.

–Escucha, Gretchen –se sentó en un extremo del sofá–, a partir de esta noche voy a … ¿te ocurre algo?

–No es nada, solo estoy buscando un cigarrillo. Continúa.

A hurtadillas y sin aliento regresó al sofá y se acomodó en el otro extremo.

–Gretchen –repitió. Ella le extendió la palma de la mano–. ¿Qué pasa ahora? –preguntó desaforado.

–Cerillas.

–¿Qué?

Impacientado, le pareció inaudito que fuera a pedirle cerillas justo en ese momento, pero automáticamente rebuscó en su bolsillo.

–Gracias –musitó–. No quería interrumpirte. Continúa.

–Gretch…

¡Ras! La cerilla se prendió. Intercambiaron una mirada tensa. Se disculpó en silencio poniendo ojos de cervatillo y él se rió. Al fin y al cabo, no había hecho más que encender un cigarrillo. Sin embargo, cuando estaba de este humor, el menor movimiento de ella lo irritaba sobremanera.

–Cuando tengas tiempo para escuchar –dijo contrariado– quizá te interese que toquemos el tema del hospicio.

–¿Qué hospicio? –sus ojos se abrieron de par en par sobresaltados y guardó un silencio sepulcral.

–Solo era para que me atendieras. En fin, que a partir de esta noche comienzan las que seguramente serán las seis semanas más importantes de mi vida, las seis semanas que decidirán si estamos condenados a vivir en esta porquería de casucha en esta porquería de villorrio de las afueras.

Los ojos negros de Gretchen pasaron de la alarma al aburrimiento. Era una chica sureña y cualquier asunto que tuviera que ver con el progreso material solía producirle dolor de cabeza.

–Hace seis meses dejé la Compañía Litográfica de Nueva York –anunció Roger–, y entré en el sector publicitario por cuenta propia.

–Lo sé –interrumpió Gretchen resentida–. Y ahora, en vez de contar con seiscientos dólares mensuales asegurados, tenemos que vivir con quinientos sin garantía.

–Gretchen –dijo Roger cortante–, te pido que creas en mí seis semanas más y seremos ricos. Tengo la posibilidad de hacerme con una de las mayores cuentas del país –vaciló–. Durante estas seis semanas no saldremos nunca y tampoco recibiremos a nadie. Todas las noches traeré trabajo a casa, bajaremos todas las persianas y no le abriremos la puerta a nadie que venga tocando el timbre.

Sonrió con ligereza como si se tratara de un juego nuevo que fueran a iniciar. Pero pronto se le borró ante el silencio de Gretchen, y la miró con indecisión.

–¿A qué viene esa cara? –prorrumpió al fin–. ¿Esperas que me ponga a dar saltos de alegría? ¿Acaso no tienes bastante

trabajo? Si intentas acaparar más, acabarás sufriendo un ataque de nervios. He leído que...
    —No te preocupes por mí —la interrumpió—. Estoy perfectamente, pero tú te morirás de aburrimiento aquí sentada todas las noches.
    —No pienso hacerlo —replicó sin convicción— y menos aún esta noche.
    —¿Qué tiene de especial esta noche?
    —George Tompkins nos ha invitado a cenar.
    —¿Y has aceptado?
    —Claro que sí —contestó con impaciencia—. ¿Por qué iba a decirle que no? Siempre estás quejándote de lo horrendo que es este barrio, así que se me ocurrió que te gustaría ver uno bueno para variar.
    —Si quiero ir a un barrio nuevo, me mudaré a él —dijo con gravedad.
    —En fin, ¿vamos o no?
    —Supongo que no hay otro remedio, puesto que has aceptado.
    El brusco final de la conversación lo dejó un tanto molesto. Gretchen saltó y le dio un beso fugaz antes de entrar a toda prisa en la cocina para encender la caldera y darse un baño. Exhalando un suspiro colocó cuidadosamente su portafolio detrás de la librería —solo contenía bocetos y bosquejos de carteles publicitarios, pero él pensaba que sería lo primero que buscaría un ladrón. Después subió distraído a la planta de arriba, entró un momento en el cuarto del bebé para recibir un besito húmedo y comenzó a vestirse para la cena.
    Como no tenían automóvil, George Tompkins fue a buscarlos a las seis y media. Tompkins era un próspero decorador de interiores lozano y fornido que lucía un apuesto bigote y expelía un fuerte hedor a jazmín. Roger y él habían vivido en habitaciones contiguas en una casa de huéspedes de Nueva York, pero en los últimos años solo se habían visto de vez en cuando.
    —Deberíamos vernos más —le dijo a Roger. Deberías salir más a menudo, chico. ¿Un cóctel?
    —No, gracias.

-¿No? Pues seguro que tu esposa sí. ¿No es así, Gretchen?

-Me encanta esta casa -exclamó tomando el vaso y contemplando admirativa las maquetas de barcos, botellas de whisky coloniales y otros desbrozos de la moda de 1925.

-Me gusta -dijo Tompkins satisfecho-. La decoré para darme el gusto y lo logré.

Roger escrutó de mal talante aquella habitación insulsa y desabrida preguntándose si no habrían entrado por error en la cocina.

-Parece como si estuvieras en un velatorio -dijo su anfitrión-. Toma un cóctel y anímate.

-Tómate uno -le exhortó Gretchen.

-¿Qué? -Roger se volvió, ausente-. No, gracias. Tengo que trabajar cuando llegue a casa.

-¿Trabajar? -Tompkins sonrió-. Escucha, Roger, acabarás matándote de tanto trabajar. ¿Por qué no equilibras un poco mejor tu vida? Un porcentaje de trabajo y otro tanto de diversión.

-Es lo que yo le digo -terció Gretchen.

-¿Sabes cómo es la jornada habitual de un hombre de negocios? -requirió Tompkins cuando se dispusieron a cenar-. Café por la mañana, ocho horas de trabajo interrumpidas por un almuerzo a la carrera y vuelta a casa con dispepsia y mal genio para amenizarle la noche a su esposa.

Roger soltó una risotada.

-Has visto demasiadas películas -zanjó secamente.

-¿Qué?

Tompkins lo miró cierta irritación.

-¿Películas? Apenas he ido al cine en mi vida. Creo que las películas son atroces. Mis opiniones de la vida proceden de mis propias observaciones. Creo en una vida equilibrada.

-¿Y en qué consiste eso? -exigió saber Roger.

-Bueno -vaciló-, quizá la mejor forma de decírtelo sea contarte cómo es mi propia jornada, a menos que te parezca sumamente egoísta.

-¡En absoluto! -Gretchen lo miró interesada-. Me encantaría saberlo.

—Pues bien, por la mañana me levanto y realizo una serie de ejercicios. Tengo una habitación acondicionada como un pequeño gimnasio. Paso una hora golpeando el saco, haciendo boxeo de sombras y levantando pesas. Después una ducha fría... A propósito, ¿te das una ducha fría a diario?

—No —reconoció Roger—. Me doy un baño caliente por la noche tres o cuatro días a la semana.

Se hizo un silencio ominoso. Tompkins y Gretchen intercambiaron una mirada como si se hubiera dicho algo obsceno.

—¿Cuál es el problema? —prorrumpió Roger mirando a uno y a otro con cierta irritación—. Sabes que no me baño todos los días. No tengo tiempo.

Tompkins dejó escapar un largo suspiro.

—Después de mi ducha —continuó corriendo un caritativo velo sobre el asunto— desayuno y voy conduciendo a mi oficina en Nueva York, donde trabajo hasta las cuatro, y luego me dedico a relajarme. En verano regreso aquí a toda velocidad para completar nueve hoyos de golf. En invierno juego al squash durante una hora en mi club. Después, una buena partidita de bridge hasta la cena, que a menudo está relacionada con el trabajo, pero en un sentido agradable. Quizás acabo de terminar una casa para un cliente y él quiere contar conmigo para que procure que la iluminación tenga la intensidad adecuada para su primera fiesta o alguna cosa por el estilo. O puede que pase la noche solo leyendo un buen libro de poesía. En cualquier caso, todas las noches hago algo para evadirme.

—Debe de ser maravilloso —dijo Gretchen entusiasta—. Ojalá nosotros viviéramos así.

Tompkins se inclinó decidido sobre la mesa.

—Y podéis —dijo enfático—. No hay ningún motivo que os lo impida. Escucha, si Roger jugase nueve hoyos de golf cada día, el efecto sería maravilloso. Sería otra persona. Trabajaría mejor, nunca se cansaría y el nerviosismo desaparecería. ¿Cuál es el problema?

Se interrumpió. Roger había bostezado ostensiblemente.

—Roger —le espetó Gretchen bruscamente—, no hace falta que seas tan grosero. Si hicieras lo que George dice te encontrarías muchísimo mejor. El colmo es que las próximas seis semanas trabajará por la noche. Dice que va a bajar las persianas y encerrarnos como si fuéramos ermitaños en una cueva. Lleva haciéndolo todos los domingos del último año y ahora quiere hacerlo todas las noches durante seis semanas.

Tompkins sacudió la cabeza con tristeza.

—Al cabo de las seis semanas —declaró— tendrá que ingresar en un manicomio. Hazme caso, todos los hospitales privados de Nueva York están repletos de casos como el tuyo. Como fuerces el sistema nervioso humano más de la cuenta, ¡bum!, acabas rompiendo algo. Y en vez de ahorrarte sesenta horas, acabas pasando sesenta semanas paralizado mientras te reparan.

Se interrumpió, cambió de tono y se volvió hacia Gretchen con una sonrisa.

—Por no hablar lo que te ocurrirá a ti. Tengo la impresión de que quien se lleva la peor parte de esos periodos demenciales de trabajo excesivo eres tú, más que él.

—No me molesta —apuntó Gretchen con lealtad.

—Efectivamente —dijo Roger ceñudo—, le molesta muchísimo. Es una ratita presumida miope que se dedica a contar las horas que quedan para que comience a ganar dinero y ella pueda comprarse ropa nueva. Pero es algo inevitable. Lo más triste de las mujeres es que, al fin y al cabo, su mejor baza es sentarse y cruzarse de brazos.

—Tus ideas sobre las mujeres están veinte años desfasadas —dijo Tompkins compasivamente—. Las mujeres ya no se quedan sentadas esperando.

—Entonces, más les vale casarse con hombres de cuarenta —insistió Roger con terquedad—. Si una chica se casa con un hombre joven por amor, debe estar dispuesta a hacer algún sacrificio dentro de lo razonable para que su marido pueda seguir progresando en la vida.

–Dejemos ese tema –dijo Gretchen impaciente–. Por favor, Roger, pasemos un buen rato aunque sea por una vez.

Cuando Tompkins los dejó delante de su casa a las once, Roger y Gretchen se quedaron parados un momento sobre la acera contemplando la luna invernal. El ambiente estaba llenándose de una nieve fina, húmeda y polvorienta. Roger inhaló profundamente una buena cantidad y, exultante, rodeó a Gretchen con el brazo.

–Yo puedo ganar más dinero que él –declaró crispado–. Y lo lograré en solo cuarenta días.

–Cuarenta días –suspiró–. Se me hace larguísimo, sobre todo cuando todo el mundo está siempre divirtiéndose. Ojalá pudiera dormir cuarenta días seguidos.

–Nada te lo impide, cielo. Échate cuarenta cabezadas y cuando despiertes todo irá de rositas.

Guardó un momento de silencio.

–Roger –preguntó pensativamente–, ¿crees que hablaba en serio cuando dijo que el domingo me llevaría a montar a caballo?

Roger frunció el ceño.

–No lo sé, seguramente no, y ruego a Dios que no –vaciló–. De hecho, esta noche me ha fastidiado un poco con todas esas pamplinas sobre su ducha fría.

Caminaron hacia la casa abrazados.

–Apuesto a que no se da ninguna ducha fría todas las mañanas –continuó Roger meditabundo–. Ni siquiera tres veces por semana.

Hurgó en su bolsillo en busca de la llave y la introdujo en la cerradura con una precisión brutal. A continuación se giró desafiante.

–Apuesto a que hace un mes que no se baña.

2

Tras una quincena de trabajo a destajo, los días de Roger Halsey comenzaron a transcurrir sin solución de continuidad y a sucederse de dos, tres y cuatro en cuatro. Permanecía en su despacho entre las ocho y las cinco y media. A continuación, media hora en el tren de cercanías, donde emborronaba notas en el anverso de sobres alumbrado por una mortecina bombilla amarilla. A las siete y media desplegaba ceras, tijeras y láminas de cartulina blanca sobre la mesa del salón y se afanaba gruñendo y rezongando hasta medianoche mientras Gretchen yacía en el sofá con un libro y de vez en cuando el timbre de la puerta campanilleaba tras las persianas bajadas. A las doce siempre se producía una discusión sobre si debía irse a la cama. Él accedía tras recoger todos sus bártulos. Sin embargo, como constantemente le asaltaban ideas nuevas, cuando por fin subía de puntillas al dormitorio solía encontrarse a Gretchen profundamente dormida.

A veces ya habían dado las tres cuando Roger aplastaba su último cigarrillo contra el cenicero rebosante, así que se desvestía a oscuras, deshecho por la fatiga pero con un sentimiento de triunfo por haber superado un día más.

La Navidad llegó y se fue y él apenas se dio por enterado. Andando el tiempo, la recordaría como el día que terminó los carteles de los anuncios de los botines Garrod. Era una de las ocho grandes cuentas a las que aspiraba en enero: si conseguía la mitad se aseguraría unos ingresos de un cuarto de millón de dólares en un año.

Pero el mundo extramuros de su trabajo se convirtió en un ensueño caótico. Sabía que dos frescos domingos de diciembre George Tompkins había llevado a Gretchen a montar a caballo y que en otra ocasión ella había salido con él en su automóvil para pasar la tarde esquiando en la pista de un club de campo. Una mañana, una fotografía de Tompkins en un marco caro apareció sobre una pared de su dormitorio. Y una noche su indignación se tradujo en una alarmada protesta cuando Gretchen se fue al un teatro, en la ciudad, con Tompkins.

Su trabajo estaba prácticamente terminado. Las pruebas en papel iban llegando de la imprenta a diario y siete de ellas quedaron amontonadas y atesoradas en la caja fuerte de su despacho. Sabía que eran muy buenas, tanto que no podían comprarse con dinero. Ni él mismo era consciente de hasta qué punto había sido una tarea de amor.

Diciembre sucumbió como una hoja caduca del calendario. Transcurrió una semana angustiosa en la que tuvo que renunciar al café porque le producía palpitaciones cardiacas. Solo tenía que aguantar cuatro días más, quizá tres. H. G. Garrod tenía previsto llegar a Nueva York el jueves por la tarde. El miércoles Roger llegó a su casa a las siete de la tarde y encontró a Gretchen escrutando las facturas de diciembre con una expresión extraña en sus ojos.

–¿Ocurre algo?

Con una inclinación de cabeza le indicó que se acercara. A medida que las repasaba, su ceño fue plegándose hasta fruncirse por completo.

–¡Cielos!

–No puedo hacer las cosas mejor –saltó Gretchen de repente–. Son astronómicas.

–Bueno, no me casé contigo porque fueras un ama de llaves maravillosa. Ya me las arreglaré. No le des más vueltas a esa cabecita preocupada.

Lo miró con frialdad.

–Me hablas como si fuera una niña.

–No puedo hacer otra cosa –dijo con una irritación repentina.

–Pues no soy una baratija que puedas colocar en cualquier sitio y olvidar.

Rápidamente se arrodilló a su lado y tomó sus brazos entre sus manos.

–¡Escucha, Gretchen! –exclamó entrecortado–. ¡Por el amor de Dios, no te rindas ahora! Ambos tenemos reproches y rencores acumulados, y una riña justo en estos momentos sería terrible. Te quiero, Gretchen. Dime que me quieres, ¡venga!

–Sabes que te quiero.

La riña se evitó, pero la cena transcurrió en medio de una tensión forzada que al fin estalló cuando él comenzó a desplegar su material de trabajo sobre la mesa.

–Ah, Roger –se quejó–, pensaba que esta noche no tendrías que trabajar.

–Eso pensaba yo, pero ha surgido algo.

–Resulta que he invitado a George Tompkins.

–¡Cielos! –exclamó–. Pues lo siento, cariño, pero tienes que llamarle y decirle que no venga.

–Ya ha salido –dijo–. Viene directamente desde la ciudad. Llegará en cualquier momento.

Roger gruñó. Se le ocurrió mandarlos al cine, pero aquella sugerencia se le trabó en los labios. No la quería en el cine; la quería allí, donde pudiera alzar la vista y saber que estaba a su lado.

George Tompkins apareció con talante despreocupado a las ocho en punto: «¡Caramba», exclamó con reprobación al entrar en el salón: «Sigues metido en faena».

Roger asintió fríamente.

–Más te vale dejarlo cuando puedas que cuando debas –se sentó exhalando un largo suspiro de desahogo físico y encendió un cigarrillo–: Haz caso a un amigo que ha estudiado la cuestión científicamente. Todos tenemos un límite, y si lo sobrepasamos... ¡bum!

–Con tu permiso –Roger adoptó el tono más educado que pudo– voy a subir a terminar mi trabajo.

–Como quieras.

George le despidió con un descuidado gesto de la mano.

–No es que me importe. Soy un amigo de la familia y puedo visitar tanto al señor como a la señora –sonrió pícaramente–. Pero si fuera tú, chico, dejaría el trabajo a un lado y dormiría la noche entera.

Cuando Roger desplegó sus materiales sobre su cama notó que oía el runrún y el murmullo de sus voces a través del delgado piso. Comenzó a preguntarse de qué estarían hablando. Por mucho que se abstrajera en su trabajo, su mente se empeñaba en volver a formular bruscamente la misma pregunta, y varias veces tuvo que enderezarse y ponerse a deambular nervioso por la habitación.

La cama se adaptaba mal a su trabajo. Varias veces el papel se deslizó del tablero sobre el que descansaba y el lápiz lo perforó. Aquella noche todo se torcía. Comenzó a tener visiones borrosas de letras y cifras, y para colmo, al retumbar de sus sienes se sumó el persistente rumor de las voces.

A las diez se dio cuenta de que había pasado más de una hora sin hacer nada, y profiriendo una exclamación repentina recogió sus papeles, los guardó en su portafolio y bajó. Los encontró sentados en el sofá.

–¡Ah, hola! –gritó Gretchen, de forma un tanto innecesaria a su parecer–. Estábamos hablando de ti.

–Gracias –dijo irónicamente–. ¿Qué punto específico de mi anatomía estaba bajo el bisturí?

–Tu salud –terció Tompkins jovialmente.

–Mi salud es excelente –respondió cortante.

–Es que lo ves de una forma muy egoísta, chico –exclamó Tompkins–. Solo te tienes en cuenta a ti mismo. ¿Acaso crees que Gretchen no tiene derechos? Si estuvieras componiendo un soneto maravilloso o pintando un retrato de una madonna o algo así –echó una mirada al cabello tizianesco de Gretchen–, entonces te diría que echaras el resto. Pero no es el caso. Es solo un anuncio de chichinabo para vender tónico capilar Nobald's, y aunque mañana todos los tónicos capilares del mundo fueran arrojados al mar el mundo no empeoraría un ápice.

–Alto ahí –dijo Roger airado–. Eso no es del todo justo. No me engaño acerca de la importancia de mi trabajo, que es igual de inútil que el tuyo. Pero para Gretchen y para mí es prácticamente lo más importante del mundo.

–¿Estás insinuando que mi trabajo es inútil? –se quejó Tompkins incrédulo.

–No; no si hace feliz a algún pobre pazguato de una fábrica de pantalones que no sabe cómo gastarse el dinero.

Tompkins y Gretchen intercambiaron una mirada.

–¡Caray! –exclamó Tompkins irónico–. No sabía que hubiera pasado todos estos años perdiendo el tiempo.

–Eres un zángano –dijo Roger groseramente.

–¿Yo? –gritó Tompkins airado–. ¿Me llamas zángano porque tengo un poco de equilibrio en mi vida y encuentro tiempo para hacer cosas interesantes? ¿Porque me divierto con el mismo empeño con el que trabajo y no me permito convertirme en un pelmazo amargado y aburrido?

Ambos estaban airados y sus voces se habían elevado, aunque el rostro de Tompkins aún conservaba un atisbo de sonrisa.

Lo que me amarga –dijo Roger con decisión– es que en las últimas seis semanas todas esas diversiones tuyas se han producido aquí.

–¡Roger! –gritó Gretchen–. ¿Qué insinúas con esas palabras?

–Justo lo que acabas de oír.

–Has perdido los estribos.

Tompkins encendió un cigarrillo con una frialdad ostentosa.

–El exceso de trabajo te ha puesto tan nervioso que no sabes lo que dices. Estás al borde de un ataque de nervios...

–¡Fuera de aquí! –bramó Roger feroz–. ¡Fuera de aquí ahora mismo antes de que te eche!

Tompkins se puso en pie iracundo.

–¿Qué? ¿Que me vas a echar? –bramó incrédulo.

Ya estaban aproximándose cuando Gretchen se interpuso entre ellos, y tomando a Tompkins por un brazo, le conminó a salir.

–Está actuando como un cretino, George, pero será mejor que te vayas –gritó mientras buscaba a tientas su sombrero en el vestíbulo.

–¡Me ha insultado! –bramó Hopkins–. ¡Me amenazó con echarme!

–¡No se lo tomes en cuenta! –suplicó Gretchen–. No sabe lo que dice. ¡Vete, por favor! Nos vemos mañana a las diez en punto.

Abrió la puerta.

–No lo verás mañana a las diez en punto –dijo Roger con decisión–. No volverá a entrar en esta casa.

Tompkins se volvió hacia Gretchen.

–Es su casa, así que quizá sea mejor que nos veamos en la mía –sugirió.

Cuando salió y Gretchen cerró la puerta tras él sus ojos estaban inundados de lágrimas de furia.

–¿Has visto lo que has hecho? –dijo entre sollozos–. El único amigo que tenía, la única persona en el mundo que me apreciaba lo suficiente como para tratarme con decencia acaba insultada por mi marido en mi propia casa.

Se echó sobre el sofá y comenzó a llorar desconsoladamente entre los cojines.

–Él se lo ha buscado –sentenció Roger con terquedad–. He soportado todo lo que mi amor propio puede permitirme. No quiero que vuelvas a salir con él.

–¡Pues pienso salir con él! –gritó Gretchen exaltada–. ¡Saldré con él todo lo que quiera! ¿Acaso piensas que vivir aquí contigo resulta divertido?

–Gretchen –dijo con frialdad–, ¡levántate, ponte el sombrero, sal por esa puerta y no regreses jamás!

Se quedó medio boquiabierta.

–No tengo ninguna intención de irme –dijo aturdida.

–¡Entonces compórtate como es debido! –y añadió en un tonto más suave–: Pensaba que ibas a pasar los cuarenta días durmiendo.

–¡No me digas! –gritó amargamente–, ¡como si fuera tan fácil! Pues me he hartado de dormir.

Se levantó y se encaró con él desafiante.

–Y que te quede claro que mañana iré a montar a caballo con George Tompkins.

–No saldrás con él aunque tenga que llevarte a Nueva York y sentarte en mi despacho el día entero.

Lo miró con rabia en los ojos.

–Te odio –dijo lentamente–. Y me gustaría agarrar todo el trabajo que has hecho, hacerlo trizas y arrojarlo al fuego. Y para que mañana tengas algo de lo que preocuparte, que sepas que seguramente no esté aquí cuando regreses.

Se levantó del sofá y con toda la intención se miró el rostro enrojecido y cubierto de lágrimas en el espejo. A continuación subió a toda prisa las escaleras y entró en el dormitorio dando un portazo. Ni corto ni perezoso, Roger desplegó su trabajo sobre la mesa del salón. Los vivos colores de los dibujos y las damas vivaces –Gretchen había posado para uno de ellos– sosteniendo *ginger ale* con naranja o luciendo medias de seda sumieron su mente en una especie de coma. Incansables, sus ceras fueron marcando trazos aquí y allá sobre las imágenes, moviendo un texto un centímetro a la derecha, probando una docena de azules para un azul frío y eliminando la palabra que volvía una frase blanda e insulsa. Media hora después ya se encontraba embebido en su trabajo; no se oía nada en la habitación salvo el aterciopelado rasguñar de la cera sobre el lustroso tablero.

Al rato consultó su reloj: eran más de las tres. El viento arreciaba fuera y soplaba en las esquinas de las casas ululando sonora y alarmantemente, como un cuerpo pesado precipitándose en el vacío. Se paró a escuchar. No estaba cansado, pero sentía como si su cabeza estuviera cubierta de venas abultadas como las que se ven en las litografías de las consultas médicas que muestran cuerpos indecentemente desollados. Se llevó las manos a la cabeza y se la palpó. Tenía la impresión de que las venas de sus sienes se anudaban quebradizas en torno a una vieja cicatriz.

De pronto comenzó a asustarse. Cien advertencias de sobra conocidas barrieron su mente. El exceso de trabajo puede acabar con una persona, y a fin de cuentas su cuerpo y su mente estaban hechos de la misma materia vulnerable y perecedera. Por primera vez se sorprendió envidiando la presencia de ánimo y los hábitos saludables de George Hopkins. Se levantó y comenzó a deambular por la habitación presa del pánico.

–Tengo que dormir –se susurró tenso–. Si no, me volveré loco.

Se frotó los ojos con una mano y regresó a la mesa para guardar su trabajo, pero el temblor de sus dedos le impedía asir el tablero. El bamboleo de una rama contra la ventana le provocó un grito de sobresalto. Se sentó en el sofá y trató de pensar.

–¡Para, para, para! –decía el reloj–. ¡Para, para, para!

–¡No puedo parar! –respondió en voz alta–. No puedo permitirme parar.

–¡Escucha!

¡Había aparecido un lobo ante la puerta! Podía oír cómo las uñas afiladas de sus zarpas arañaban la madera barnizada. Dio un bote, corrió hacia la puerta principal y la abrió de par en par; luego retrocedió profiriendo un grito espeluznante. Un lobo enorme se encontraba en el porche mirándolo feroz con ojos rojos y malignos. Mientras lo contemplaba se le erizó el cabello de la nuca. El lobo emitió un leve gruñido y desapareció en la oscuridad. Roger celebró con una risa silente y deshumorada que solo fuese el perro policía de una casa de enfrente.

Se arrastró penosamente hasta la cocina, llevó el reloj alarma al salón y lo programó para las siete. A continuación se envolvió en su abrigo largo, se tumbó en el sofá e inmediatamente se zambulló en un pesado sopor sin sueños.

Cuando despertó el sol brillaba aún tenue, pero la habitación había adquirido el color gris de una mañana invernal. Se levantó y se miró angustiado las manos. Se tranquilizó al comprobar que ya no temblaban. Se sentía mucho mejor. Entonces comenzó a recordar los pormenores de los sucesos de la noche anterior y nuevamente su ceño comenzó a plegarse formando tres arrugas superficiales. Tenía veinticuatro horas de trabajo por delante, y quisiera o no, Gretchen tendría que pasar un día más durmiendo.

De pronto la mente de Roger se alumbró como si se le hubiera ocurrido una nueva idea publicitaria. Pocos minutos después desafiaba el cortante viento mañanero dirigiéndose apresurado a la droguería Kingsley.

–¿Ha llegado el señor Kingsley?

La cabeza del farmacéutico asomó por la botica.

–Me gustaría hablar con usted a solas.

A las siete y media ya estaba de vuelta y entró en su cocina. La doméstica acababa de llegar y estaba quitándose el sombrero. —Bebé —su trato con ella era informal y la llamaba por su nombre de pila—, quiero que le cocines el desayuno a la señora Halsey ahora mismo. Yo se lo llevaré.

A Bebé le extrañó que un hombre tan ocupado se prestara a brindarle ese servicio a su esposa, pero si hubiera visto lo que hizo cuando salió de la cocina con la bandeja su sorpresa habría sido aún mayor. Colocó la bandeja sobre la mesa del comedor y añadió al café media cucharadita de una sustancia blanca que no era azúcar glas. A continuación ascendió las escaleras y abrió la puerta del dormitorio.

Gretchen se despertó sobresaltada, ojeó la otra cama, aún sin deshacer, y lanzó a Roger una mirada de pasmo que se tornó en desprecio cuando vio el desayuno en sus manos. Pensó que se lo ofrecía a modo de capitulación.

—No quiero desayunar —dijo fríamente; a Roger se le cayó el alma a los pies—, salvo un café.

—¿No quieres desayunar? —su voz traslucía decepción.

—He dicho que tomaré un café.

Discretamente, Roger depositó la bandeja sobre la mesilla y volvió rápidamente a la cocina.

—Estaremos fuera hasta mañana por la tarde —le dijo a Bebé—, y quiero cerrar la casa ahora mismo. Ponte el sombrero y vete a casa.

Consultó su reloj. Eran las ocho menos diez y quería tomar el tren de las ocho y diez. Esperó cinco minutos y después subió a hurtadillas hasta el dormitorio. Gretchen estaba profundamente dormida. La taza de café estaba vacía salvo por unos pocos posos negros y una fina película de pasta negruzca en el fondo. La miró con cierta inquietud, pero su respiración era nítida y acompasada.

Sacó una maleta del armario y rápidamente comenzó a llenarla con sus zapatos —zapatos de paseo, zapatillas de noche, zapatos Oxford con suela de goma—. No sabía que tuviera tantos. Cuando cerró la maleta, estaba llena a reventar.

Vaciló un minuto, sacó unas tijeras de una caja, fue siguiendo el cable del teléfono hasta que se perdía de vista detrás de la cómoda y lo cortó de un tijeretazo. Se sobresaltó cuando oyó un suave golpe en la puerta. Era la niñera. Se había olvidado de ella. –La señora Halsey y yo estaremos fuera de la ciudad hasta mañana –dijo sin pensar–. Llévese a Maxy a la playa y almuerce allí con él. Quédese todo el día. Cuando volvió a entrar en la habitación le asaltó un arranque de lástima. De repente Gretchen se le apareció encantadora e indefensa allí dormida. Resultaba bastante desalmado robarle un solo día a su joven vida. Le tocó el cabello, se inclinó y besó su mejilla encarnada. Después cogió la maleta llena de zapatos, cerró la puerta con llave y bajó apresuradamente las escaleras.

3

A las cinco en punto de la tarde ya se había despachado el último paquete de cartelería de zapatos Garrod por mensajería a H. G. Garrod en el Hotel Baltimore. Había decidido tomar su decisión a la mañana siguiente. A las cinco y media la taquígrafa de Roger le dio un toque en el hombro.

–Es el señor Golden, el administrador de la finca.

Roger se volvió aturdido.

–Ah, ¿cómo está?

–El señor Golden fue directamente al grano. Si el señor Halsey pretendía mantener su oficina, debía poner remedio inmediato al despiste del alquiler.

–Señor Golden –dijo un Roger apagado por el cansancio–, todo se arreglará mañana. Si me preocupa ahora, nunca obtendrá su dinero. A partir de mañana no habrá ningún problema.

El señor Golden miró inquieto a su inquilino. A veces los jóvenes huían cuando su negocio iba mal. Entonces su mirada se posó con desagrado en la maleta con iniciales junto al escritorio.

–¿Se va de viaje? –preguntó sin rodeos.

–¿Qué? Nada de eso. Solo es ropa.

–¿Conque ropa? Señor Haley, solo para demostrarme que habla en serio, ¿qué le parece si me permite quedarme con la maleta hasta mañana a mediodía?

–Como guste.

El señor Golden alzó la maleta con un gesto despectivo.

–Es una mera formalidad –subrayó.

–Lo entiendo –dijo Roger oscilando sobre su escritorio–. Buenas tardes.

El señor Golden optó darle un giro más afable a la conversación.

–Y no trabaje demasiado, señor Halsey. No querrá sufrir un ataque de nervios...

–¡No! –gritó Roger–, desde luego que no. Pero lo tendré si no se va de una vez.

Cuando la puerta se cerró tras el señor Golden, la taquígrafa de Roger se volvió hacia él comprensiva.

–No debería habérselo permitido –dijo–. ¿Qué hay dentro? ¿Ropa?

–No –respondió Roger distraídamente–. Son todos los zapatos de mi esposa.

Aquella noche durmió en su despacho en un sofá que había junto a su escritorio. Al amanecer se despertó con un sobresalto nervioso y salió disparado a la calle a por un café. Diez minutos después regresaba presa del pánico –temía que el señor Garrod ya hubiera llamado–. Eran las seis y media.

A las ocho todo su cuerpo parecía estar ardiendo. Cuando llegaron los dos dibujantes, lo encontraron tendido sobre el sofá y rozando el dolor físico. El teléfono sonó imperiosamente a las nueve y media y descolgó el auricular con manos temblorosas.

–Dígame.

–¿Es la agencia Halsey?

–Sí, el señor Halsey al aparato.

–Soy el señor H. G. Garrod.

El corazón de Roger dio un vuelco.

–Le llamo, joven, para decirle que nos ha presentado unas propuestas formidables. Las queremos todas y en el volumen del que sea capaz su oficina.

– ¡Ay, Señor! –exclamó Roger al teléfono.

– ¿Qué? –el señor H. G. Garrod se llevó un buen sobresalto–. ¡Oiga! ¿Sigue ahí?

Pero Roger no hablaba con nadie. El teléfono cayó con estrépito al suelo y Roger, desplomado sobre el sofá, sollozaba como si se le rompiera el corazón.

4

Tres horas después, con el semblante un tanto pálido pero con los ojos plácidos como los de un niño, Roger abrió la puerta del dormitorio de su esposa con el periódico de la mañana bajo el brazo. El sonido de sus pisadas la despertó de golpe.

– ¿Qué hora es? –reclamó.

Consultó su reloj.

–Las doce en punto.

De pronto ella rompió a llorar.

–Roger –le dijo titubeando–, siento haberme portado tan mal anoche.

Él asintió con frialdad.

–Todo se ha arreglado –respondió. Y tras una pausa–: He conseguido la cuenta, la mayor de todas.

Ella se volvió rápidamente hacia él.

– ¿En serio? ¿Y puedo comprarme un vestido nuevo? –dijo tras un minuto de silencio.

– ¿Uno? –rió brevemente–. Puedes comprarte diez. Solo esta cuenta nos reportará 40.000 al año. Es una de las mayores del Oeste.

Ella lo miró sobresaltada.

– ¡40.000 al año!

–Sí.

–¡Cielo santo! –y después, vagamente–: No sabía que fuera tanto –volvió a pensarlo un minuto–: Podemos tener una casa como la de George Tompkins.

–No quiero una galería de decoración de interiores.

–¡40.000 al año! –volvió a repetir, y después prosiguió con deferencia–: Por cierto, Roger...

–¿Sí?

–No pienso salir con George Tompkins.

–Aunque quisieras, no te lo permitiría –dijo cortante.

Ella fingió indignación.

–¿Por qué? Hace semanas que habíamos quedado en vernos este jueves.

–No es jueves.

–Claro que sí.

–Es viernes.

–¿Qué dices, Roger? ¿Es que te has vuelto loco? ¿Acaso piensas que no sé qué día es hoy?

–No es jueves –insistió empecinado–. ¡Mira!

Le mostró el periódico de la mañana.

–¡Viernes! –exclamó–. ¡Tiene que ser un error! Será el periódico de hace una semana. Hoy es jueves.

Cerró los ojos y pensó un momento.

–Ayer fue miércoles –afirmó tajante–. La lavandera vino ayer. Eso no me lo negarás.

–Por si acaso –declaró con suficiencia–, mira el periódico. No cabe ninguna duda.

Estupefacta, saltó de la cama y comenzó a buscar su ropa. Roger entró en el cuarto de baño para afeitarse. Al cabo de un minuto oyó los muelles rechinar de nuevo. Gretchen estaba volviendo a la cama.

–¿Qué te ocurre? –inquirió apoyando la cabeza en un rincón del cuarto de baño.

–Estoy asustada –dijo con voz temblorosa–. Creo que me están fallando los nervios. No encuentro mis zapatos.

–¿Tus zapatos? Pero si el armario está lleno.

–Lo sé, pero no veo ninguno.

Su rostro palidecía de miedo.

–¡Ah, Roger!

Roger acudió a la cama y la rodeó con un brazo.

–Ah, Roger –gritó–, ¿qué me está pasando? Primero el periódico y ahora todos mis zapatos. Ayúdame, Roger.

–Llamaré al médico –dijo.

Se dirigió impasible hasta el teléfono y descolgó el auricular.

–Creo que el teléfono está estropeado –comentó unos segundos después–. Mandaré a Bebé.

El médico llegó a los diez minutos.

–Creo que estoy al borde de un ataque –le dijo Gretchen con voz forzada.

El doctor Gregory se sentó en el borde de la cama y tomó su muñeca.

–Parece como si estuviera volando. Me levanté –dijo Gretchen sobrecogida– y resulta que había perdido un día entero. Tenía una cita para salir a montar a caballo con George Tompkins...

–¿Qué? –exclamó el médico sorprendido. A continuación se echó a reír.

–No creo que George Tompkins sea capaz de salir a montar con usted en muchos días.

–¿Acaso se ha ido? –preguntó Gretchen con curiosidad.

–Está ido.

–¿Cómo dice? –inquirió Roger–. ¿Se ha fugado con la esposa de alguien?

–No –dijo el doctor Gregory–. Ha sufrido un ataque de nervios.

–¿Qué? –exclamaron al unísono.

–Se derrumbó como un castillo de naipes mientras se daba una ducha fría.

–Pero si siempre estaba hablando de su... vida equilibrada –suspiró Gretchen–. No se le iba de la cabeza.

–Lo sé –dijo el doctor–. Lleva toda la mañana balbuciendo sobre ello. Creo que se ha vuelto un poco loco. Trabajaba demasiado.

–¿Para qué? –exigió saber Roger perplejo.

–Para mantener su vida equilibrada.

Y volviéndose hacia Gretchen:

–Lo único que puedo recetarle a la señora es un buen reposo. Quédese en casa unos días y tras cuarenta cabezaditas estará más sana que nunca. Ha sufrido una tensión considerable.

–Doctor –exclamó Roger con la voz rota–. ¿No cree que me convendría un poco de reposo? Últimamente he estado trabajando mucho.

–¿Usted?

El doctor Gregory se rio y le propinó una fuerte palmada en la espalda.

–Mi querido joven, no le había visto con mejor aspecto en toda su vida.

Roger volvió la cabeza para ocultar su sonrisa y parpadeó cuarenta veces, o casi cuarenta, a la fotografía dedicada del señor George Tompkins colgada con una ligera inclinación sobre una pared del dormitorio.

ÍNDICE

A modo de prefacio 7

Todos los jovenes tristes

El joven rico 25
Sueños invernales 71
Fiesta de bebés 97
Absolución 111
Rags Martin-Jones y el príncipe de Gales........................... 131
El componedor 153
Sangre caliente y fría..179
Lo más sensato 197
Las cuarenta cabezadas de Gretchen 215

• ALIOS • VIDI •
• VENTOS • ALIASQVE •
• PROCELLAS •